ANDRA ANDNINGEN

Av Sofie Sarenbrant har utgivits

Vecka 36
I stället för dig
Vila i frid
Andra andningen
Visning pågår
Avdelning 73

SOFIE SARENBRANT
ANDRA ANDNINGEN

MASSOLIT POCKET

www.massolit.se

Första pocketupplagan, femtonde tryckningen
Copyright © 2013 Sofie Sarenbrant
Utgåva enligt avtal med Nordin Agency AB, Malmö
Svensk utgåva ©2014 Ponto Pocket, 2013 Massolit Förlag,
Massolit Förlagsgrupp AB
Omslag Maria Sundberg
Omslagsillustration Mark Owen/Arcangel Images och
Sandra Cunningham/Getty Images
Karta © Petter Lönegård
Sättning RPform, Richard Persson
Typsnitt Indigo Antiqua
Tryck ScandBook inom EU 2019

ISBN: 978-91-7475-154-3

Massolit ingår i Norstedts Förlagsgrupp, grundad 1823

*Till mina kära syskon
Tom, Linn och Tyra*

Stockholm Marathon,
lördagen 1 juni

Lidingövägen, klockan 12.00

ÄNTLIGEN LJÖD STARTSKOTTET och med ens försvann alla dubier som jag brottats med den senaste halvtimmen. För som vanligt hade nervositeten spelat mig ett spratt och jag snuddade vid tanken på att jag kanske borde strunta i det. Bara gå hem till min varma säng och krypa ner istället för att stå här med nästan tjugotusen andra dårar som hoppar jämfota för att kunna hålla värmen i den isande kylan.

Månader av förberedelser gjorde att jag stålsatte mig och stannade kvar. Över hundra mils nötande på asfalt är ingenting man kastar bort i en handvändning. Så mycket slit för en enda dag. Förutom begynnande löparknä så har jag även fått besvär med ryggslutet, vilket resulterat i minst tre sjukhusbesök, med efterföljande remiss till naprapaten. Men det krävs mer än så för att stoppa mig när jag väl har bestämt mig.

Vinden piskar mig aggressivt i ansiktet och regndropparna borrar sig genom min jacka. När det droppar nerför halsen mot bröstet huttrar jag till. Det här måste vara det kallaste Stockholm Marathon genom tiderna: fyra plusgrader trots att det borde vara sommarvärme i juni. En liten tröst är att kroppstemperaturen kommer att höjas igen när pulsen ökar.

Vädret är egentligen det minsta problemet för mig. Tack vare bra vantar, funktionsmössa och ett svindyrt regnställ som är anpassat för träning i tufft klimat, så är jag rätt utrustad för den här utmaningen. Bröstvårtorna är noggrant tejpade och vätskebältet är laddat med allt jag kommer att behöva under dagen. Däremot är jag redan dyngsur om fötterna, eftersom jag inte har något regnskydd över skorna. Många har improviserat i sista sekund genom att trä stora svarta sopsäckar över sig själva, med endast hål för ansikte och armar. Men vinden är så kraftig att påsarna flyger av och åker omkring över hela startfältet. Jag hukar mig för att inte bli träffad i ansiktet. En äldre man har placerat en gul avfallspåse över huvudet, som han har knutit som en hjälmmössa. Det ser inte riktigt klokt ut men han verkar tillfreds och fokuserad. Flera löpare håller även paraplyer i händerna. Hur tänker de egentligen? Det går väl inte att springa med när det är storm? Någon skulle kunna bli träffad av de vassa spetsarna och skada sig.

Helikoptern smattrar ovanför huvudet och publiken som står längs med banan skriker och applåderar åt alla löpare som är försedda med nummerlappar på bröstet. Men trots att loppet är igång sedan några minuter tillbaka står det fortfarande helt stilla. Trycket bakifrån ökar hela tiden, men så länge täten inte har kommit iväg går det inte att göra mycket annat än att vänta tålmodigt. Lidingövägen är som en propp, men när som helst kommer den att släppa och då jävlar! Det är inte första gången jag står här, så jag vet vad det handlar om.

Efter ytterligare en stunds otåligt trampande börjar äntligen löparna framför mig jogga lätt framåt och jag hakar på. Det är bara att följa med strömmen. Kampen mot klockan har börjat! När jag närmar mig Stadion på min högra sida, skjuter adrenalinet i höjden. Naturligtvis has jag haft stenkoll på den turkosa ryggen hela tiden och inte lämnat den med blicken mer än vid ett kort tillfälle. Det var när han vände sig om några minuter före starten och sökte med blicken efter någon, kanske mig. Jag blir alldeles euforisk bara av tanken. Och när jag vet att han innerst inne vill det här lika mycket som jag, så känns det magiskt. Blodet rusar till hjärnan när jag tänker på att det snart bara är vi två.

Stadion, klockan 12.05

FEMTIOFEMÅRIGA TÄVLINGSLEDAREN FÖR Stockholm Marathon, Lennart Hansson, är på väg att lämna det provisoriska tävlingskansliet för att ta sig en titt på starten. Nu när loppet är igång tillåter han sig att pusta ut och då slår tröttheten och hungern till trots att han grundat sedvanligt med havregrynsgröt, standardmjölk och rågbröd. Kaffeautomaten är på en armlängds avstånd och han stannar för tredje gången idag och fyller på sin mugg. Hungern får han stilla om en stund, först vill han se hur det rullar på vid starten och om alla grupper kommer iväg som de ska.

Det är inte konstigt att han känner sig trött eftersom väckarklockan ringde redan tjugo över fem imorse. Väderprognosen för dagen uppgavs vara tio grader och uppehåll men trots det hörde Lennart ett oroväckande enträget smatter mot fönsterrutan. När han drog upp rullgardinen kunde han snabbt konstatera att sommaren förvandlats till höst. En av stolarna på verandan hade blåst omkull och träden böjde sig för vinden. Den genomgrå himlen infriade inget som helst hopp om att släppa fram någon solglimt. Lennart fick en vemodig känsla i kroppen, som förstärktes när väderappen visade fyra grader, tio sekundmeter nordvästlig vind och tolv millimeter regn. Fyra grader! Det är kallare än på julafton. Regn får man räkna med i det här landet, men så här kyligt ska det inte vara i början av juni.

ANDRA ANDNINGEN

Det är nästan en livshotande temperatur för kenyaner, som inte är vana vid att vistas i höstväder och storm. Lennart insåg att han behövde ringa in ett antal SL-bussar som kunde fungera som värmestugor. Men det skulle inte bli det lättaste att trolla fram flera bussar i sista sekund. Han klädde på sig dubbla lager med funktionskläder och smög sig ut från sovrummet för att inte väcka sin fru. Innan han försiktigt drog igen sovrumsdörren efter sig, sneglade han avundsjukt mot sängen.

Regnet fullkomligt öser ner när Lennart kliver ut från kansliet med sin heltäckande regnparkas på sig. Han skakar av sig olustkänslan från krismötet med tävlingsledningen imorse. Någon föreslog att de skulle ställa in loppet men säkert tretusen löpare skulle i alla fall ha sprungit och då hade det blivit kaos. För några år sedan var det tvärtom alldeles för varmt, men det var bara att köra ändå. Ett maraton är ett så stort arrangemang att det inte går att skjuta upp om det inte är absolut nödvändigt, till exempel vid en naturkatastrof eller ett bombhot. Alldeles för många människor är inblandade och ekonomiskt skulle det innebära en stor förlust.

Trots dagens oväder har de flesta funktionärer dykt upp, men på vissa stationer är det ont om folk. En orkester ställde också in, vilket Lennart har full förståelse för. Huvudsaken är att trafikavspärrningarna fungerar och där har de över åttio poliser till sin hjälp, även ridande och på motorcykel. Om det är några man kort på dryckes- och energistationerna så är det inte hela världen. Städningen efteråt kommer att kräva mer folk, men det får bli ett senare problem. Lennart dubbelkollar att han har både mobilen och kommunikationsradion i midjebältet och går vidare.

När han lämnat stentrappan och går ut genom arenans

järngrind, ser han hur mängden av genomblöta löpare passerar med stolt hållning och fokuserad blick. Vissa springer med paraplyer som ställt sig på ända, andra har försett sig med plastsäckar. Trots tidernas sämsta väderförhållanden, är det flera löpare som kostar på sig ett leende när de svänger ut mot Valhallavägen. Lennart vet hur de känner och vilka minutiösa förberedelser som ligger bakom. Vissa har antagit en utmaning från sina vänner, och andra är här för att vinna. De sistnämnda ser han inte för de har nog redan hunnit förbi tv-huset vid det här laget. Själv har Lennart tretton maror på sin meritlista och skulle haft betydligt fler om det inte vore för vänster knä, som han håller i schack så länge han inte springer i löpspåret.

Veckorna före loppet har inneburit hårt slit för Lennart – från tidig morgon till sen kväll, ofta med sista minuten-problem som måste lösas. Så om han har skött sitt jobb väl borde dagen flyta på utan att han behöver göra så mycket mer än att vara betraktare. Det är andra som sköter den operativa biten medan han fungerar mer som en hjälpande hand om behov uppstår. Internt kallar han sig själv för sufflör men egentligen är hans titel projektledare eller tävlingsledare för Stockholm Marathon. Han har en stab på fyrtio personer, som har olika ansvarsområden; för starten, banan och funktionärerna. Utöver det finns tretusen frivilliga funktionärer – allt från idrottsföreningar till scouter, pensionärer, körer och skolklasser. Utan dem skulle loppet inte gå att genomföra.

Plötsligt snubblar en löpare i turkos jacka. Lennart följer honom med blicken när han faller ner på trottoarkanten på andra sidan vägen. Personen bakom honom hinner inte väja, utan faller rakt över mannen. Snabbt är han uppe på

ANDRA ANDNINGEN

benen igen och det ser ut som om han säger något till mannen i turkost som ligger kvar på marken. Några åskådare uppmärksammar samtidigt vad som har hänt och hjälper den liggande mannen upp på trottoaren för att undvika fler kollisioner. Folkmassan skymmer sikten men Lennart tycker att det är något bekant med mannen som fortfarande inte verkar kunna resa sig upp. Han halvsitter upp med en förvånad min, men börjar grimasera av smärta när han tar sig om ryggen. Klungan med löpare gör det helt omöjligt för Lennart att ta sig över till andra sidan för att hjälpa till. Men tänk om det är bråttom? Åskådarna som har kommit mannen till undsättning ser inte oroliga ut. Ändå ökar pulsen hos Lennart, som är medveten om att han måste ta det lugnt med tanke på att han drabbades av en hjärtinfarkt i våras. Det är säkert ingen fara med löparen, han kan knappast ha hunnit ta ut sig under de få minuter som han sprungit. Han ser ut att vara i god form och är inte alltför gammal, max fyrtio år. Vem som helst kan trampa snett eller snubbla.

I samma ögonblick som Lennart drar den slutsatsen ser han hur mannen segnar ner mot marken och kippar efter andan. Människorna omkring honom börjar ropa och vifta efter hjälp och av deras skärrade blickar att döma så är det illa. Lennart sliter fram sin kommunikationsradio för att tillkalla läkare. Nu vrider sig mannen av smärta och Lennart hajar till när han får en skymt av hans rygg. Den turkosa jackan är trasig och nerblodad. Mannen rycker till och vänder sitt bleka ansikte mot Stadion, där Lennart står.

Då ser han vem löparen är.

Valhallavägen, klockan 12.07

INTE NOG MED att hon är för tunt klädd, regnkläderna läcker dessutom igenom. Inte ens gammal hederlig galon hjälper en sådan här dag. Emma Sköld är stelfrusen och vilsen där hon står med sin cykel på promenadstråket som löper mittemellan de enkelriktade vägarna på Valhallavägen. Humöret blir inte bättre när hon ser att löparna väller in på bägge sidorna om henne, vilket gör det omöjligt för henne att hålla koll på var Josefin kan vara bland alla tusentals träningsklädda människor. Klungorna med löpare plöjer fram för snabbt. Emma kastar sig upp på sadeln och trampar mot Oxenstiernsgatan för att inte missa sin syster, som hon i ett svagt ögonblick lovat att komma och heja på. Då hade hon inte reserverat sig för force majeure, vilket hon ångrar bittert nu. Om hon hade varit smart nog kunde hon åtminstone ha ljugit imorse och meddelat att hon var sjuk. Men det är lätt att vara efterklok.

Spöregnet attackerar från alla håll och kanter, även underifrån, och fullkomligt väller in genom öppningarna i hjälmen. Inga ögonfransar i världen kan skydda mot dagens skyfall – hon ser knappt någonting där hon trampar fram i gruset. Hon önskar nästan att hon ska bli inkallad till jobbet i ett akut ärende, men det händer sällan om det inte inträffar något som kräver full styrka. Gäller det barnarov jobbar mordgruppen dygnet runt tills barnet är hittat. Eller som i fallet för drygt ett år sedan då en seriemördare härjade på Yasuragi Hasseludden. På den tiden var hon anställd vid Nackapolisen och var involverad i utredningen. Som vanligt gick hon in för sin uppgift och vägrade släppa fallet förrän det var löst. Hennes familj surade över att hon inte var anträffbar, men jobbet kommer alltid i första hand för henne.

Emma håller på att köra rakt in i en fotgängare där hon dundrar fram på två hjul med samma sikt som när man dyker i Mälaren. Mannen, som är en hårsmån från att bli påkörd, hötter med fingret åt henne och hon får god lust att stanna och tala om för honom att han inte bara kan korsa vägen utan att se sig för. Särskilt inte idag. Samtidigt ser hon hur löparna springer förbi så hon cyklar vidare. När hon kommer fram till rondellen, svänger hon till höger på vägen som leder ner mot tv-huset. Och plötsligt känns det som om väldigt många löpare redan har passerat. Josefin ser hon förstås ingenstans.

För ett år sedan hade hon aldrig i sitt liv kunnat gissa att hon skulle befinna sig på ett maraton för att heja på sin syster. Josefin som var så långt ifrån motion man kunde komma. Men så fick hon den där fyrtioårspresenten av sin man Andreas, en maratonbiljett, som till en början höll på att leda till deras skilsmässa. Emma hade aldrig sett Josefin så röd i ansiktet av förödmjukelse. Med nöd och näppe lyckades hon hålla masken någorlunda inför gästerna men Andreas sa efteråt att han lika gärna kunde ha gett henne en diskmaskinsreparation i present. En maratonbiljett var likställt med att få erbjudande om att föda barn utan smärtlindring, tyckte Josefin. Men sedan hände något som Emma fortfarande inte riktigt kunde förstå. Josefin snörade på sig de fina joggingskorna som ingick i det som hon kallade förnedringspaketet och efter några rundor var hon fast. Motvilligt erkände Josefin att hon kände en märkbar förbättring. Det var som om topparna och dalarna trubbades av och hon blev mer jämn i humöret. Den trötta och slitna trebarnsmamman blev piggare och starkare och efter ett tag märkte hon även skillnad på kroppsformen. Emma ler för sig själv när hon tänker på hur hennes systers liv äntligen vändes till något positivt istället för att vara så himla jobbigt, som Josefin tyckte innan hon blev löpare. Nu var ingenting omöjligt längre och Emma är säker på att Josefin kommer att ta sig i mål hur vidrigt det än är att springa under så här omänskliga förhållanden.

Det senaste året har inte inneburit förändringar bara för Josefin, utan även för Emma. Hon trivs på sitt nya jobb på Länskriminalpolisens våldssektion i Stockholm, även om hon kan sakna sina gamla kolleger i Nacka ibland. Särskilt Magnus som var lugnet själv så länge det inte handlade om hans katt. Däremot klarar hon sig bra, om inte bättre, utan sin före detta chef. Lindberg, som hon har nu, är mer professionell och pedagogisk, en bra ledare helt enkelt. I pressade situationer är det en trygghet att ha någon vid sin sida som inte blandar in för mycket känslor i de beslut som måste fattas. Lindberg fokuserar på rätt saker utan att jaga upp sig över sådant som ändå inte går att påverka. Felaktiga beslut kan få förödande konsekvenser, i värsta fall leda till döden. Det enda med Lindberg som förbryllar henne är hans ovilja att berätta något om sig själv. När hon tänker efter så vet hon ingenting om honom mer än att han är gift. Han har aldrig nämnt barn och därför har hon inte vågat fråga om det heller. Hon om någon vet ju hur jobbigt det är med alla som pratar om barn precis som om det vore något man bara beställer på nätet. "Är det inte dags nu?", eller den taktlösa varianten: "Efter trettiofem är det svårare att bli gravid ifall du inte känner till det." Tack för informationen. Om man inte lyckas bli gravid är omgivningens tjat det absolut värsta – alla vänner som spär på ångesten istället för att förstå bättre och knipa igen sina glappande trutar. Om de vill stötta så borde de inte fråga hela tiden. Snacka om press när man inte gör annat än försöker. Och misslyckas gång på gång.

12 månader tidigare

BLÄCKPENNAN SOM VAR försedd med Skanskas logga knäcktes på mitten och fjädern flög ur och landade på bordsskivan. Samtidigt ringde mobiltelefonen och allas frågande blickar vändes mot honom. Johan Bäckström svor tyst för sig själv. Skulle han fumla bort en miljonaffär? Av hans chefs blick att döma verkade det som om de delade den oron nu. Johan nickade ursäktande mot kunderna i kostym och tryckte bort samtalet utan att först se efter vem som ringde. Även om det var hans eget fel att han missat att stänga av ljudet, så blev han irriterad på den som störde honom. Det kanske var Petra som undrade om han kunde köpa med sig vegetariska dumplings till middag, som de brukade på fredagar. Eller också var det Wilma som ville honom något. Han sneglade på klockan på väggen, strax efter halv åtta. Han hade nämnt något om att följa med Wilma på träningen idag. Den var väl redan över vid det här laget. Kanske ville hon ha skjuts hem. Oavsett vad det var så fick det vänta till efter mötet. Johan släppte sina funderingar och insåg att han varit frånvarande den senaste minuten. Men männen från Skanska hade återgått till avtalet som låg framför dem på bordet.

Lyckades de med den här affären var det bara en tidsfråga innan Johan skulle få erbjudande om att bli delägare i firman. Han såg redan bubblorna i champagneglasen framför sig. Sedan han fått en ledande roll på it-företaget i Stockholm, hade karriären gått spikrakt uppåt.

"Vi kommer att godta er offert", sa it-chefen från Skanska efter en lång tystnad. "Men det är baserat på att ni sköter driften från era egna lokaler."

Eftersom denna förhandling hade pågått sedan veckor tillbaka, verkade alla måna om att komma till avslut. Ingen ville sitta och jobba sent en fredagskväll. Johan och hans chef Patrik växlade blickar och sa i munnen på varandra:

"Det är så vi jobbar."

"Då ser vi fram emot det korrigerade avtalet", sa mannen och tittade sedan stressat på klockan. "Oj, tiden drog visst iväg, jag måste tyvärr lämna er. Min kollega visar er ut."

De skakade hand och gick från Skanskas kontor i Solna med lätta steg. Solen bländade Johan när de klev utanför dörren och han tog fram sina nya Ray Bans. Sedan stirrade han triumferande på Patrik, som inte heller kunde dölja sin glädje.

"Fantastiskt bra jobbat, Johan! Vi lyckades tack vare dig."

"Vilken grej, treårskontrakt med Skanska", svarade Johan när de gick mot sina bilar på parkeringen.

"Ut och fira eller raka vägen hem?" undrade Patrik.

"Jag ska bara se efter om det var något viktigt", sa Johan och tog fram mobilen. "En öl skulle sitta fint."

Det var flera missade samtal från Petra men även från Wilmas tränare, Måns, vilket gjorde Johan förbryllad. Han ringde upp Petra först och hann inte ens säga hej förrän han hörde hennes upprörda röst:

"Jag har ringt dig hundra gånger, varför svarar du inte?"

"Därför att jag satt i möte. Har det hänt något?" sa han och himlade med ögonen mot Patrik.

"Det är Wilma, hon är försvunnen!"

Istället för att bli kall av skräck som så många gånger förut då Petra trodde att Wilma var borta, kände han sig lugn. Det var inte första gången deras sjuttonåriga dotter glömt bort att berätta vad hon skulle göra.

"Hon är väl hos en kompis?" föreslog han.

"Nej! Hennes mobiltelefon ligger kvar i klubbstugan och jag har ringt alla tänkbara vänner. Hon är ingenstans."

Fast någonstans måste hon ju vara. Petras hysteriska röst smittade fortfarande inte av sig på Johan, tvärtom. Han kände sig nästan irriterad över att hon tog ut saker och ting i förskott. På så sätt kompletterade de varandra bra – för när den ena blev uppjagad, blev den andra alltid lugn. Wilma var ju en redig tonåring med relativt bra omdöme. Allting handlade säkert bara om ett missförstånd.

"Ta det lugnt nu, Petra. Det ordnar sig", sa han.

"Hur kan du säga så – har du druckit? Måns lät väldigt orolig när han ringde för en halvtimme sedan och frågade om Wilma kommit hem."

"Lägg av, jag är spiknykter. Vet du om det hände något särskilt på träningen?"

Patrik såg med en bekymrad blick på Johan, som nickade mot bildörren i ett försök att förklara att han var tvungen att åka. Patrik tecknade med fingrarna att han skulle höra av sig senare. Johan hoppade in i sin bil.

"Enligt Måns avbröt hon träningen och sedan har ingen sett eller hört av henne. Var är du?"

"Jag lämnar Solna nu", sa han och vred om startnyckeln.

"Måns väntar vid klubbstugan och jag är på väg dit."

"Okej, vi ses där. Men du ... oroa dig inte. Allt kommer att bli bra", sa han och avslutade samtalet för att kunna koncentrera sig på bilkörningen.

När han väl lät allt sjunka in, kom tvivlet. Tänk om hans dotter verkligen var försvunnen? Johan svängde ut från parkeringen och tryckte gasen i botten. Förmodligen hade han inte alls bråttom men han blev lite orolig eftersom Petra lät så skärrad. Om det handlade om att Wilma hade slarvat med att höra av sig så skulle han bli lättad men ändå arg. Wilma visste att hon var tvungen att meddela dem var hon befann sig, alternativt vara tillgänglig på mobilen, men ibland undrade Johan om hon förstod allvaret.

Efter en kvarts ryckig körning bromsade Johan in på parkeringen ovanför den gula klubbstugan vid Solviksbadet i Bromma. En kvinna tränade i utomhusgymmet och han nickade till hälsning när han gick förbi. Sedan såg han Måns gängliga gestalt, fortfarande löparklädd. Bakom honom skymtade han Petra med Wilmas väska i handen. Oron sköt i höjden.

"Inte hört något från Wilma än?" frågade Johan.

Deras tomma ansiktsuttryck var det enda svar han fick.

Han gav Petra en hastig kram och kände hennes spända muskler under den vinröda blusen. Hon var propert klädd, precis som alltid. Sedan skakade han hand med Måns, som hade intorkad svett i hårfästet.

"Jag är verkligen ledsen över att jaga upp er så här, men jag visste inte vad jag skulle ta mig till när jag hittade hennes väska. Efter halva träningspasset tog vi en vattenpaus. Sedan var hon borta. Hon hade tydligen blivit sur över något och bara gått iväg. Det är allt jag vet."

Petra såg misstroget på honom. "Så du lät henne bara gå?"

"Lägg inte det här på Måns nu", avbröt Johan. "Var någonstans tog ni paus?"

"Precis efter backen vid Ålstensängen. Vi sprang intervaller i spåret. Ska jag visa er var vi höll till? Det tar fem minuter att gå dit."

De nickade i samförstånd och följde efter Måns. Olika rimliga förklaringar cirkulerade i huvudet. Wilma kanske hade blivit osams med någon, eller också hade hon glömt något viktigt i skolan? Men hur mycket Johan än försökte så kom han inte på ett enda skäl som var tillräckligt bra för att Wilma skulle avbryta ett träningspass. Det hade aldrig tidigare hänt.

Sjukvårdstältet på Stadion, klockan 12.12

MISSIONS GRUNDARE OCH coach, Måns Jansson, ser medtagen ut där han ligger på sidan med slutna ögon i sjukvårdstältet. Läkaren jobbar febrilt med att stoppa blodflödet i ryggen och Lennart anar av sjuksköterskans spända min att det är något som inte går som det ska. Det råder inget tvivel om att Måns är allvarligt skadad men Lennart kan inte förstå hur det har gått till. Skador på ett maraton får man räkna med, som löparknä, vätskebrist eller utmattning. Och idag kan man addera förfrysningar till listan. Hjärtstopp kan också inträffa, men redan efter några hundra meter verkar märkligt.

"Tjenare Måns", säger Lennart och ångrar sig genast när han hör hur överdrivet käck han låter. "Hur är det med dig?" Han sträcker fram handen men drar snabbt tillbaka den igen när han inser att Måns inte är kapabel till att röra sig.

"Sådär. Det är ju ett helt år kvar till nästa mara", svarar han knappt hörbart.

Måns ser mer besviken ut än tagen, vilket bådar gott. Kanske är han inte så illa däran som Lennart först trodde. Måns är känd för att vara en kämpe som aldrig ger sig, en frisk fläkt med en positiv attityd.

"I Stockholm ja, men det finns ju fler lopp", säger Lennart i ett försök att släta över det hela.

Läkaren hejar knappt på Lennart, de känner varandra sedan tidigare och pratades vid senast imorse. Men då hade hon inte en skarp bekymmersrynka i pannan. Även om han egentligen inte vill störa henne när hon har fullt upp, måste han få veta mer om Måns status.

"Hur mår han?" frågar han henne.

"Vänster lunga är punkterad men jag kan inte fastställa om något annat inre organ är skadat. Jag har kallat på ambulans som borde vara här när som helst", säger hon utan att ta blicken från såret på Måns rygg som pumpar ut blod.

Innan Lennart hinner svara väser Måns irriterat: "Jag behöver ingen ambulans!" Sedan kippar han efter andan och blir tyst.

"Det är min sak att avgöra", svarar läkaren bestämt. "Det bästa är om du ligger stilla nu och tar det lugnt", fortsätter hon och inga fler protester hörs från den vältränade löparen.

Senast Lennart och Måns sågs var på en tävling på Kristinebergs IP. Det märktes tydligt hur målinriktad Måns är och hur mycket han brinner för löpning.

Under åren har han coachat flera lovande långdistanslöpare, som gjort rekordsnabba framsteg. Han verkar ha fingertoppskänsla, eftersom han alltid lyckas välja ut de mest talangfulla ungdomarna. Om deras föräldrar eller sponsorer klarar av att finansiera det dyra medlemskapet i Måns exklusiva löparklubb, kan det sluta hur bra som helst. Det sägs att han delvis bygger sin framgång på att han finns där för sina medlemmar. Han har alltid tid att lyssna på deras bekymmer, inget är för stort eller för litet. Alla känner sig sedda och hörda. Det är åtminstone så hans adepter har förklarat det när deras ordinarie tränare har ifrågasatt deras snabba utvecklingskurvor. Lennart har inte undgått att höra hur det snackas om Mission, som består av unga tjejer bortsett från en kille. Vad har Måns egentligen för avsikter? Lennart tror att spekulationerna bottnar i avundsjuka och rädsla för att Måns kan ha storslagna planer för framtiden. Även Lennart har funderat över varför Måns inte redan har startat en riktig idrottsförening istället för en liten klubb som ingen tävlar för. Men det kanske är på gång och gör att spekulationer om Måns tar skruv. Särskilt när den tragiska olyckan inträffade med en ung flicka som dog under ett träningspass för ett år sedan. Det var som om folk hade väntat på att få något att skvallra om. Själv är han på tok för gammal för sådant. Lennart är inte det minsta intresserad av att gotta sig i Måns liv. För när allt kommer omkring så verkar medlemmarna i Mission vara beredda att springa hur långt som helst för Måns skull och många tränare försöker efterlikna hans framgångsrika koncept. Själv tror Lennart inte att det finns en medveten strategi bakom Måns succé, utan något så enkelt som att dagens vilsna ungdomar behöver någon som lyssnar. Ett fungerande öra är kanske allt som krävs, svårare än så är det inte. Att bli bekräftad, sedd och hörd kan göra vem som helst motiverad och beredd att kämpa.

Måns entusiasm smittar lätt av sig och ett glatt leende ligger alltid nära tillhands. Men just nu ligger han obehagligt stilla och blundar. Hans bleka, nästan genomskinliga hy gör Lennart bekymrad. Ambulansen måste komma snart så att han får rätt vård i tid.

"Orkar du prata?" frågar Lennart.

"Lite", blir Måns korta svar.

"Helst inte", fyller läkaren i.
"Bara en enda fråga?" vädjar Lennart.
"En." Läkaren ser inte glad ut.
"Vad hände egentligen?" frågar Lennart.

Måns svarar med slutna ögon: "Jag kände ett hugg i ryggen, sen ramlade jag omkull. Det var så trångt och mycket folk ... jag vet inte." Han hostar. "Viktoria."

Det rinner blod ur Måns mun nu och läkaren skakar på huvudet. "Det bästa är om du bara tar det lugnt och inte anstränger dig. Och du, Lennart, du måste lämna oss – nu!"

Lennart nickar ursäktande och tar ett steg tillbaka. Tack och lov hörs sirener ljuda högre och högre och inom loppet av några sekunder är en ambulans på plats. Han går längre åt sidan för att inte stå i vägen för sjukvårdarna som ökar tempot efter en kort briefing av läkaren. Det går undan när de packar in Måns och åker iväg. En fruktansvärd tanke slår honom – tänk om det här var sista gången som han såg Måns i livet. När ambulansen försvinner runt hörnet bekräftar läkaren Lennarts farhågor.

"Jag är rädd att han inte kommer att klara sig."

"Vad är det du säger?"

"Jag ville inte skrämma honom i onödan men jag fick en känsla av att stickföremålet kan ha kommit åt hjärtat. Sedan, när han började hosta blod så ..." Läkaren kommer av sig.

"Herregud." Marken under Lennarts fötter känns ostadig. "Jag förstod inte att det var så illa."

Sakta spolar han fram minnet från starten, sekunderna innan han ser Måns rasa ihop. Han försöker att ta in varenda detalj av händelsen men kan inte minnas något konstigt.

ANDRA ANDNINGEN

Det är trängsel, en massa paraplyer och dyblöta människor med plastsäckar över sig. Han erinrar sig löparen som ramlar över Måns och sedan reser sig och springer vidare.

"Kan han ha blivit träffad av ett paraply tror du?" frågar han läkaren.

"Ett väldigt vasst sådant i så fall, men jag har svårt att se att någon råkar sticka honom av misstag just där. För vem springer med ett paraply riktat framför sig?"

Strandvägen, klockan 12.25

REGNET SLÅR SOM småspik i ansiktet men loppet rullar på över all förväntan även om det tog tid att komma iväg vid starten. Vad folk trängdes och höll på. Precis som om sekunder stod på spel under ett maraton. Vissa armbågade sig fram för att två kilometer senare bli omsprungna. Josefin Eriksson letar med blicken efter Emma i publiken men vet inte riktigt hur hon ska få syn på henne när alla ser likadana ut i mörka regnkläder och paraplyer stora som parasoll. Regnets smatter mot asfalten gör även att det är svårt att höra någonting mer än möjligtvis sina egna andetag. Hon ångrar att hon valde bort musiken, det är redan långtråkigt utan låtlistan. En riktig uptempo-låt kan göra att hon nästan glömmer att hon springer. Snacka om att utmana ödet genom att lämna mp3-spelaren hemma men hörlurarna har en förmåga att skava och vara i vägen och de skulle nog inte ha klarat sig i regnet.

Än så länge känns kroppen ovanligt pigg och fräsch, mycket tack vare den där kvartens massage hon unnade sig innan hon gick till startfållan. Hoppas nu bara att känslan kommer att stanna kvar under de resterande trettioåtta kilometer hon ska springa. Josefin är medveten om att hon blev övertänd i starten när hon till slut kunde röra sig framåt, men håller tummarna för att hon inte ska gå in i väggen på grund av det.

Dagen hade inte börjat på topp, så hon är tacksam över att hon ens kom till start.

Klockan sju imorse väcktes hon av en hård duns. Sovrumsfönstret smällde fram och tillbaka i vinden och det regnade in i rummet. När hon var på väg till badrummet för att hämta en handduk, skrek Julia från sovrummet att hon hade kräkts. Hennes syster Sofia vrålade åt Julia att inte störa henne när hon sov och Anton vaknade och började gråta. En sämre start på maratondagen kunde hon inte fått, men varken regn eller spyor fick stoppa henne. Det skulle inte se bra ut om hon ställde in loppet, hon ville inte förlora trovärdigheten som personlig tränare. Flera av hennes klienter skulle springa loppet och hon träffade till och med på en av dem vid Östermalms IP före starten.

En kvinna med mikrofon uppenbarar sig vid Josefins sida och försöker säga något, som hon inte hör.

Till slut skriker kvinnan: "Jag kommer från Sveriges radio och undrar om jag får ställa några frågor?"

Josefin skrattar till av förvåning och vrålar tillbaka: "Visst, kör!"

"Hur länge har du tränat inför den här dagen?" ropar kvinnan och håller fram en vattendränkt mikrofon framför näsan på Josefin.

"I ett års tid ungefär. Jag fick ett startbevis i fyrtioårspresent av min omtänksamme man", svarar hon syrligt samtidigt som hon springer förbi några bajamajor på höger sida. Aldrig i livet att hon frivilligt skulle gå in i en sådan låda. Kissandet är faktiskt det enda som hon har oroat sig för inför den här dagen. Hon gillar inte offentliga toaletter och bara därför blev hon naturligtvis kissnödig redan vid Stadion.

"Så du blev inte överlycklig först?"

Josefin hajar till när hon ser mikrofonen som reportern har fullt sjå att hålla kvar framför hennes ansikte. Hon hade helt glömt bort reportern som sprang bredvid.

"Det kändes snarare som ett straff än en gåva att få en biljett till fem timmars helvete men efter några rundor i löpspåret så ändrade jag inställning. Jag blev fast ganska snabbt när jag märkte hur fort jag gjorde framsteg och ..."

"... tack!" avbryter reportern hastigt och kastar sig åt sidan upp på trottoaren med mikrofonen i handen. I ögonvrån ser Josefin att hon hukar sig av ansträngning. Några kilometers löpning inför dagens uppdrag kanske radioreportern borde ha satsat på. Nu hann hon inte ens fråga efter mitt namn, konstaterar Josefin med en viss besvikelse men inser att hon nästan nått fram till Kungsträdgården. Publiken tilltar och automatiskt sträcker Josefin på sig och ökar takten.

Hon kan inte låta bli att tänka på Andreas baktanke med maratonbiljetten. Från början var hon säker på att det var ett fint sätt att säga att hon kanske borde tänka mer på sin vikt. Hon hade nämligen gett sig själv minst tio centimeter bredare midja i fyrtioårspresent och utgick därför ifrån att det var fler än hon som hade reagerat på hennes tilltagande fettvalk runt magen. För ett år sedan tränade hon ingenting alls och hon unnade sig minst ett glas rött varje kväll, gärna med ett par chokladbitar till. En trött trebarnsmamma med ett öronbarn, en skolflicka med skrivsvårigheter och ett mellanbarn som inte känner sig bekräftat måste ta till något för att stå ut. Precis som om det inte vore tillräckligt hade hon också sagt upp sig från eventbyrån genom att mer eller mindre be sin chef att dra åt helvete. Efter det lovade hon sig själv att aldrig mer sätta sin fot på Södermalm. Men hon hade å andra sidan inte heller några planer på att sätta den i en löparsko, även om hon fått ett par påkostade proffsskor av Andreas. De ingick i den så kallade presenten. En dag efter dagis- och skollämning, som hade fallit på hennes lott nu när hon var "mellan två jobb", stod de bländande vita dojorna i hallen och tycktes stirra uppmanande på henne. Argt drog hon på sig dem och gick ut och sprang. Efter några hundra meter hade ilskan ersatts av grava andningssvårigheter och motvilligt fick hon avbryta. Josefin var ändå förvånad över att humöret påverkades, så nästa dag tog hon på sig löpardojorna direkt på morgonen och sprang hem när hon hade lämnat barnen. Hon fascinerades av frihetskänslan.

Några rundor senare orkade Josefin springa längre och då började hon också längta efter sin löpning och snegla på en dyr gps-klocka som mäter distans och hastighet. Andreas muttrade något om att hon sprang väldigt ofta och hon kunde inte annat än skratta åt honom. Var det inte det han ville? Under ett långdistanspass i skogen kom hon på idén att hon skulle gå hela vägen och bli personlig tränare. Tänk att få dela med sig av sin träningsglädje till andra. Och det bästa av allt var att hon fick träna själv samtidigt som hon fick betalt. Hon anmälde sig till en kurs redan samma dag och några veckor senare startade hon sitt nya företag.

Idag får hon förfrågningar från nya kunder varje dag och Josefin funderar på om hon är för billig med sitt arvode på sexhundra kronor i timmen. Visst har hon vågat närma sig tanken att hon kanske rentav är bra men hon vill inte dra någon förhastad slutsats – självkänslan fick sig en törn på förra jobbet och är fortfarande på reparationsstadiet. Tänk om hon hade haft åtminstone en tiondel av det självförtroende som hennes syrra har. Då kanske hon inte hade slösat så många år på ett och samma jobb som hon vantrivdes på.

På tal om Emma så känns det som om deras relation äntligen är på väg åt rätt håll. De har så olika liv att det ofta är svårt att sätta sig in i varandras situationer. Missuppfattningar ligger ofta nära tillhands, men de jobbar på att sudda bort sina förutfattade meningar om varandra. Emmas intresse för hennes träningsverksamhet är inte skyhögt, men hon tycks förstå vilket lyft det har varit för Josefin och stöttar henne. Som idag. Hon lovade att åka runt och heja. Visserligen har hon ännu inte sett röken av sin syster, men Emma är inte känd för att hålla tider.

Josefin har passerat Kungsträdgården nu och klockan piper på tjugosju minuter och fem sekunder efter fem kilometer. Bara drygt trettiosju kvar.

12 månader tidigare

"VI VAR OSAMS precis innan hon åkte till träningen", viskade Petra när de stapplade efter Måns genom skogen, som höll ett så högt tempo att det var svårt att hänga med.

En löpare bakom dem ursäktade sig och klämde sig förbi. För att inte ta upp hela spåret, drog Johan bort Petra till kanten av stigen.

"Vad handlade det om?" frågade han.

"Det gamla vanliga: att jag är dum och snål och att du är den ende som bryr sig om henne."

Pappas flicka. Johan såg Wilmas trotsiga uppsyn för sitt inre, hur hon kastade med huvudet för att få bort sin ljusa Loreen-långa lugg från ögonen.

"Så är det ju inte, det vet du också. Hon är bara ... tonåring och lite känslig."

Sanningen var den att Petra och Wilma ofta rök ihop om minsta sak. De var som två vildkatter som slogs om ett byte och absolut inte kunde tänka sig att dela med sig till varandra. Ibland bråkade de till och med om Johans uppmärksamhet och då tyckte han att Petra borde vara den vuxna och inse hur löjligt det var. Men han ville inte lägga sig i. Grälen handlade sällan om några allvarliga saker, åtminstone inte nu på senare tid, och ofta upplevde han att de triggades av att hetsa varandra. Ingen av dem ville nog det egentligen men verkade ändå inte kunna låta bli.

Kanske var det bara fråga om personkemi eller att de var alldeles för lika varandra. Petra kunde vara lika ettrig som en husfluga som surrade runt huvudet och vägrade lämna en ifred, precis som Wilma. Det var naturligtvis inte något som han hade påpekat för Petra.

"Hon sa att hon hatar mig", fortsatte Petra och Johan hörde att gråten var nära nu. "Förstår du hur det känns att höra det från den man älskar mest av allt i hela världen?"

Nej, det kunde han ju inte förstå eftersom Wilma aldrig hade sagt så till honom. Han skulle också ha blivit djupt sårad.

Johan kramade Petras hand hårt. "Men det sa hon i affekt bara för att se hur du skulle reagera. Hon menade det inte, det hoppas jag att du förstår."

Petra skulle precis svara men kom av sig när Måns stannade upp efter en backe och pekade mot en glänta i skogen. "Här stretchade vi en stund innan det var dags att köra vidare igen. Det var då jag upptäckte att Wilma var borta."

"Vilka var med på träningen?"

"Shirin, Wilma, Jenny, Viktoria, Mattias, och så även en kvinna som utbildar sig till personlig tränare, Josefin Eriksson."

"Var det ingen av dem som såg när Wilma gick iväg?"

"Någon nämnde i förbifarten att hon blev sur och drog. Jag tyckte att det var konstigt, men vi fullföljde träningen som planerat ändå. Det var först när vi kom tillbaka till klubbstugan och hon inte var där som jag blev fundersam. Sen såg jag hennes väska stå kvar på bänken och då blev jag orolig och ringde er. Hon vet ju var nyckeln till stugan ligger och skulle aldrig gå iväg utan sina saker."

Johan svalde. Solen hade gått ner bakom trädtopparna

och himlen var svagt rosa. Det var bara en tidsfråga innan det skulle bli becksvart. En obehaglig tanke slog Johan: tänk om det var knappt om tid? Wilma kanske hade trillat ner någonstans och skadat sig allvarligt. Kanske låg hon och kämpade för sitt liv utan att någon hörde hennes rop på hjälp. Han försökte slå bort bilden av en man som slet in Wilma i en buske och våldförde sig på henne. Nej, det var att ta det steget för långt. Men det var svårt att sätta stopp för fantasierna när de väl hade börjat skena iväg. I Bromma joggade många människor och någon borde ha sett eller hört henne i så fall. Det fanns säkert en bättre förklaring.

"Wilma!" ropade han utan förvarning.

Petra ryckte till men stannade sedan upp i sina rörelser. De stod alla på helspänn och lyssnade efter svar men hörde bara ekot av hans gälla röst klinga av.

"Vet du åt vilket håll Wilma gick när hon blev sur?" frågade Petra.

Måns pekade mot en annan stig längs med vattnet. "Åt det hållet, men jag är inte säker."

"Ska vi dela upp oss och leta, så ses vi här igen om tio minuter?" föreslog Johan och började gå mot vattnet innan han fått bekräftelse från de andra.

"Jag går med dig", sa Petra bestämt.

Johan visste hur mörkrädd hon var och protesterade därför inte, även om han tyckte att det hade varit smartare om hon hade tagit en annan väg så att de kunde söka av ett större område. För Wilmas skull.

"Då letar jag åt andra hållet, så ses vi här om en stund", bekräftade Måns.

Johan och Petra gick mot Ålstensängen, hela tiden med blicken mot sluttningen som vette mot Mälaren. Båda ropade efter Wilma men fick inget svar. Samtidigt undrade han vad Wilma hade blivit så sur över att hon bara gått därifrån. Hon som aldrig missade en träning. Han kunde inte hitta en enda rimlig förklaring.

Nere på den stora ängen stod en kvinna och tittade efter sin labrador som sprang och hoppade efter en pinne. Fältet var helt öppet och inga andra människor syntes till. Petra fortsatte bort mot en klippa vid stranden medan Johan gick fram och frågade kvinnan om hon hade sett en ung, ljushårig flicka med träningskläder. Hon skakade på huvudet. Sedan styrde han stegen mot Petra och de letade tillsammans längs med den klippiga strandkanten. Terrängen blev mer otillgänglig ju längre de gick.

Efter en stunds resultatlöst sökande såg Petra otåligt på Johan. "Det måste väl ha gått tio minuter nu? Vi får nog gå tillbaka till Måns. Det här känns inte bra."

Det gick inte att undgå att se att Petra förberedde sig på det allra värsta. Han hade aldrig sett henne så chockad förut, hon var alldeles grå i ansiktet.

"Hur snabbt rycker polisen ut om man anmäler henne försvunnen?" frågade Petra.

"Så långt ska det väl inte behöva gå? Du vet ju att Wilma inte alltid hör av sig som hon borde. Testa att ringa henne igen."

"Jag har ju hennes väska med mobilen här."

De började gå ifrån den lilla strandremsan med utsikt över Mälarhöjden. Under tystnad vek de av från stigen och gick istället den obanade terrängen längs med vattnet i riktning tillbaka mot Måns och klubbstugan. Johan trampade snett och tog sig om foten.

"Var försiktig så att du inte snubblar", varnade han

Petra och kände hur det blixtrade till i foten när han tog stöd på den.

Typiskt att han skulle skada sig också, han som äntligen hade hittat flytet i löpningen efter en långdragen förkylning. Nu skulle han kanske inte kunna springa på flera veckor.

Ett rop fick dem båda att frysa till i sina rörelser.

"Petra! Johan!" Måns röst lät förtvivlad. "Åh nej!"

Ångesten i skriket gick inte att misstolka. Johan började springa så gott det gick över stockar, stenar och kottar, förbi buskar och träd och tog sig upp på stigen. Smärtan i foten kändes inte ens längre, han skulle bara framåt. Petra hamnade på efterkälken men han kunde inte sakta ner på farten. Måns fortsatte att skrika bedrövat och uppgivet. Det lät mer som en klagosång än ett rop på hjälp.

"Vänta på mig!" ropade Petra efter Johan, men det enda som fanns i hans medvetande var att ta sig till Måns. Utan att bry sig om något annat rusade han fram på den steniga stigen upp på berget.

"Var är du någonstans?"

"Här!" svarade Måns, och Johan rörde sig i den riktning som Måns röst hade kommit från – ut mot den branta klippan ner mot vattnet. För en vecka sedan hade han och Wilma suttit precis där, alldeles utmattade efter tre varv i spåret, och njutit av solnedgången. Hon hade berättat i största förtrolighet att hon var kär, men vägrade att avslöja i vem. Han hade lovat att inte säga något om saken till Petra.

Nu kom Petra ifatt honom, flåsande av ansträngning. Så här mycket hade hon nog aldrig sprungit förut och hon tog sig om sina knallröda kinder. Hennes ögon var uppspärrade av skräck. Tillsammans gick de ut mot klippkanten.

"Måns?" frågade Johan prövande när han tyckte sig se någon nedanför berget på klippan vid vattenbrynet.

"Johan, säg att det här inte händer", viskade Petra med fruktan i rösten och stannade till.

Tio meter längre ner befann sig Måns. Det såg ut som om han höll i något, vad gick inte riktigt att se i skymningen.

"Vad ni än gör så kom inte ner!" ropade Måns. "Ni vill inte se det här, lita på mig. Åh herregud, Wilma", jämrade han sig.

Johan tog ingen notis om Måns varning. "Wilma, vi är här nu. Jag kommer ner, gumman", svarade han och hasade sig ner mot den branta klippavsatsen.

"Kom inte hit."

"Jag ringer efter ambulans", fyllde Petra i och började knappa på sin mobil.

Stadion, klockan 12.28

SJUTUSEN ANMÄLDA LÖPARE kom aldrig till start. Under de tio år som Lennart har varit med och arrangerat Stockholm Marathon har det aldrig varit så många avhopp, men han klandrar dem inte. Inga funktionsmaterial är tillräckligt effektiva mot dagens ihärdiga regn och aggressiva kastvindar.

"Lennart, vad bra att du är här, jag har letat efter dig överallt". Den nytillträdde informationschefen Albert Kronberg närmar sig med rynkad panna och stressad gångstil.

Och på något sätt känner Lennart på sig vad Albert ska säga.

"Jag fick ett mycket tråkigt besked från Karolinska sjukhuset. Måns Jansson har tyvärr avlidit av skadorna som han ådrog sig vid starten. Hans liv gick inte att rädda."

För första gången någonsin i Stockholm Marathons trettiofemåriga historia avlider en löpare. Det är inte ovanligt att någon stryker med under ett långdistanslopp, men fram till idag har de varit förskonade från dödsrunor.

"Det är inte sant", utbrister Lennart och föser med sig Albert in på det tillfälliga kontoret för att prata på tumanhand.

De slår sig ner mittemot varandra på varsin plaststol.

"Jag pratade med honom precis innan ambulansen kom", säger Lennart och ser på klockan. "Och nu är han alltså död? Det är obegripligt tragiskt."

Albert tar ett djupt andetag. "Ja, det är fruktansvärt."

"Det var inte alls länge sedan som jag och Måns stod och snackade vid Kristineberg. Måns är ...", Lennart kommer av sig när han inser att han inte längre kan tala om honom i presens, "... *var* en enastående löpare och en fantastisk coach."

Imperfektet smakar dåligt i munnen och Lennart känner sig matt. Han borde äta något men kan inte tänka på mat just nu. Media kommer att presentera Måns Jansson som Stockholm Marathons första dödsfall genom tiderna, men Lennart kan skriva under på att det nog är det sista Måns hade önskat att bli ihågkommen för. En sådan levande och sprudlande person. Albert ställer sig upp men det är uppenbart att han har något mer på hjärtat.

"Fick du reda på något annat?" frågar Lennart eftersom Albert verkar ha fått tunghäfta.

"Han avled strax efter att ambulansen hade anlänt till akuten och hans närmast anhöriga ska vara underrättade", svarar informationschefen och fortsätter med viss tvekan: "När nyheten kommer ut så lär vi bli fullständigt nerringda. Orkar du uttala dig om saken redan nu, så slänger jag ihop ett pressmeddelande?"

Lennart funderar på vad som är bäst men Albert verkar bli nervös av hans tystnad och tar till orda igen: "Jag har ett kort uttalande från läkaren och förhoppningsvis nöjer sig de flesta journalister med några färdiga citat, så kan vi koncentrera oss på loppet istället för att svara i telefon."

"De kommer inte att nöja sig med att ringa, det är bara en tidsfråga innan de står framför näsan på dig ... ja, och mig också för den delen."

Albert harklar sig besvärat. "Föredrar du att jag skriver

ihop några citat då, så kan du godkänna dem? Jag förstår att du är skärrad, så jag hjälper gärna till. Säg bara åt mig vad jag ska göra."

"Okej."

Helst av allt vill Lennart att alla anhöriga ska slippa mediastormen men det är oundvikligt. Måns familj kommer att bli förtvivlad, för att inte tala om hans hängivna adepter. Lennart kan föreställa sig vilken sorg och saknad detta besked kommer att medföra och längtar plötsligt hem till sin fru.

"Ge mig bara några minuter så ska jag uttala mig. Så brådskande kan det inte vara."

Informationschefen ser inte ut att instämma men han argumenterar inte heller emot. Lennart reser sig och går iväg till toaletten, som är det enda stället som han vet med säkerhet att han får vara ifred på. Med en duns sjunker han ner på toalettsitsen med byxorna på. Hjärnan går på högvarv för att smälta den dystra nyheten. Flaggan på halv stång redan en halvtimme efter loppet är inte klokt. Risken finns att media döper om Stockholm Marathon till Dödsloppet, precis som de gjorde med Midnattsloppet. Men då var det två människor som hade dött. Det hjälper inte att påpeka att sextontusen löpare kommer att överleva. Media är ute efter att sälja lösnummer och vill dra till sig uppmärksamhet. Egentligen förstår Lennart logiken i det men just nu känner han ett obehag inför vad som komma skall. Risken är att Stockholm Marathon får sig en törn på grund av den här tragiska olyckan. Efter en mediegranskning av verksamheten för några år sedan har Lennart dålig erfarenhet av journalister.

Tyst för sig själv funderar han över vad han ska fokusera

på i sitt uttalande. Familjen i första hand, det är en självklarhet. Det räcker nog så. Huvudsaken är att han, i egenskap av ansvarig för maraton, säger något medkännande. Lennart rättar till armbandsuret som åkt snett och ser på klockan att han har suttit inlåst i flera minuter. Snart kommer nog Albert och knackar på och för att förekomma det reser han sig upp. Han möter sitt sammanbitna ansikte i spegeln och konstaterar att han borde gå till frisören snart. Hans gråa hår är fortfarande kort men några centimeter för långt för att passa hans avlånga ansiktsform. Folk brukar säga att han ser snäll ut men den person han stirrar på i spegeln just nu ser snarare bister, på gränsen till arg, ut. Rynkorna förstärker det intrycket. Men det är väl den här uppsynen man har när man är tagen av stundens allvar.

Lennart låser upp och går ut och som av en händelse står informationschefen precis utanför dörren till toaletterna.

"Jag tyckte det var bäst att vänta här", förklarar Albert generat. "Så vi inte riskerade att springa om varandra."

"Skriv så här: 'Vi beklagar djupt det inträffade och våra tankar går i första hand till den avlidnes närmaste familj.' Fungerar det?"

"Vi börjar så. Är det inte bättre att avslöja identiteten med en gång? Alla kommer ändå ringa och fråga", säger Albert utan att se upp från anteckningsblocket.

"Det tycker jag är alldeles för snabbt inpå och är inte heller vår uppgift att göra. Tänk om de inte har fått tag i alla berörda än och de får nyheten kastad i ansiktet när de går in på nätet eller ser tv-sändningen."

"Fast vi har fått bekräftat att de anhöriga har blivit informerade."

"Det är inte vår sak att gå ut med hans namn", insisterar Lennart och hoppas att Albert ska ge sig. Han orkar inte tjafsa.

"Då skriver vi att det rör sig om en trettiofemårig man som är identifierad och att de anhöriga har blivit underrättade, så skapar vi inte kaos bland alla som känner en trettiofemåring i startfältet."

"Bra tänkt, Albert."

Informationschefen rycker på axlarna. "Jag gör bara mitt jobb. Om några minuter släpper vi nyheten. Bäst att du har mobilen på."

Blackeberg, klockan 12.30

DET DÅLIGA SAMVETET gnager i Shirin, som rastlöst stryker omkring i sin nya etta med kokvrå. Flyttkartongerna står fortfarande staplade på varandra i rummet trots att det var två månader sedan hon fick tillträde. Telefonen ringer enträget och motvilligt lyfter hon på luren. Det kan ju vara Pelle.

"Ja?" säger hon förväntansfullt.

"Va, du svarar?"

När hon hör sin mammas röst får hon lust att rabbla upp ett inställsamt meddelande som talar om att detta är Shirin Nilos automatiska telefonsvarare och att hon tyvärr inte kan nås för tillfället. Hennes ihärdiga mamma var en av de stora anledningarna till att hon såg till att flytta hemifrån illa kvickt när hon fyllde arton år. Men hon hinner inte ens tänka ut vad hon ska säga förrän hennes mamma fortsätter sin monolog med en bitsk underton:

"Du springer inte? Som du tränat, jag förstår mig inte på dig", säger hon med kraftig brytning. "Vi betalar mycket varje månad."

Shirin suckar förläget. "Har du inte sett hur det ser ut ute idag? Vet du hur kallt och blött det är? Dessutom har jag faktiskt ont i halsen."

Det var värt ett försök men det är inga argument som biter på hennes mamma. "Trams! Som din pappa hade sagt: det finns inte dåliga kläder utan dåligt väder."

"Det finns inget dåligt väder, bara dåliga kläder, mamma", suckar Shirin.

Varför måste hon alltid påminna om pappa, som inte längre finns? Det är deppigt nog ändå, där hon sitter ensam som en loser istället för att göra sitt livs lopp som hon laddat för så länge. Allting är Pelles fel som dumpade henne för en annan dagarna före maran. Även om det har varit mycket fram och tillbaka mellan dem i två års tid, så känns det som det definitiva slutet nu. Det var i alla fall så han uttryckte sig. Shirin orkar inte ens gråta längre men är ändå inte redo att berätta för sin mamma att det är slut. Nyheten kommer att göra henne förkrossad.

"Jaja, det är inte så noga", svarar mamman. "Men maraton kostar väl också mycket pengar att springa, får du tillbaka dem?"

Shirin är på väg att lacka ur nu – mest på sig själv för att hon över huvud taget svarade i telefonjäveln. Hon orkar inte lyssna på sin jobbiga morsa, som aldrig joggat längre än några meter till busshållplatsen. Hon har ingen rätt att läxa upp Shirin om att hon inte springer idag. En mamma ska vara ett stöd, inte någon som får en att må sämre. Niohundrafyrtiofem spänn åt helvete, javisst, men Shirin kan tänka sig att ge det dubbla bara för att slippa gå utanför dörren. Priset man får betala för att inte delta handlar om andra saker än pengar, men det är något hennes mamma aldrig skulle förstå.

"Ville du något också?" frågar Shirin syrligt, utan att försöka dölja att hon är stött.

"Du kunde väl ringa, så vi slapp sitta vid tv:n och titta efter dig."

"Direktsänder de loppet?"

"Ja", svarar hennes mamma och ropar högt: "Ni kan stänga av! Shirin springer inte. Det regnar."

Det där sista låtsas Shirin inte höra utan söker med blicken efter fjärrkontrollen istället. "Men ville du något?"

"Nej, inte särskilt."

Shirin är på väg att rätta sin mamma igen, men avstår när hon inser att det är meningslöst. Om femton år i Sverige inte har fått hennes mamma att behärska det svenska språket, lär det inte hjälpa om Shirin märker ord.

"Okej, hälsa brorsorna", säger Shirin och lägger på luren innan hennes mamma hinner komma med något mer som hon inte orkar lyssna på.

Fjärrkontrollen verkar ha fått vingar och Shirin svär högt för sig själv. Hon letar under sängen, mattan, soffan och kollar för säkerhets skull i kylskåpet också. Till slut sjunker hon ner i soffan igen och ser att den svarta fjärrkontrollen ligger på soffbordet, precis där den ska vara. Shirin skakar matt på huvudet och sätter på tv:n. Det räcker med fem sekunders inblick i det pågående loppet för att hon ska känna att hon tog rätt beslut som valde att avstå. Vädret är inte bara dåligt, det är horror. Egentligen skulle hon ha sprungit tillsammans med Viktoria men nu känns det inte helt fel att sitta uppkurad i soffan i sin onepiece istället.

Via mobilen går Shirin in på Stockholm Marathons hemsida där hon kan följa sina vänners framfart var femte kilometer. Sms-tjänsten som hon har beställt skickar enbart tider vid fyra tillfällen, efter tio kilometer, vid halvmaran, trettio kilometer och efter målgång. Men sajten bjuder på tätare uppdateringar. Viktoria pinnar på bra utan henne verkar det som. Fem minuter per kilometer är helt okej en sådan här dag. Å andra sidan gör det inte så mycket om hon skulle tvingas bryta. För tillfället har Viktoria övertrasserat sitt minuskonto med marginal. Och det är ytterligare ett skäl till att Shirin ställde in loppet i sista sekund även om hon undanhöll det för sin mamma.

Viktoria – den svikaren. När hon minst anar det så poppar det upp bilder i hennes huvud på Måns och Viktoria där de står omslingrade i varandras armar. Förälskelsen lyser i Viktorias ögon och Måns njuter så mycket att han blundar. Det skulle han inte ha gjort för då missade han att de andra i klubben redan kommit till träningen och stod och iakttog honom i sin adepts armar. Omfamningen pågick på tok för länge för att bara vara en hälsning. Den plågsamma synen varade i kanske tio sekunder, men kändes som flera minuter för Shirin. Kanske hade det fortsatt i en evighet om inte någon hade harklat sig försiktigt. Först då släppte de greppet om varandra och såg förvånat på sin oväntade publik.

Shirin vet att alla tjejer i klubben är lika besvikna som hon, så hon är åtminstone inte ensam i sin sorg. Vem har inte fantiserat om att få Måns även om det har känts orimligt, nästan som en utopi? Han är fantastisk på alla vis och den snyggaste man hon känner. Hon kan bara föreställa sig Pelles blick om hon skulle komma gående hand i hand med Måns. En bättre hämnd kunde hon inte tänka sig men den drömmen såg Viktoria till att krossa. Shirin har fortfarande inte tagit ställning till om hon ska acceptera att de är ett par, för det kröp naturligtvis fram till slut att omfamningen inte var en engångsföreteelse. "Jo, vi är ju kära. Det bara hände", förklarade Viktoria förläget, men ändå triumferande, precis som om någon hade bett om hennes syn på saken. Shirin är fortfarande stött över att Viktoria inte anförtrodde sig till henne – de som brukade berätta allt för varandra.

Det slår Shirin att hon fortfarande inte sett någon uppdatering från Måns efter fem kilometer, vilket är väldigt märkligt. Han om någon skulle aldrig avstå eller bryta ett lopp såvida inte något allvarligt hade inträffat. Men om han också ställde in i sista sekund så lär han svara i mobilen. Kanske han har lust att komma över och se tv-sändningen här, tänker Shirin och det pirrar till i kroppen. Då kan hon ta en bild på dem och lägga på fejjan, så kan Pelle se att han inte har så mycket att komma med längre. Det finns ingen som spelar i samma division som Måns och det kommer Pelle att förstå så fort han ser bilden. Måns har förmågan att alltid finnas tillhands för alla och hon skulle kunna dra en vals om att hon är deppig över uppbrottet med Pelle, så kommer han säkert över. Eller också kommer han ändå. Senast var det faktiskt han som hade bjudit in henne på fika. Shirin bortser från att det var så mycket som fem månader sedan Måns invit och att det inte hade blivit något mer än en kopp te. Med gott mod testar Shirin att ringa Måns men blir mer och mer besviken för varje signal som går fram utan att han svarar. Hon drar slutsatsen att telefonen är inställd på ljudlöst eller att han helt enkelt inte hör den. För han skulle väl inte strunta i att svara om han såg att det var hon? Han står väl och hejar på sin nya flickvän om han inte springer själv. Efter ytterligare några försök lämnar hon ett meddelande om att han ska ringa upp så fort han kan.

Även om han tillhör Viktoria nu så kan Shirin inte låta bli att slåss om hans uppmärksamhet.

Skeppsbron, klockan 12.33

DET HÄR BÖRJAR bli löjligt. Emma förstår inte vad hon sysslar med för snart har hon cyklat runt halva huvudstaden utan att ha sett så mycket som en skymt av Josefin. Ingen hade nämnt ett ord om att det krävs en viss förberedelse även för publiken under ett sådant här stort evenemang. Särskilt när det är regn och storm. Men det största problemet är att hon inte har en susning om hur snabbt Josefin springer och hon inser att det är en förutsättning för att hitta henne bland alla tusentals andra. Gissa kan hon göra men hittills har det inte varit en vinnande strategi. Dessutom hade det varit en fördel att veta vad Josefin har på sig, eftersom alla löpare bär snarlika funktionströjor och regnställ. Vid det här laget har hon tappat räkningen på antalet kvinnor med svarta tajts. Innan hon hinner blinka har de svischat förbi och flera gånger har hon ställt sig frågan om hon precis missade Josefin. Emmas tålamod är på väg att sina och hon skulle behöva något uppiggande för att orka stanna kvar utomhus. Det vore en sak om solen sken men nu är varenda minut en plåga. Hon leder cykeln på Skeppsbron och närmar sig slottet. Det är lika mörkt och dystert som vanligt, nästan spöklikt trots att det är mitt på dagen. Ändå är det ganska pampigt på sitt sätt. Utsikten mot Grand Hôtel är slående vacker.

Högvakten står som vanligt oberörd, koncentrerad på

sin uppgift, utan att ge minsta uppmärksamhet åt en liten flicka i flätor som står en meter ifrån och applåderar åt honom. Emma spejar sporadiskt mot loppet, utan att se Josefin. Vid det här laget är hon genomblöt, sur och hungrig; tre onda ting för mycket. Fast när hon ser löparna som envist tar sig vidare trots aggressiva kastvindar och regnduschar, så skäms hon över sin självömkan. Till skillnad från dem kan hon gå in på första bästa kafé och värma sig en stund och äta något gott. Det är precis vad Emma tänker göra härnäst, då mobilen ringer.

"Emma Sköld", svarar hon när hon lyckats gräva fram ena hörsnäckan till sitt headset.

"Hej", säger en röst som låter sömndrucken men glad.

När Emma hör vem det är blir hon genast på bättre humör. "Hur är det?"

"Dåligt, jättedåligt", svarar han och drar tungt efter andan.

Emma släpar med sig cykeln och tar skydd under ett tak utanför Livrustkammarens entré. "Varför då?"

"Därför att du inte är här förstås." Fortfarande låter han ynklig, snudd på döende.

"Tror du att jag hellre står i ösregn och fryser än ligger i sängen tillsammans med dig?" säger hon sarkastiskt och känner själv hur idiotiskt allting är. Respekten för Josefin måste vara enorm med tanke på att hon är här och inte hos mannen i sitt liv.

"Kom hit, nu!" ylar han till i ren desperation och kippar efter andan.

Emma skrattar. "Om du så gärna vill träffa mig kan väl du komma hit? Det är ju bra med frisk luft."

"Vad har du mer att erbjuda än luft?"

"En kram kanske."
"En kram? Snåljåp!"
"Okej, det är förhandlingsbart ifall du dyker upp."
"Var är du då?"
"Utanför slottet."
"Hur går det för syrran?"
"Det är just det som är problemet: jag har inte sett henne än." Emma blickar ut mot löparna när hon inser att hon tappat koncentrationen för en stund. Med hennes otur så har väl Josefin hunnit förbi just då.
"Tur att hon är kvinna då med tanke på vad som hänt."
"Vad menar du?" frågar Emma, när hon inser att han inte lät ironisk.
"Har du inte hört att en löpare har dött? Han kom visst inte längre än till Stadion och det verkar vara hysch-hysch kring dödsorsaken."
"Är det sant? Gammal eller ung?"
"En trettiofemåring om man ska tro nyhetssajterna."
"Usch då, så tragiskt! Det kanske var någon med medfött hjärtfel?"
"Jag vet inte, det står att artikeln ska uppdateras inom kort men än så länge har ingenting nytt hänt."
"Hemskt, hur som helst. Ska vi höras lite senare när jag är färdig?"
"Glöm det, nu när jag äntligen har dig på tråden tänker jag inte släppa dig så lättvindigt. Jag är vid slottet om några minuter, gå ingenstans."

Som en skänk från ovan kommer Josefin plötsligt springande och Emma släpper cykeln i ren iver och joggar fram mot henne. "Bravo! Kom igen nu!" är det enda hon hinner ropa innan hennes syster försvinner in i mängden.

Hoppas Josefin såg henne, allt gick så snabbt att hon inte är säker på att hennes hälsning gick fram. Typiskt, då skulle hon ha kunnat cykla hem med gott samvete.

"Eh ... tack", hör hon i luren. "Jag har i alla fall kvar hörseln på vänster öra."

Emma skrattar till. "Josefin såg stark ut, det här kommer hon att fixa."

"Och kanske jag med om du lovar att vänta på mig", säger han med hes och upphetsad röst. "Jag kommer snart."

Hon blir osäker på exakt vad han menar med det där sista.

"Jag stannar", svarar Emma och trycker snabbt bort samtalet innan hon får reda på vad han egentligen sysslar med där i andra luren.

12 månader tidigare

EN SPINDEL KRÖP i Wilmas ansikte men hon gjorde inga försök att fäkta bort den. Det åttabenta djuret stannade upp i sina rörelser när Johan närmade sig. Han kunde inte ta in det han såg, att Wilma låg i en onaturlig position på en hård klippa med ett kryp på kinden. Måns hade lagt sin jacka över hennes överkropp men benen var bara och hon frös säkert. Hon brukade bli kall väldigt lätt, kanske för att hon inte hade så mycket underhudsfett. Men Johan hade bara ögon för den där spindeln som hänsynslöst satt på hans dotters kind. Han lutade sig fram för att knäppa bort den men fingrarna vägrade lyda. Efter tredje missen pinnade spindeln iväg av sig själv, kanske blev den skrämd av vinddraget från hans hand. Han tog stöd med sin andra hand på stenen bredvid Wilmas huvud och kände att den var alldeles blöt. Det hade väl inte regnat? Någonstans i periferin hörde han Måns röst och även Petras men det lät mest som ett ihärdigt surrande, nästan som en bisvärm. Det konstiga var att Måns satt precis bredvid. Johan lyfte upp handen för att torka av sig och kände då lukten av blod.

"Jag är hemsk ledsen", sa Måns. "Det är så ofattbart."

Tiden stod stilla. Johan ville lyfta upp sin dotter och bära bort henne från det hårda underlaget men han kunde inte röra sig. Han blev stum, döv och förlamad på samma gång och förblev i det tillståndet tills fler människor dök upp omkring honom. Han hade ingen aning om hur lång tid som hade gått. Någon ledde bort honom och benen gick av sig själva. Men han stannade upp och protesterade vilt när han insåg att han upptog en sjukvårdares tid. *Hjälp Wilma istället, inte mig! Jag mår bra men hon behöver vård.* På avstånd hörde han Petras snyftningar och ville trösta henne. Istället stod han som förstenad med blicken rakt ut i den mörka, oändliga himlen.

"Jag vill gärna fråga dig några saker om din dotter sen när du orkar." Det lät som en kvinna som pratade. Han såg en polisuniform när han vred huvudet åt det håll som rösten kom ifrån.

Han ville gärna prata om Wilma, berätta om vilken tur han hade haft som fått en sådan fantastisk dotter. Någon som han hade delat sjutton år av sitt liv med och som var hans allra bästa vän. Han var så stolt över henne att han kunde bli gråtfärdig. Som hon sprang! Hennes löpsteg var så vackert. Redan på BB förstod han att Wilma var hans stora kärlek i livet och att hon skulle bli något speciellt. Tiden som föräldraledig var magisk. De hade så roligt tillsammans och han älskade att se henne växa och utvecklas. Hon visste precis hur hon skulle bära sig åt för att han skulle falla som en kägla för hennes charm. Hennes ord var hans lag och han visste det redan när han höll henne i sin famn första gången. Allt det ville han säga till poliskvinnan som betraktade honom försiktigt. Men han fick bara fram ett ynkligt läte.

På vägen till sjukhuset kom talförmågan sakta tillbaka. Johan argumenterade med sjukvårdspersonalen om att få åka raka vägen hem men ingen verkade lyssna på honom. Efter en undersökning av blodtryck och annat som kändes banalt, fick han och Petra med sig insomningstabletter och kunde åka hem till lägenheten och sova. De somnade omedelbart och vaknade på morgonen av att solen stod som en strålkastare över dem. Klockan var bara sex på morgonen och han log när han förstod att han skulle kunna ligga kvar i sängen i flera timmar till. Leendet falnade när han kom att tänka på den fruktansvärda mardrömmen han hade haft om en mörk skog, hårda klippor, blod och en spindel med stirrande fasettögon. Inte konstigt att han sovit oroligt och var alldeles svettig. Han som avskydde spindlar. Det knöt sig i magen när han vände sig om mot nattduksbordet för att kolla av sin mobil. En medicinkarta med tabletter låg där.

Wilma!

Johan lämnade sängen och gick mot hennes rum. På de få meterna klarnade gårdagskvällen och när han lade handen på dörrhandtaget visste han att Wilma inte skulle vara där. Ändå hoppades han på just det när han knackade försiktigt på dörren för att inte väcka henne om hon fortfarande sov. Johan öppnade och klev in för att konstatera att hennes obäddade säng gapade tom. Den skrek honom rakt i ansiktet: "Hon kommer aldrig att ligga här igen, förstår du inte det?!"

Johan sjönk ner i en hög på golvet. Han grät hejdlöst när han förstod att han förlorat henne för alltid. Wilma var död och han skulle aldrig få krama henne igen. Den insikten var så smärtsam. Han visste inte hur länge han hade suttit på Wilmas trasmatta och hulkat när han kände en hand på sin axel. Petra hjälpte honom upp på benen och ledde honom ut från rummet och in till deras säng.

"Hur överlever man?" frågade han och lutade sig tillbaka mot kudden. Ögonen var svullna och halsen knastertorr.

"Det gör man inte. När ens barn dör, så dör en bit av en själv också. Sen återuppstår man som en ny människa... om man orkar och vill."

Det hade inte ens gått ett dygn och Petra talade redan som en vis kvinna med erfarenhet i ämnet. Han kände sig svag och skör och snudd på provocerad.

"Jag orkar och vill inte", svarade han kort.

"Inte jag heller."

Sedan måste de ha somnat om för Johan vaknade till efter ett tag av att dörrklockan ringde. Yrvaket reste han sig upp och fick med sig en T-shirt på väg ut mot hallen. Han vred om låset och utanför stod två poliser.

"Hej! Hoppas att vi inte väckte dig?"

Johan såg på klockan att den var elva. "Det är ingen fara."

"Vi träffades i Bromma igår och kom fram till att vi skulle pratas vid idag istället. Är det okej?"

Det hade Johan inget minne av alls, men han nickade. "Stig på! Jag sätter på kaffe om ni vill ha."

"Tack."

Petra kom också in till köket med morgonrocken på sig. Poliserna tog i hand och beklagade sorgen.

"Vi undersöker er dotters död och skulle vilja ställa några frågor om ni tror att ni orkar med det."

"Fråga på bara", svarade Petra matt.

"Berätta om gårdagen, hur Wilma mådde, om det var något särskilt som hände."

Johan och Petra växlade blickar. "Hon kom hem från skolan och åt några mackor innan hon skulle på träningen.

Hon verkade som vanligt. Vi pratade bara kort, sedan tog hon sin träningsväska och gick", sa Petra.

"Kom du ihåg vad ni pratade om?"

"Bara vardagliga saker, men precis när hon skulle gå blev vi lite osams. Det är inget ovanligt att vi ryker ihop och jag minns inte riktigt vad det handlade om den här gången. Jo, hon ville gå på en fest idag, vilket jag protesterade emot."

"Vad var det för fest?"

"En klasskompis som fyller år. Sist han hade party spårade det ur helt och jag var orolig för att det skulle hända henne något så jag sa nej."

"Så ni skildes åt som ovänner?"

Petras röst skar sig när hon svarade. "Ja."

Poliserna såg dystra ut och vände sina blickar mot Johan. "Hur har Wilma mått den senaste tiden?"

"Bra, tror jag. Hon hade äntligen hittat ett fritidsintresse med löpningen och trivdes bra på sin nya skola. Livet verkade rulla på."

"Nya skola?" Polisen lät fundersam.

"Hon bytte skola efter ett år på gymnasiet, eftersom skolledningen inte lyckades hantera mobbningen som skedde där", svarade Johan.

"Så Wilma blev mobbad?"

"Mobbad eller utfryst, jag vet inte den rätta benämningen. Det uppdagades först när jag hittade henne i badkaret. Hon hade skurit sig."

Poliserna växlade blickar.

"Försökte hon ta livet av sig?" frågade den ena.

"Dra inga slutsatser av det – Wilma mådde bra och hade stora planer i livet. Hon skulle aldrig begå självmord. Aldrig! Det som hände i badkaret var mest ett rop på hjälp, vilket fick oss att agera omedelbart." Johan märkte att han hade höjt rösten.

"Vi tror ingenting, utan inväntar rättsläkarens bedömning", svarade den andra polisen. "Det är viktigt att vi vet så mycket som möjligt om Wilma. Var hon ovän med någon?"

"Inte vad jag vet", sa Johan.

"Nej", fyllde Petra i.

"Hur kom det fram att hon var försvunnen?"

"Wilmas tränare Måns ringde och sa att hon hade avbrutit träningen och att hennes saker låg kvar i klubbstugan. Han var orolig och ville bara försäkra sig om att vi hade hört av henne. Vi åkte dit och gick ut i skogen och letade efter henne."

"Och om vi har förstått det rätt så var det Måns som hittade henne?"

"Just det."

"Var befann ni er då?"

"Några hundra meter därifrån, precis vid början av Ålstensängen."

"Och Måns var också den som senast såg henne vid liv", sa polisen och mötte sin kollegas blick.

Det lät mer som ett konstaterande än en fråga.

Blackeberg, klockan 12.34

MIKRON PLINGAR TILL för tredje gången och Shirin tar resolut ut muggen. Nu tänker hon dricka upp den röda Rooibos-skiten med en gång innan hon glömmer bort det. Hon svär åt tekoppen när hon bränner sig på fingrarna, men egentligen är hon arg på Pelle. Och Viktoria. Men även på Måns, som inte svarar i telefon. Planen att bjuda hem honom går inte bara dåligt – den går inte alls. Hon har tappat räkningen på hur många gånger hon ringt hans mobil men uppskattningsvis tio. Okej då, femton. Skamset kurar hon ihop sig i den alldeles för stora onepiecen. Måns kommer att se alla hennes kontaktförsök och hon inser att det kan verka aningen desperat, på gränsen till trakasserier, men hon har ingen annan att ringa. Och hon har tröttnat på den trista tv-sändningen för länge sedan. Inte ett enda bekant ansikte har svept förbi i rutan och täten, som programmet fokuserar på, är hon inte ett dugg intresserad av. En stackare har tydligen strukit med under starten också och hon ryser till av obehag. Snacka om misslyckande att inte komma förbi Stadion. Många vet ju inte sitt eget bästa när de tar sig an en sådan påfrestande uppgift som en mara. Det är inget lopp man spontanspringer på en svensexa, utan något som tar månader att träna inför. Eftersom maraton har vuxit och blivit en folksport så verkar vissa bli övertända och kastar sig in i leken utan att tåla den. Men den här avlidne löparen blev bara trettiofem år, precis lika gammal som Måns. Hon stirrar uppfordrande på mobilen. "Ring då!" morrar hon åt den men ingenting händer. Det måste betyda att Måns fortfarande springer men att det är något fel på tidtagningen.

Hela förmiddagen har en obekväm tanke pockat på hennes uppmärksamhet. Ända till nu har hon lyckats slå den ifrån sig men den är på god väg att ta över helt: att hon borde masa sig upp ur soffan och sticka in till stan och heja på sina vänner. En svikare är hon, eftersom hon bangade loppet, men det borde finnas gränser. Att inte ens åka dit och peppa de andra är lågt. Det minsta hon kan göra är att komma med några lyckönskningar längs banan, kanske även söka upp Mattias och stötta den stackaren som blev funktionär istället för deltagare. Om det inte vore för det onda i halsen skulle hon självklart ha varit där för länge sedan men hon kan inte rå för att hon blivit sjuk. Tänk om det är halsfluss? Då får hon verkligen inte anstränga sig. Pelles sista kyss kanske var det som smittade henne för han sa efteråt att han hade ont i halsen. Pucko! Hon tar en klunk av sitt te och sveper sedan resten av innehållet. Skönt, då har hon i alla fall gått i mål med en sak den här dagen. Telefonen ligger kvar på soffbordet, med en provocerande svart skärm. Hon lyfter upp den och plockar bort bakgrundsbilden på henne och Pelle, tätt omslingrade. Sedan raderar hon även alla hans sms och känner sig någorlunda tillfreds när hon är klar. Äntligen ordning och reda i mobilen i alla fall, det är värre med själen. Mirakulöst nog blinkar skärmen till och hon ser att Måns äntligen bönhör henne. Stackarn, han måste alltså ha tvingats avstå loppet. Men desto bättre för henne: då kan hon kanske få ha honom för sig själv en stund medan Viktoria springer klart. Han behöver säkert komma och värma sig någonstans – och få tröst, för något har uppenbarligen hänt.

"Hej Måns", säger hon och försöker att inte låta lika angelägen som hon i själva verket är. Han är säkert jättebesviken.

Men det är inte Måns i andra luren, utan en okänd kvinnoröst som svarar: "Hej, jag ser att du har försökt få tag i Måns och hörde ditt meddelande, vem är du?"

Shirin blir alldeles ställd och vet inte vad hon ska svara. Det första som slår henne är att Måns kanske har ytterligare en flickvän, förutom Viktoria, för kvinnan låter avvaktande och en smula misstänksam. Instinkten säger Shirin att hon borde avsluta samtalet innan det får för stora proportioner men hon är för nyfiken för det.

"Hallå, är du kvar?" frågar kvinnan.

"Eh ... jag är en som tränar för Måns", svarar Shirin och hör själv hur mesig hon låter och tänker att hon får gaska upp sig.

Till Shirins förvåning mjuknar kvinnans röst. "Du är alltså medlem i Mission?"

"Ja, jag har tränat för honom i flera år och jag ringde för att jag ser att hans maratontid inte har uppdaterats än. Så jag undrade bara varför han inte sprang ..." Shirin kommer av sig när det går upp för henne att det är något som inte stämmer. Hon har inte hunnit reflektera förrän nu över skälet till att en annan person ringer från Måns telefon, hon hakade istället upp sig på att det var en kvinna i andra änden. Men det låter som en äldre kvinnas röst och håret reser sig på armarna i samma ögonblick som hon förstår att någonting är fel.

Kvinnan snyftar till. "Jag är ledsen att behöva ge dig det här beskedet över telefon, men Måns är död."

"Sluta nu! Vem är det jag pratar med?" säger Shirin upprört.

"Måns mamma, Annika. Jag är funktionär vid starten och Måns lämnade sin mobil till mig."

"Men vadå, vad har hänt?"

"Han ramlade och skadade sig i ryggen. Du får ursäkta mig, men jag orkar inte prata om det just nu."

Motvilligt sjunker det in att Måns är död, han finns inte mer.

"Jag förstår", är det enda Shirin får fram innan hon släpper telefonen på soffan.

"Tack", hör hon Måns mamma svara på avstånd.

Sedan blir displayen svart igen.

Lägenheten tycks krympa, väggarna och taket kommer närmare och närmare och hon känner att hon snart inte får plats längre. Svetten klibbar över hela kroppen och hon ålar sig ur sin mysdräkt och sitter i bara behå och trosor och stirrar in i väggen. Måns har spelat en viktig roll i hennes liv, han har varit den som sett henne och brytt sig. Den enda människan på jorden som hon fullständigt litat på.

Hon kryper ihop i fosterställning på soffan och blundar. Loppet pågår på tv-rutan i bakgrunden som om ingenting hade hänt, men livet har stannat upp och Shirin vill aldrig mer öppna ögonen.

Slussen, klockan 12.36

JOSEFIN KÄMPAR SIG fram i motvinden från helvetet. Självrannsakan är vad som upptar hennes tankar just nu och hon undrar hur i hela friden hon kunde utsätta sig för det här. Den enda förklaringen hon kommer fram till är att hon helt enkelt måste vara dum i huvudet.

Hon är nära att snubbla över en annan löpare som bromsar in vid vätskekontrollen vid Münchenbryggeriet för att ta en mugg. Hon är på vippen att häva ur sig något elakt men besinnar sig. Det är meningen att man ska haffa en mugg i farten, inte tvärnita, men det verkar inte vara en självklarhet för alla. Josefin är inte ens intresserad av vattnet, eftersom halva muggen troligtvis består av regn. Och det rimmar illa med hennes tilltagande bacillskräck som Antons återkommande öroninflammationer har fört med sig. Med avsmak ser hon på tunnan med vatten som funktionärerna fyller pappmuggarna med direkt med sina händer. En exakt likadan tunna har de hemma vid huset till det trasiga stupröret. Vid nästa vätskekontroll ska hon hålla sig längre ifrån borden så att hon slipper onödiga inbromsningar av amatörer. Marken under hennes fötter är fylld av urdruckna muggar, som knycklas till när hon trampar på dem.

Även om hon inte vill erkänna det för sig själv så är hon påtagligt kissnödig, därav det urusla humöret. Förr eller senare kommer hon att behöva göra något åt sin blåsa. På Kalmar Triathlon får man strafftid om man kissar i det fria men tack och lov inte på Stockholm Marathon. Josefin ser ingen lämplig plats längs med Söder Mälarstrand, och Västerbron är inget alternativ om man inte vill hamna på YouTube. Så hon kniper och springer vidare utan att tänka för mycket på att hennes växande urinblåsa riskerar att sprängas i bitar när som helst. Det är inte så smärtsamt långt kvar till buskarna vid Rålambshovsparken, försöker hon intala sig. Ett annat alternativ är att bara låta det ske. Ingen skulle märka om hon kissade på sig. Dessutom skulle värmen behaga. Skönt att hitta den första, och kanske enda, fördelen med att det regnar.

Folk envisas med att ta rygg på henne och ligga tätt bakom och lura som en siamesisk tvilling. Men samtidigt förstår hon att alla söker efter lä och då får man ta det man hittar. Söder Mälarstrand är så extremt blåsigt att det ibland är svårt att över huvud taget ta ett andetag om man inte vrider huvudet bort från vinden. Hårda kastvindar kommer hela tiden utan förvarning och förstör alla eventuella planer på en rytmisk andning. Snart är en mil avverkad men det känns som om hon står och stampar på ett och samma ställe. Segheten borde inte komma redan nu men idag finns bara undantag – inga regler. Den senaste personen i raden av alla som envisas med att överträda Josefins bekvämlighetszon, trampar plötsligt till henne på hälen så att hon tappar skon. Hon springer några steg innan hon förstår att hon är barfota.

"Hallå!" ropar Josefin och vänder sig om men inser att hon måste kasta sig åt sidan för att inte bli påsprungen av nästa löpare.

Den som fick av henne skon ser hon inte röken av. Åtminstone låtsas han eller hon inte om vad den fördömda skugglöpningen orsakade. Ett "förlåt" hade varit på sin plats men det enda Josefin hör är sin egen dubbelsuck. Ett oväntat avbrott mitt i loppet är det sista hon ville utsättas för. Och nu ligger skon mitt i banan, där alla hänsynslöst springer över den som om den vore en urdrucken pappmugg. Förtvivlat ser hon hur de andra fortsätter vidare medan hon själv står kvar och hoppar på ett ben och försöker få tag i sin dyra lättviktssko innan den blir helt oanvändbar. Dessutom är det på den skon chipet sitter och hon vill inte ens tänka på hur arg hon skulle bli om det gick sönder. Hon springer inte maraton för att det är kul, särskilt inte idag, utan för att slå sitt rekord från sitt enda lopp hittills, i Lausanne. Tre timmar och fyrtioåtta minuter måste hon klara men inser redan nu att det är att ta sig vatten över huvudet.

En vänlig själ som måste ha uppfattat situationen stannar till och plockar upp skon. Han kastar den till henne och hon fångar den hjälpligt. Det är ingen fröjd att snöra på den genomblöta och smutsiga skon, men så fort den är på plats så känns det ändå okej. Och chipet sitter i alla fall kvar även om det har fått sig en törn. Däremot är det tidigare flytet som bortblåst. Josefin intalar sig att det bara handlar om svagt psyke om hon låter sig nedslås av ett tillfälligt avbrott. Det påverkar knappast kroppen men det är desto svårare med inställningen.

Vinden är så stark nu att hon inte kan låta bli att fascineras över naturens kraft. Hur är det möjligt att hon knappt klarar av att hålla sig kvar på vägbanan? Men ingenting får stoppa henne. Det måste vara mottot om hon ska klara sig helskinnad genom detta. Tankarna far iväg. Hon undrar vad barnen gör, om de bråkar eller är lugna och snälla. Om Andreas kommer ihåg att lämna Sofia på kalaset, med present, och hur långt Julia har kommit med sin handvirkning. Kanske sitter de och äter falukorv just nu. Hoppas bara att ketchupen räcker, den var på väg att ta slut redan igår och Andreas glömde att köpa ny. Han har varit så absorberad av sitt jobb den senaste tiden att Josefin har känt sig lämnad i sticket, särskilt nu när hon har haft maraton att ladda inför. Då kan brist på ketchup leda till storbråk hur fånigt det än verkar. Sedan hon blev personlig tränare och flexibel med tider har de flesta sysslor kring hem och barn ofrivilligt fallit på hennes lott. Det kunde hon ha accepterat om det inte vore för att Andreas tog tillfället i akt och snöade in sig ytterligare i sitt arbete och aktiviteter på kvällstid. Hans behov av egentid verkar omättligt och hon har påpekat det men blivit avsnäst med mer eller mindre godtagbara bortförklaringar.

Tre barn är tre för mycket ibland men nu när de har ordnat det bättre för sig är Andreas ändå lika upptagen och stressad som tidigare då de höll på att livspussla ihjäl sig. Håller hon på att förlora honom? Josefin får svårare att andas men nu är det inte längre vindens fel. Hon måste byta ämnesspår för att inte dräneras på för mycket energi. Enbart positiva tankar är det som gäller från och med nu. Hon ignorerar sina äktenskapsbekymmer för en stund och tänker istället på hur fantastiskt det är att peppa andra människor till att förändra sin livsstil. Karriärbytet till personlig tränare visade sig vara en vinstlott även om hon inte blir ekonomiskt oberoende av det. Tur att Andreas tjänar desto bättre. Att få vara delaktig i människors livsförändring är så mycket mer värt än pengar. Helst skulle Josefin vilja berätta för hela världen hur mycket bättre alla skulle må av träning och större medvetenhet kring mat och dryck. Märkligt nog är det många som börjar bry sig först efter en kris som förändrat deras liv, som skilsmässa, sjukdom, arbetslöshet eller nära anhörigs död. Särskilt frånskilda kvinnor verkar vilja göra allt för att få en vältränad och snygg kropp, även om de aldrig har ägnat tid åt det förut. Det Josefin inte förstår är varför en stor livsförändring ska behöva ske innan folk intresserar sig för sin hälsa. Varför vänta? Men just i Smedslätten, där hon bor, är det många som tränar regelbundet. Det behöver inte vara mer dramatiskt än att de har några kvarhängande gravidkilon som vägrar försvinna eller att de närmar sig fyrtio och märker att deras ämnesomsättning försämrats. Oavsett skäl så finns hon där för att lägga upp en långsiktig plan. Och äntligen känns det som om hon har hittat det hon verkligen trivs att jobba med. Nu gäller det bara att få ordning på resten.

11 månader tidigare

SAMMA DRÖM UPPREPADES gång på gång: det var fredagsmorgonen den första juni och Johan gick tidigt från jobbet för att vara med på Wilmas träning. Mötet med Skanska hade skjutits upp och han hämtade Wilma med sin tjänstebil utanför Kungsholmens gymnasium och styrde med lätt sinne mot Bromma. Köerna över Tranebergsbron var hopplösa, men de skrattade bara åt situationen eftersom den inte gick att påverka. Ingen av dem hade ens bytt om och Wilma svor på att hon skulle springa i kilklackar och kort kjol om han lovade att köra intervaller i sin Boss-kostym. Han skrattade till och buffade henne lätt på armen.

"Vad är det som är så roligt?"

Omedelbart var Johan klarvaken och förstod att han drömt om olycksdagen igen. Det var inte första gången som han försökt förändra verkligheten. Petra stirrade på honom. Inte argt, snarare frågande. Nu hade det gått exakt en månad sedan de hade hittat Wilma död på klippan. Sedan dess hade inte ett enda skratt ekat innanför lägenhetens väggar. När han tänkte efter så hade Petra hittills inte gjort en antydan till att dra på mungiporna.

"Det är ingenting som är roligt. Jag drömde bara. Varför väckte du mig?"

"Förlåt", sa Petra och lade sin hand på hans bröst.

"Du behöver inte be om ursäkt. Det var bara det att ... äsch, det var inget."

Johan visste att hon inte ville veta vad han hade drömt om Wilma den här gången. Det spelade ändå ingen roll, eftersom det inte var på riktigt.

Ända sedan dagen då Wilma togs ifrån dem hade han hoppats på att få slippa vakna upp från sin sömn. I alla fall när han äntligen kunde sova någorlunda och slapp höra Måns hjärtskärande vrål spelas upp i huvudet om och om igen. Stunderna tillsammans med Wilma, om än i drömmen, var det enda han hade kvar. Och då ville han inte bli väckt.

"Det är så tyst", sa Petra dröjande. "Alldeles för tyst här hemma."

Wilmas snarkningar, suckar och "Orka!", klirret av nycklar i låset, en ytterdörr som öppnades och smälldes igen, ett kort och koncist "Hemma!" och sedan ytterligare en dörr som öppnades och stängdes – till hennes rum. Det var lustigt hur tydligt Johan kunde se minnena för sig själv trots att han inte alls varit medveten om alla ljud och uttryck när de hade funnits där. Då, på den tiden när han hade tagit allt för givet och alltid varit på språng med mobiltelefonen i högsta hugg, redo att gå i mål med en affär vilken tid som helst på dygnet, då när Wilma var en självklarhet. Tillvaron hade pulserat av möjligheter och utmaningar och det fanns inga problem som inte gick att lösa. Åtminstone inte efter den mörka perioden under några veckor, då Wilma hade mått dåligt och skolan inte hade klarat av att hantera hennes utanförskap. Gymnasiestarten kunde ha varit bättre, men det ordnade sig när hon bytte skola. Sedan dess hade livet rullat på – till för en månad sedan då det fick ett abrupt slut.

"Jag förstår inte att polisen tror att hon begick självmord? Hon mådde ju bra nu. Vi kanske inte borde ha sagt något om den där händelsen i badkaret", sa Petra.

Ilskan kom från ingenstans. "Aldrig att hon tog livet av sig! Vad är det för idioter som tror det?"

"Jag såg vad poliserna tänkte när du berättade att Wilma hade skurit sig. De ställde ju många frågor om det även efteråt."

"Men det var inget riktigt självmordsförsök, utan snarare ett rop på hjälp. Massor med unga tjejer skär sig ju, har de ingen koll alls?"

Den dagen hade ingen svarat när Johan klev över tröskeln till hemmet och han tänkte inte så mycket på det. Petra var väl på väg hem från jobbet och Wilma var nog hos en kompis. Han kunde ju inte veta att hon inte hade några vänner, eftersom hon inte hade sagt något. Som tur var hade han bråttom till toaletten och skyndade sig dit. Så fort han såg Wilma i badkaret, omgärdad av blodfärgat vatten, blev allt som i en dimma. Han slet upp Wilma som hade somnat eller svimmat av och var på väg att sjunka ner i vattnet och dränkas. Sedan ringde han ambulans och Petra kom hem samtidigt som sjukvårdarna anlände. När han hade lugnat sig något förstod han att Wilma inte hade skadat sig så allvarligt som han hade trott från början. Det behövdes inte ett djupt sår för att ställa till med ett blodbad.

"Polisen ser det inte så, tror jag. Och ärligt talat så vet jag inte själv längre ...", sa Petra osäkert.

"Wilma skulle aldrig hoppa från ett berg." Johan vägrade acceptera något sådant.

Dagen efter händelsen i badkaret lade Wilma korten på

bordet: hon hade blivit klassens hackkyckling. Allt hade börjat med att läraren hade läst upp hennes uppsats för alla i klassen, eftersom den var så bra skriven och skulle kunna inspirera de andra. Men effekten blev den motsatta: efter det blev Wilma trakasserad för att hon fjäskade för läraren. På kort tid var hon helt utanför gemenskapen och ingen pratade med henne längre. Hon gick omkring som en skugga på skolgården, ibland satt hon bakom den stora eken och grät i sin ensamhet utan att någon reagerade. Johan och Petra agerade direkt och såg till att det blev en förändring. På kort tid hade Wilma fått byta skola och det var på Kungsholmens gymnasium hon hade träffat Shirin, som tog med henne till löparklubben Mission. Coachen Måns Jansson valde ut talanger och gav dem extra träning mot betalning. Han och Wilma klickade direkt, vilket var tur eftersom klubben bara var avsedd för de som Måns verkligen trodde på.

"Jag går och ordnar frukost", sa Petra och reste sig mödosamt upp ur sängen.

Varje dag var den andra lik nu när båda var sjukskrivna. Egentligen skulle de haft semester och åkt till Mallorca, men den resan ställde de in. Ingen av dem hade lust att sitta med en paraplydrink i handen på en sandstrand och låtsas som om allting var bra. Det fanns inget att skåla för, inget roligt att prata om och ingen ork att ens packa resväskorna. Men ibland undrade han om det inte hade varit bättre för dem att åka iväg än att vara hemma och bli påminda om Wilma varenda sekund. Var det inte polisen eller vänner och bekanta som ställde frågor så var det journalister. De hade avböjt intervjuer med samtliga reportrar, och nu när polisen talade om en olycka hade intresset från media svalnat markant. En reporter Johan kände förklarade att pressen hade för vana att tona ner självmord.

Petra ropade från köket och han gick dit. Hon hade ordnat vändstekt ägg till smörgåsarna, hans favoritpålägg, åtminstone före Wilmas död. Nu smakade det inte längre någonting. Johan tog bara en liten bit för syns skull och satte sig sedan med en kopp svart kaffe.

"Ta lite mer. Du har blivit så smal den senaste tiden", invände Petra.

"Jag är inte hungrig."

Spåren efter sorgen gick inte längre att dölja. Ingenting var som förut och skulle aldrig bli det. Det var som att hastigt flytta utomlands, till en ny plats, utan att känna en enda människa – knappt sig själv. På något sätt skulle han behöva hitta en ny strategi för att överleva. Det fanns bara spillror kvar av hans gamla liv och de orsakade enbart smärta.

"Älskling, du kan väl äta upp ägget – för min skull?" sa Petra, som nu stod i dörröppningen med morgontidningen och vädjade till honom.

Han hade inte ens märkt att hon lämnat bordet.

Förnuftsmässigt förstod han att Wilma inte skulle komma hem igen, men känslomässigt väntade han ändå på henne. Den rullgardin som hastigt hade dragits ner framför ögonen på honom för en månad sedan hade fastnat och gick inte att justera ens ett snäpp uppåt. Sorgen var bottenlös och den värsta fienden just nu var att ingenting längre kändes meningsfullt. Petras frenetiska bläddrande i tidningen upphörde och sedan sa hon det han hela tiden hade befarat:

"Utredningen är nerlagd. Tillsammans med den tekniska undersökningen, bekräftar obduktionen att det handlade om en olyckshändelse. Det finns inga misstankar om brott och utredningen läggs ner."

Johan satte frukosten i halsen.

Slottet, klockan 12.40

NÅGON SOM ÄR huvudet längre än alla andra kommer joggande mot Emma och när de får ögonkontakt bränner han av fem olika löpstilar på vägen fram. Hans mörka lockar fladdrar i vinden och han ler brett mot henne. När han springer med underkroppen en meter före överkroppen viker hon sig dubbel av skratt. Han verkar helt bekväm med att spela ful inför henne, ett karaktärsdrag hon är ovan vid. Men hon gillar det även om han har en tendens att spela över ibland. Hellre det än en fotograf som vägrar lämna mörkrummet. Den enda slående likheten mellan Hugo och Kristoffer, förutom att båda är män, är att de vägrar raka bort skäggstubben.

"Hej!" säger Kristoffer, vinkar glatt, och springer förbi utan att göra någon som helst ansats att stanna.

Några meter längre bort slår han av på takten, vänder sig om för att försäkra sig om att han fortfarande har hennes fulla uppmärksamhet och skrattar avväpnande när hon himlar med ögonen. Sedan kapitulerar han och går emot henne med öppna armar. Regnet verkar inte bekomma honom över huvud taget, utan han ler sitt övertygande mäklarleende ändå. Så fort hon landar i hans mjuka famn är han förlåten. Emma sluter ögonen och insuper hans speciella doft, som får hennes hjärta att rusa. Även om de bara har känt varandra i några månader, sedan hon och Hugo anlitade honom för att sälja sin gemensamma lägenhet, så vet hon redan att Kristoffer spelar i en helt annan division än Hugo. Ibland undrar hon om hon haft otur med Hugo eller tur med Kristoffer. För Hugo var så pessimistisk att han var svår att stå ut med medan Kristoffer aldrig ser problem med någonting. Varenda minut tillsammans med Kristoffer är en kick. En gång i tiden kände hon nog så med Hugo också, men det har hon glömt i så fall. De sista två åren av deras förhållande har hon däremot inte förträngt och sammanfattar dem utan omsvep som bortkastad tid.

Sakta släpper Kristoffer taget om henne och hon ser in i hans kastanjebruna ögon.

"Hej du", säger han.

Även om han är för uppklädd för hennes smak, är några centimeter för lång och har en osmickrande frisyr, om man ens kan kalla de ojämna hårtestarna för en frisyr, så har han något som hon går igång på. Karisma, antagligen.

"Är du hungrig?" frågar han och trollar fram en hemgjord korvmacka ur sin trenchcoat.

Bara en sådan sak att han har gjort en smörgås åt henne gör henne rörd. "Tack snälla."

Hon sträcker sig efter smörgåsen men han väjer undan. "Om du tror att du ska få den här utan att själv prestera något så kan du glömma det."

"Det är klart att du hade en baktanke", säger hon med spelad besvikelse.

"En kyss per tugga tycker jag är rimligt." Säljaren Kristoffer är igång.

Hon tar tag i hans huvud och kysser honom ordentligt för att få tyst på honom. När det börjar kännas tillräckligt länge för att vara på gränsen till att skämma ut sig, hugger hon tag i mackan bakom hans rygg.

Om han tror att han ska klara av att manövrera en polis med färdigheter inom självförsvar så kan han glömma det, men hans lite barnsliga sätt är befriande på något sätt. Emma gillar att allting inte behöver tas på så stort allvar. Överlag är vuxna rätt trista och korrekta, mycket tråkigare sällskap än barn. På gott och ont är barn mer ärliga, spralliga och härligt frispråkiga – åtminstone tills deras föräldrar säger ifrån. Och så är hon där igen i tankarna, drömmarna, det ouppnåeliga: barnlängtan. Alla misslyckade försök att bli gravid dödade Hugos och hennes förhållande, det är hon övertygad om. De sögs in i en ond spiral som de inte klarade av att hantera. Även om det är lätt att döma Hugo för att han blev trist, så vet Emma att hon själv förändrades till någon hon inte var. När besvikelserna förvandlades till uppgivenhet var ingen av dem särskilt kul att leva med. Det gör så ont när hoppet om barn dör. Tårarna tycktes aldrig ta slut men när de väl gjorde det insåg hon det oundvikliga: att hon inte kunde leva med Hugo längre. Varje gång hon såg honom blev hon ledsen. Han påminde bara om det han inte kunde ge henne. När hon lämnade tillbaka förlovningsringen bröt han ihop och bad om att de skulle försöka på nytt. Det vill han fortfarande men hon försöker att inte påverkas, även om hon blir påmind var och varannan dag via sms, mejl och telefonsamtal från Hugo. Samtidigt erkänner hon för sig själv att hon numera är lättad över att hon aldrig lyckades bli med barn med honom. De har ingenting som binder dem samman. Nu kan hon istället börja om från början, vilket hon redan har gjort. Och snart ska hon involvera Kristoffer i sina barnplaner, men hon vill inte verka för desperat. Fast han är också angelägen – om hennes bröst. Hans ena hand har redan smitit innanför hennes tröja och han ser på henne med en blick som inte går att misstolka.

"En snabbis hinner vi med", säger han utan att ens försöka vara diskret.

Emma sväljer. "Var då någonstans?"

"Jag vet ett ställe." Han tar henne i handen och hon får hjälpligt med sig cykeln med den andra.

En liten avstickare mitt under loppet kan hon väl unna sig, men vart tänker han gå? Han leder in henne i gränderna i Gamla stan. Efter några meter stannar han upp och drar henne intill sig. Han kysser henne upphetsat samtidigt som regnet strilar ner över deras ansikten. Sedan får han bråttom iväg igen på kullerstensgatan och stannar inte förrän de når ett litet kafé på höger sida. Med skeptisk blick tittar Emma på honom. Visserligen har de älskat på hans kolonilott, på Kungliga Bibliotekets toalett och i hans bil. Men på ett kafé – där går nog ändå gränsen.

"Nu skämtar du, hoppas jag?"

Kristoffer tungkysser henne bestämt till svar och när han pressar sig mot henne är det ingen tvekan om vad han vill. Sedan kliver han in genom dörren som plingar till och hon låser cykeln och följer efter honom. Inne på kaféet sitter det fyra gäster, som alla tittar upp på dem med undrande blickar, nästan som om de förstod vad som var på gång. Emma känner sig skyldig redan i förväg och kan inte se någon av dem i ögonen. Men Kristoffer beställer glatt två cappuccinos, tar en i varje hand och nickar mot trappan.

"Det brukar inte sitta några i källaren", viskar han och Emma går tveksamt efter honom.

Hjärtat dunkar och hon känner sig osäker på om Kristoffer är galen eller bara spännande. Just nu väljer hon att tro på den sistnämnda teorin. Så fort de kommer ner ställer han ifrån sig kopparna så hastigt att kaffet skvimpar ut på assietterna. Han låtsas inte om det utan drar henne intill sig och för sin tungspets ömt över hennes hals. Samtidigt letar hans händer sig förbi alla lager med kläder och hamnar innanför hennes behå. Inte för att hon vill vara en partykiller men hon har svårt att slappna av.

"Här? Vem som helst kan ju dyka upp", försöker hon protestera.

Men Kristoffer verkar inte brydd, snarare upprymd. Hans tunga vandrar nonchalant vidare över hennes hals samtidigt som han börjar knäppa upp sina byxor. Emma försöker ge sig hän men vågar inte ens blunda, särskilt inte när hon hör steg i trappan. Snabbt sjunker de ner i varsin skinnfåtölj och hinner precis ta en klunk kaffe då kaféägaren sticker ner huvudet.

"Jag tänkte bara tända ljusen, så det blir stämningsfullt här", säger mannen och går fram med sin tändare till värmeljusen som står i glas på borden.

Innan han försvinner upp igen, skruvar han på radion. *Lugna favoriter* spelar en kärleksballad och Kristoffer ler prövande mot Emma.

"Du kanske föredrar toaletten?" frågar han och hon skakar bara på huvudet och skrattar.

Han ger sig inte! För Emma är det inte bråttom att älska med varandra igen, det var ju bara några timmar sedan sist. Men det räcker med att han närmar sig henne igen för att de ska vara tillbaka där de slutade innan de blev avbrutna. Bestämt drar han med henne in på den minimala toaletten. Med lite god vilja går den tunna trädörren igen och han får på haspen.

Stadion, klockan 12.44

MISSTANKARNA OM ATT Måns död skulle bli hett stoff för media visade sig stämma. Men att även polisen skulle dyka upp för att få reda på mer om händelsen var Lennart inte beredd på. En uniformerad man och kvinna står plötsligt framför honom och han undrar vad det ska betyda. Den första tanken som väcks är att de inte tror att Måns dog en naturlig död. Albert får sköta snacket med journalisterna under tiden som Lennart tar hand om poliserna. Han är trots allt tävlingsledare och den som såg vad som hände. Efter diverse formalia går Lennart rakt på sak:

"Ni ska få prata med läkaren som tog hand om Måns Jansson men faktum är att jag såg olyckshändelsen med egna ögon." Han ser hur poliserna höjer nyfiket på ögonbrynen. "Kom med så ska jag visa er olycksplatsen innan vi går till sjukvårdstältet."

Den tidigare anstormningen utanför Stadion är över, men spåren finns kvar. Det kommer att ta tid att städa i ordning efteråt konstaterar Lennart bistert när han korsar Lidingövägen med poliserna hack i häl.

Plötsligt blir Lennart osäker på exakt var Måns föll ihop och regnet gör inte saken lättare. Alla eventuella blodspår har hunnit spolas bort för länge sedan. Däremot ligger det trasiga paraplyer och tomma plastsäckar överallt.

"Här var det", säger han med viss tvekan och visar ungefär där olyckan måste ha skett.

Kvinnan ser på honom. "Kan du berätta vad som hände?"

Lennart tar det från början, hur han kom nerför trappan, stod en stund och betraktade starten då en deltagare i turkos jacka föll ihop.

"Löparen bakom Måns hann inte stanna i tid och for därför rakt över honom. Fast då visste jag inte om att det var just Måns. Men i alla fall: den andra personen var snabbt på benen igen och sprang vidare. Det såg ut som om han försökte säga något till Måns."

"Kan du beskriva hur den mannen såg ut?"

Lennart tänker efter. "Det var ingen jag kände igen, men han var medelålders och hade svart löparmössa och svarta kläder. Som de flesta är klädda här idag, dessvärre. Eftersom han hade mössa på sig såg jag inte hårfärgen."

Hopplös att identifiera, med andra ord.

Poliserna nickar ändå uppmuntrande. "Det finns säkert någon som förevigat händelsen med sin kamera. Ingenting annat du reagerade på?"

"Först trodde jag att Måns bara snubblade. Några åskådare hjälpte honom upp på trottoaren och det var när han rasade ihop den andra gången som jag såg att han också blödde på ryggen. Jag kallade på sjukvårdare och de kom inom några minuter. Lite senare pratade jag faktiskt med Måns vid sjukvårdstältet också. Jag kan visa er dit, så får ni träffa den ansvariga läkaren."

De börjar gå tillbaka mot Stadion igen.

"Vad sa Måns?" frågar kvinnan.

"Bara väldigt kort att han var sur över att han hade

tvingats bryta loppet." Lennart kan inte låta bli att dra på mungiporna när han tänker på Måns målmedvetenhet och att han absolut inte skulle åka ambulans. Vilken vinnarskalle! Men kanske en kämpe som var lite för tuff för sitt eget bästa. Lennarts leende falnar snabbt.

"Något annat?" frågar mannen, som går närmast Lennart.

"Strax därefter kom ambulansen och sen dröjde det inte länge förrän jag fick det dystra beskedet att han avlidit." De sista orden stockar sig i halsen.

När de närmar sig sjukvårdstältet saktar Lennart in och vänder sig mot poliserna. "Vad är det egentligen ni undersöker?"

"Vi försöker fastställa om det kan ligga ett brott bakom hans död."

Lennarts fantasi är det inget fel på men det här var väl ändå att ta i. "Ett brott? Det är klart att det var en olyckshändelse. Jag stod ju och såg alltihop med egna ögon. Det fanns inga tecken på strid, det kan jag intyga."

"Vi måste ändå utreda dödsorsaken eftersom det finns indikationer på att det inte är fråga om en olycka."

"Nähä?" säger Lennart fåraktigt. "Vem har sagt det?"

"Det kan vi inte gå in på av utredningstekniska skäl."

"Det förekom en hel del paraplyer vid starten, även bland löparna. Det kanske är bra för er att veta", säger Lennart. "Ett paraply med vassa spetsar skulle säkert kunna ställa till det rejält om det träffade någon av misstag."

Poliserna nickar fundersamt men ser inte ut att imponeras av hans teori.

"Då är vi framme", säger Lennart och pekar på sjukvårdstältet.

"Tack för hjälpen! Vi håller kontakten. Om det visar sig att det finns en högre grad av brottsmisstanke så återkommer vi. I värsta fall ..."

"Vadå?"

"... kan det bli tal om att avbryta loppet."

Lennart skrattar till. "Ett maraton med sextontusen löpare, skämtar ni?"

"Tycker du att vi verkar roade på något sätt?" Kvinnan sätter armarna i kors.

Lennart sväljer. "Självfallet inte, men ett lopp av den här kalibern är ingenting man bara avbryter hur som helst. Det är ingen liten samling människor."

"Vi hör av oss om det skulle bli aktuellt."

Sedan går de bara och lämnar Lennart ensam i regnet. Han ser sig förvirrat omkring och försöker ta in vad poliserna faktiskt sa. Med ens känner han sig väldigt gammal och sliten. Eller så är han bara trött. Magen skriker av hunger och han bestämmer sig för att inte svara när telefonen ringer för hundratusende gången. Han har ingen skyldighet att ge intervjuer till någon. Albert gör säkert vad han kan för att hålla media nöjd och det bästa är att låta honom fortsätta sköta den uppgiften. Själv måste Lennart få i sig något ätbart omedelbart om inte han också ska segna ihop.

Västerbron, klockan 12.45

EFTER INCIDENTEN MED skon är Josefin fortfarande ur fas och upprörd över att hon förlorade onödig tid på att hoppa runt på ett ben som ett fån. Hon försöker att hålla medvetet korta, lätta steg för att spara på låren. Så fort loppet startade för knappt en timme sedan gick hon in i sin roll som löpare, som hon alltid gör under tävlingar. Allt annat läggs tillfälligt åt sidan och hon har bara en enda uppgift: att mala på tills hon korsar mållinjen. Men efter det att hon tappade skon på Söder Mälarstrand har hon kommit helt i otakt. Konstiga tankar snurrar i huvudet och hon njuter inte en sekund.

Under normala omständigheter hade hon blickat ut över Riddarfjärden och beundrat det pampiga Stadshuset och den vackra Riddarholmen men nu skymtar hon bara några oskarpa silhuetter till höger om den genomgrå dimman. Det är smärtsamt att se åt sidan på grund av vinden och regnet som piskar våldsamt mot ögonen. Josefin försöker fokusera på att hon snart är över puckeln och kan sträcka på benen i nerförsbacken. Men istället plågar hon sig med att tänka på att hon ska över den här bron igen om två mil.

Josefin har inte mycket att glädjas åt just nu men det är en lättnad att ingen kan se vilka negativa tankar hon tampas med. Emma brukar bara skratta åt henne när hon försöker få henne att förstå hur maratonskallar fungerar, hur envisheten bemästrar smärtan. Fast Emma alltid har varit mer träningsintresserad än Josefin så skakar hon bara på huvudet åt henne och säger att hon tycker att det verkar destruktivt att nöta asfalt så oändligt länge. Emma är inte ett dugg imponerad utan tycker snarare att det är korkat att dessutom betala för att springa fyrtiotvå kilometer frivilligt. Men maraton måste upplevas, så är det bara. Känslan när man korsar mållinjen är fantastisk, så nära en orgasm man kan komma. Genast får Josefin upp en bild av Emmas pojkvän Kristoffer i huvudet. Det är tydligen honom hon förknippar med sex nuförtiden. Men det är bara för att Emma har berättat att han aldrig får nog av henne. Dessvärre har hon inte lämnat några fler detaljer än så. Inte ens efter två glas vin har Josefin lyckats klämma ur Emma något mer än en generad blick och två rosiga kinder. Det är uppenbart att Emma är förälskad och att hennes samliv numera handlar om passion istället för något slentrianmässigt, som för hennes egen del.

Snart är Josefin förbi det värsta partiet i backen och försöker samtidigt komma på när hon och Andreas låg med varandra senast. Det måste ha varit förra helgen, eller kanske helgen innan dess? Nej, nu minns hon exakt när det var: för en månad sedan, då de blev avbrutna av en mellanstadieelev som knackade på dörren för att sälja kokosbollar. Hon köpte en låda med tjugofyra stycken och Andreas tröståt en hel rad när de inte lyckades tända till igen efter det. Okej, hon kanske inte är den mest sexuella varelsen på denna jord men tänker inte känna någon press från Andreas. Hon bestämmer över sin egen kropp, som hon just nu valt att utsätta för en barbarisk tortyr i några timmar. Mycket motvilligt erkänner hon att hon är avundsjuk på Emma som är mitt i första-tiden-förälskelsen.

Äntligen lutar backen åt rätt håll men så fort det känns något lättare att springa gör sig urinblåsan påmind – alltid ska det vara något. Hon hade lyckats förtränga sitt behov i några minuter men nu börjar det bli akut på allvar. Faktum är att hon tänker göra det: hon ska bara släppa loss och kissa! Men det är lättare sagt än gjort. Låsningen är ett faktum och hon kan inte springa och kissa samtidigt hur mycket hon än försöker. Det måste bero på att det är inbyggt sedan barnsben att man bara inte gör så. Snart kommer hon inte undan längre och hon vet ett lämpligt ställe vid Rålambshovsparken där hon kan smita in bland buskarna och sätta sig på huk. Det är en bit kvar dit men det ska nog gå.

När hon springer in i den lummiga parken undrar hon om Emma ska dyka upp någon gång. Hon har för sig att Emma nämnde något om att parken är en trevlig publikplats men då pratade hon förvisso om picknick i gräset. Och hon lovade även att stå på andra platser vid banan och heja, men än så länge har Josefin inte sett röken av henne. Buskaget hon tänkte hoppa in i visar sig vara ockuperat av en man som kissar ogenerat och hon joggar besviket vidare. Människor står och hejar precis intill. Åskådarna ger inte upp trots att deras paraplyn vänder sig ut och in i vinden. Josefin känner medlidande med dem som står och trampar av kyla. Snacka om kärlek att ge sig ut och peppa sina vänner just idag. Själv skulle hon med gott samvete valt att stanna hemma. Den tanken kom från ingenstans och hon bestämmer sig för att inte klandra Emma om hon inte dyker upp. Lika bra att inte titta efter henne, så slipper hon vara besviken i flera timmar i sträck. Klockan piper till på femtiosex minuter även om hon inte riktigt har nått fram till tiokilometersskylten än. Hennes Garmin, som sitter runt handleden, verkar ta ut saker och ting i förskott men det är skönt att åtminstone klockan är positivt inställd. Första milen avklarad och det med bravur. Allt under en timme är hon nöjd med idag. Josefin får syn på några buskar och träd vid slutet av Rålambshovsparken, där Norr Mälarstrand tar vid. Där får det bli även om hon skulle få sällskap. Hon viker av åt höger och kastar sig in bland träden.

10 månader tidigare

KYRKKLOCKORNA TONADE UT och den höga orgelmusiken i moll skar i Johans öron, men det kom inga tårar. Gråten låg djupt inbäddad inom honom. Petra däremot grät så fort de kom in i kyrkan. Hur mycket han än tittade på den vita kistan framme vid altaret kunde han inte förstå att det var deras dotter som låg där inuti. Kistan såg smal och obekväm ut, och var så definitiv. Nallen! Han kunde inte sluta att tänka på om begravningsbyrån kommit ihåg att lägga ner hennes favoritgosedjur i kistan, som de hade lovat att göra. Plötsligt kändes det som det viktigaste av allt. Helst ville han gå fram och slita av locket och se att Bobbo verkligen låg där hos henne men han besinnade sig. De vackra blomsterarrangemangen som omgärdade kistan hade han ingen aning om vem som lämnat, han visste bara vem kransen på kistan var ifrån eftersom han själv köpt den. Men de andra hälsningarna skulle han inte klara av att läsa.

Det var så fel att överleva sitt barn. Om han hade vetat det skulle han ha gjort allting annorlunda: sagt upp sig från jobbet och tagit med Wilma på den där jorden-runt-resan som hon hade sparat till i flera år. Hennes stora dröm var att få åka till Uganda och träffa bergsgorillor. Efter gymnasiet tänkte hon åka oavsett om hon fick någon reskamrat med sig eller inte. Det hade hon tydligt klargjort och varken han eller Petra kunde ta miste på hennes beslutsamhet. En flicka med en sådan plan tar inte livet av sig, vad polisen än säger.

Organisten började spela och Johan bläddrade fram psalm 249. Han hummade med men klarade inte av att ta rätt ton till *Blott en dag*. En fundering som hade plågat honom i två månader nu var om Wilma hade lidit eller om hon dött direkt efter fallet. I drömmen hade han sett hemska bilder framför sig, där hon kravlade runt och försökte skrika efter hjälp utan att någon förbipasserande hörde. Enligt rättsläkaren inträffade döden omedelbart då Wilmas bakhuvud träffade klippan, men det var samma rättsläkare som påstod att det handlade om en olycka och inte om ett brott. Johan undrade vad Wilma hann tänka när hon förlorade fotfästet. Eller hann hon inte tänka något alls?

Han vände sig om och såg att kyrkan var fullsatt med sorgklädda människor. De hade övervägt att skriva på inbjudan att de önskade ljus klädsel, men avgjorde att det var bättre att låta människor få klä sig som de ville. Wilmas musiklärare nickade deltagande mot honom och han hälsade tillbaka. Tack vare henne hade de fått hjälp med att ordna musiken den här dagen och Johan trodde att Wilma skulle vara nöjd med låtvalen: *Gabriellas sång* och *Kärleksvisan*. Måns satt en bit längre bort med övriga medlemmar i Mission. Alla med lika rödgråtna ansikten. Stackars Shirin grät mest och Jenny höll en näsduk för ansiktet. Sedan fyllde släkten säkert tio rader och alla kompisar från skolan klämde ihop sig på resterande utrymme. Johan visste inte vilka hälften var men kände sig ändå varm om hjärtat över att så många valt att dela deras sorg.

ANDRA ANDNINGEN

Begravningen var lång och Johan hängde inte med i svängarna. Nu stod Wilmas klasskompis och sjöng bredvid flygeln och Johan bävade för då han skulle tvingas ta ett sista farväl. Dessutom inför en fullsatt kyrka. Något brast inom honom när han tänkte på att sista stunden var kommen och då gick inte tårarna längre att hålla tillbaka. Petra lade sin darrande hand över hans. Han mådde illa och ville bara att det skulle vara över. När Petra reste sig upp förstod han att det var dags. Golvet under hans fötter kändes ostadigt. Allt var med ens suddigt och färgerna framme vid altaret flöt ihop i en enda sörja. Blickarna brände i ryggen på honom och han fick lust att skrika att han inte ville ha någon publik när han sa farväl till sitt enda barn. Petra var så ledsen att hon inte kunde få ur sig ett enda ord. Till slut lade Johan handen på kistan och klappade den försiktigt. Sedan viskade han så att bara Petra kunde höra: "Älskade Wilma. Jag vet att du inte hoppade. Det spelar ingen roll vad polisen tror, jag vet och jag ska ta reda på sanningen."

Resterande delen av ceremonin mindes inte Johan. Plötsligt satt han i församlingshemmet vid ett dukat bord. Begravningskaffet smakade sump och Johan var matt efter att ha skakat hand med alla gäster, som beklagade sorgen. Alla menade väl men han orkade inte längre med att kallprata och tacka. Tacka för vad? Han hade inget barn längre och kände varje gång hur fel ett tack låg i munnen.

Smörgåstårtan stod orörd på hans assiett och gästerna droppade äntligen av en efter en. Till slut var det bara han och Petra kvar. Bordet bredvid var överfullt av kondoleanser, som han inte ville läsa.

"Jag tycker att du ska gå och prata med någon", sa plötsligt Petra bestämt.

Johan förvånades över den oväntade kommentaren och blixtrade till av ilska. "Vad fan skulle det göra för skillnad?! Kan det ge oss Wilma tillbaka?"

Petra skakade förskräckt på huvudet. "Men ..."

"Nej, just det! Då är jag inte intresserad."

"Men *vi* kan väl i alla fall prata med varandra?" sa Petra. "Håll inte mig utanför utan dela sorgen med mig istället. Jag orkar inte med det här annars."

"Det är inte så lätt som du får det att låta. Det är som att ha ett öppet sår som aldrig slutar blöda."

"Jag vet."

Egentligen ville Johan be om ursäkt för att han uteslutit henne. Han kände skam över att han bara ville vara ifred och slippa prata med henne, men det var som om han inte kunde råda över det själv.

"Det är så svårt", sa han trevande.

Petra strök honom över kinden. "Du måste raka dig."

"Det kanske är en bra början", sa han och försökte låta hoppfull. Sedan tog han en räka från smörgåstårtan.

En svartklädd kvinna med två små barn vid sin sida kom in i församlingslokalen och stannade till med en beklagande min. "Oj, förlåt, jag trodde inte att det var någon här. Vi är nog för tidiga."

"Vi ska röra på oss", svarade Johan när han förstod att de tillhörde nästa begravningssällskap.

Blackeberg, klockan 12.58

YRVAKET SER SIG Shirin omkring i lägenheten och undrar om det är morgon eller kväll. Att kika ut genom fönstret ger inga ledtrådar. Mörkret ligger som ett täcke över Blackeberg och regnet står som spön i backen. Hon har aldrig sett något liknande. Kroppen känns konstig, nästan bedövad men framför allt seg. Det svider också i halsen när hon sväljer och det dunkar intensivt på baksidan av huvudet när hon vrider på sig för att se var hennes kläder tagit vägen, för hon fryser så att huden knottrar sig. Det är inte så konstigt att det är kyligt i lägenheten, eftersom det drar kallt från tvåglasfönstret. Hon lutar sig över kanten på soffan och ser overallen, som av någon oförklarlig anledning hamnat i en hög på golvet. När tog hon av sig den, och varför?

Alldeles nyss svävade Wilma ovanför henne i rummet och viskade långa haranger om något som Shirin inte kan minnas hur hon än försöker. Det var något viktigt som hon var övertygad om att hon skulle komma ihåg men naturligtvis tappade bort så fort hon vaknade. Lite scary att även Måns hade farit omkring som en ängel i hennes dröm. Wilma är en sak, hon är åtminstone död. Men Måns... Måns!

Shirin sätter sig upp i soffan. Hon sliter åt sig mobilen som ligger bredvid och tar fram listan över senast besvarade samtal. Från Måns. Med stigande puls minns hon beskedet hon fått från hans mamma och undrar varför hon fortfarande är så samlad. Anledningen måste vara att det är så overkligt att Måns är död.

Resolut sträcker sig Shirin efter sin onepiece men ångrar sig genast när hon känner att den lämnar ifrån sig en unken lukt. Hon har huserat i den sedan hon flyttade in och det är alltid upptaget i tvättstugan. Istället tar hon på sig en tröja och ett par jeans som ligger slängda på en stol bredvid soffan. Bara hon får ordning på huvudvärken så ska hon nog kunna tänka ut vad hon ska ta sig till. Hon går till badrummet och öppnar ett skåp för att leta efter asken med Ipren. En rund parfymflaska rasar ut och innan hon hinner fånga den, krossas glasflaskan i tusen bitar i handfatet. Shirin svär och rotar vidare i skåpet, skärvorna får hon städa upp senare. Någonstans finns rester av en medicinkarta, det vet hon, men det är inte lätt att hitta den bland alla halvtomma burkar och flaskor. Längst in på översta hyllan står förpackningen inklämd bakom en tom ask som innehållit gelénaglar en gång i tiden. Tabletten fastnar i halsen och hon får kväljningar. När hon lutar sig fram över det minimala handfatet för att ta en mun vatten direkt ur kranen, rispar hon till hakan på en glasskärva. Förskräckt ser hon i spegeln hur blodet sipprar fram från skärsåret i hakan och tårarna kommer samtidigt som den fräna stanken av parfym håller på att kväva henne.

Måns är död!

Och hon kommer säkert att få ett ärr på hakan.

Ilsket rycker hon åt sig en bit toapapper och trycker bestämt mot såret på hakan. Det går inte att få stopp på tårarna, men blodet ska hon åtminstone kunna bemästra.

Kärlekslivet orkar hon inte ens tänka på längre. Måns

skulle ändå aldrig se på henne på det sättet. Egentligen är smällen större för Viktoria, som förlorat sin pojkvän. Eller? Hon fick i alla fall veta hur det kändes att kyssa Måns till skillnad från Shirin. Viktoria kan alltid leva på minnet men för Shirins del kommer drömmen aldrig att kunna slå in. Med den tunga insikten går hon tillbaka till soffan igen, resterna från den trasiga flaskan får hon städa upp senare. Hon undrar vad hon ska ta sig till. Kanske borde hon ringa sin mamma och berätta vad som hänt men hon orkar inte prata. Tids nog får hon veta. Det är snäppet värre att Viktoria förmodligen inte har en aning om vad som skett. Hon springer nog som det är tänkt, utan att ana oråd.

Shirin tittar ut igen och ser att en stor gren på ett träd har knäckts och fallit till marken. Snacka om aggressiva vindar. Stackars löpare därute. Vid det här laget borde förresten Viktorias tid efter tio kilometer ha ploppat upp på mobilen, men den där värdelösa sms-tjänsten verkar inte fungera för fem öre. Eller så springer hon långt under sin kapacitet. På stockholmmarathon.se kan hon se Viktorias tid efter en halvmil, tjugofem minuter. Då skulle sms:et från milmätningen dyka upp vilken minut som helst. Känslorna är blandade för egentligen är Shirin besviken på sin klubbkamrat samtidigt som hon tycker synd om henne. Det hade varit bättre om förhållandet med Måns aldrig hade avslöjats. Särskilt med tanke på att de gick bakom ryggen på henne och alla i Mission och låtsades som ingenting. Förhållandet hade ju pågått i flera veckor.

Första milen borde Viktoria ha klarat på under femtiosex minuter, enligt planen. Det är bara det att ingenting är som det ska och då syftar Shirin inte på vädret. Hon skulle ju ha sprungit bredvid Viktoria, precis som de gjort på trä-

ningarna. Och Måns skulle ligga ungefär en kvart före dem
– inte vara på väg till bårhuset. Så ingenting utom Viktorias första tid stämmer någorlunda överens med planen.
Sms-tjänsten verkar ha en fördröjning på några minuter,
eller så går hennes klocka fel. Shirin vrider på sig och undrar vad hon ska ta sig till: åka in till stan och försöka hitta
Viktoria eller stanna hemma och sörja? Får Viktoria reda
på vad som hänt, kommer hon bli så ledsen att hon inte
vill springa klart. Men tänk om snacket går mellan löparna och nyheten når henne på det sättet? Det vore hemskt.
Många känner Måns och en sådan här händelse lär sprida
sig fortare än vinden. Om inte annat kommer Viktoria få
veta så fort hon kommer i mål. Tänk om ingen finns där
och kan trösta henne? Samvetet gnager. Viktoria som stöttat och peppat Shirin så mycket och alltid funnits där för
henne. Shirin kan inte bestämma sig för vad hon ska ta sig
till. Lägenheten är syrefattig men hon drar sig för att gå
ut när hon hör hur regnet trummar mot rutan. Samtidigt
som Shirin fortsätter att vela, känner hon hur tomheten
efter Måns växer och tar över. Hon blundar och föreställer
sig hur hon drunknar i hans vältränade armar och att han
kramar om henne som om han aldrig tänkte släppa taget.
Precis så som han gjorde med Viktoria.

Gamla stan, klockan 13.01

DEN TUNNA TRÄDÖRREN in till toaletten lär inte ha lämnat något åt fantasin och Emma bävar för att öppna ifall någon befinner sig utanför. Men Kristoffer ser enbart road ut när de äntligen får ögonkontakt igen. Försiktigt lättar hon på haspen och ser att en kvinna sitter i kaféets källare en bit bort och stirrar stint i en tidning. Hon har ingen kopp vid sitt bord utan väntar alltså bara på att få gå på toaletten. Det finns ingenstans att gömma sig och Emma tvingas kliva ut med Kristoffer bakom sig. Kvinnan röjer inte en min, hon ser inte ens upp från tidningen. Det enda som kretsar i Emmas huvud när hon går mot trappan är hur länge kvinnan har suttit där medan de har ockuperat toaletten. Hon plågar sig med tanken hela vägen ut från kaféet.

"Välkommen tillbaka!" ropar kaféägaren glatt innan dörren smäller igen.

Glöm det.

"Vart bär det av nu?" frågar Kristoffer och rättar till sitt skärp.

"Jag ska cykla ner till Rålambshovsparken och se om jag hittar Josefin", säger Emma. "Ska du med?"

"Ett erbjudande som är svårt att motstå. Det är verkligen upplagt för en lyckad fortsättning på dejten men tyvärr så kommer mina föräldrar och hälsar på." Han kikar på sin klocka. "De har nog redan stått och knackat på min dörr en stund." Lämpligt nog ringer hans mobil. "Japp, och nu ringer de visst, telepati."

Hans mamma pratar så högt att även Emma hör vad hon säger.

"Okej mamma, jag är hemma alldeles strax. Jag hade inget att bjuda på och ..." Han blir avbruten. "Absolut ... max fem minuter, kram."

Konsten att hantera vita lögner verkar han också behärska, som så mycket annat. Men det kanske ingick i hans mäklarutbildning att avleda onödiga konflikter? Emma vet inte om hon gillar sättet han gör det på men låter det passera när syftet är gott.

"Ring sen när du vill komma och värma dig. Mina händer är redo för att ge dig en välbehövlig massage – när som helst", säger han och blinkar förföriskt.

"Tack! Det är bäst att du går nu, så du hinner köpa bullar. Jag ringer dig när jag är klar, så hittar vi på något."

Kristoffer ler snett och kastar slängkyssar efter sig. Emma skakar på huvudet och hoppar sedan upp på hojen. Hon förstår att han med sin charm och övertygande uppsyn är framgångsrik inom sitt yrke.

"Puss!" ropar han efter henne.

Kristoffer har en förmåga att få henne att känna sig underbar. Till och med på världens minsta toalett. Kinderna hettar när hon tänker på ögonblicket inne på kaféet och hon trampar automatiskt snabbare, förbi Rosenbad och Stadshuset. Hon märker inte att hon cyklar farligt nära kajen, mot trafiken och allt. Snart är hon framme vid Rålambshovsparken, där hon gissar att Josefin snart borde vara. Hon är inte lika frusen längre och cyklar med en helt annan kraft efter stunden med Kristoffer. Vid slutet av Norr Mälarstrand ser hon en blek funktionär stå vid Smedsuddsvägen och prata med en man iklädd pannband, korta shorts och en T-shirt med startnummer. Löparen ser vettskrämd ut och viftar hela tiden mot ett buskage vid vattnet. Av hans kroppsspråk att döma verkar något allvarligt ha inträffat och när Emma saktar in på farten hör hon att han pratar om en död kvinna. Hon styr mot dem för att se efter om hon kan hjälpa till.

"Hej, jag heter Emma Sköld och är polis", presenterar hon sig.

För säkerhets skull fiskar hon upp sin polislegitimation, sedan vänder hon sig mot löparen. "Behöver ni hjälp?"

Mannens ben darrar och hon vet inte om det är av ansträngning eller något annat.

"Det ligger en död kvinna vid vattnet där borta", säger han och pekar på träden femtio meter bort.

"Jag fick precis reda på det", fyller funktionären i.

Emma försöker få ögonkontakt med den skärrade löparen. "Är du säker på att hon är död?"

"Jag ... vet ... inte, men jag tror det. Hon rör sig inte i alla fall och benen är vridna konstigt." Mannen är på väg att ramla och Emma får tag i honom precis innan han faller handlöst mot marken. "Förlåt, jag är nog chockad, jag skulle bara kissa och det var då jag såg henne."

"Vad heter du?"

"Anders Pettersson."

"Anders, jag förstår att du är chockad. Kan du lämna dina personuppgifter till funktionären här och stanna i närheten så att jag får prata mer med dig sen?"

"Okej."

Emma vänder sig sedan mot funktionären. "Jag går och kontrollerar uppgiften medan du hjälper Anders här, okej?"

Funktionären ser lättad ut över Emmas förslag och hon går mot träden som Anders pekat ut för henne. Den geggiga marken är nertrampad av många olika skor. Hon försöker ta sig fram längs sidan för att undvika att förstöra spår för teknikerna om det är så illa som mannen påstår. Det är inte så att hon misstror honom men det händer att människor drar förhastade slutsatser ibland. För några dagar sedan kom ett larm om en död man i en bil på Bellmansgatan på Söder. Polisen ryckte ut och det visade sig vara en utmattad småbarnspappa som parkerat bilen för att ta en tupplur.

Emma böjer en gren åt sidan och ser en smutsig fot sticka fram under ett buskage. När hon viker undan resten av busken ser hon även det andra benet, som är vridet i en onaturlig vinkel. Löparens lila trekvartstajts är leriga och personen ligger på mage så att nummerlappen döljs. Men det är inte det som får Emma att stanna upp i sina rörelser och kippa efter andan – det är den svarta plastpåsen över kvinnans huvud.

"Hallå, hör du mig?" säger Emma högt och tydligt men får inget svar.

Sedan lutar hon sig fram och konstaterar att kvinnan inte har någon puls. Helst av allt vill Emma slita av påsen från kvinnans huvud, men eftersom det inte är något tvivel om att hon är död så hejdar hon sig. Allra bäst är det om hon inte rör vid något mer och hon backar försiktigt ut ur buskaget men ångrar sig i samma sekund. Hon borde ha kollat på kvinnans ansikte bara för att kunna utesluta att det är Josefin som ligger där. En löpare som är på väg mot henne med stormsteg får henne på andra tankar.

"Flytta på dig, jag måste kissa", säger kvinnan stressat och viftar nonchalant åt Emma att gå åt sidan.

"Tyvärr, det går inte. Välj en annan plats", säger Emma utan att låta lika otrevlig tillbaka.

"Är du döv eller, flytta dig!" säger kvinnan, nu i falsett.

"Nej, jag är inte döv, jag är polis. Ska jag skriva upp ditt namn kanske?" ryter Emma och kvinnan ryggar tillbaka. Sedan rycker hon likgiltigt på axlarna och joggar vidare.

Emma ringer Länskommunikationscentralen för att kalla på förstärkning och under tiden som hon inväntar ljudet av sirener börjar det sjunka in att det här är den andra löparen som avlidit under dagen. Den stora skillnaden är att den här kvinnan verkar ha bragts om livet. Hennes nakna vader var fulla av lerstänk och trekvartsbyxorna var smutsiga. Inget blod syntes men den omöjliga vinkeln som kroppen låg i och plastpåsen över huvudet gav ett otäckt intryck. Emma tittar mot träden igen. Josefin hade väl svarta byxor? Eller var de lila? Hon spelar upp scenen framför slottet men lyckas inte erinra sig färgen på byxorna. Och hon vet att det kommer att dröja innan polisen är på plats. Så länge kan hon inte vänta innan hon får reda på vem det är som ligger där. Precis när hon ska gå tillbaka kommer funktionären gående med en ordningspolis vid sin sida.

"Mannen hade dessvärre rätt, kvinnan är död", säger Emma och skakar hand med polisen.

"En löpare?" frågar han.

"Troligtvis. Det går inte att se hennes nummerlapp på grund av kroppens placering." Medvetet undanhåller hon informationen om påsen. Ibland läcker polisen alltför mycket till pressen, helt i onödan. Vissa detaljer kan få förödande konsekvenser för förundersökningen.

"Stämde det där med påsen?" frågar polisen nyfiket och Emma väljer att inte ljuga när han redan vet om det.

"Ja, men jag är tacksam om ni behåller det för er själva för brottsutredningens skull. Är Anders kvar?"

"Ja, han sitter i sjukvårdstältet där borta ifall du vill prata med honom", svarar funktionären.

"Tack", säger hon och vänder sig mot polisen. "Ordnar du med avspärrningen här och håller folk på avstånd? Det är oerhört viktigt att ingen trampar runt i närheten av kvinnan. Se till att spärra av med god marginal."

Emma är medveten om att hon kan uppfattas som en besserwisser men det struntar hon fullkomligt i. Hon trampar hellre på några ömma tår än riskerar att förstöra eventuella bevis.

9 månader tidigare

LÄKAREN HADE INSISTERAT på återbesök och där satt Johan nu och önskade att detta redan var överstökat. Det märktes att läkaren hade bestämt sig redan i förväg och Johan gav upp sina försök att få henne att ändra sitt beslut, bara han fick gå därifrån snart. Det låg väl något i hennes resonemang att han skulle försöka komma tillbaka till jobbet, åtminstone på halvtid, men hur skulle han orka när han knappt mäktade med att gå upp ur sängen på morgonen? Han visste att han inte var sjuk eller arbetsoförmögen, bara ledsen och utpumpad. Men han ville inte heller knapra antidepressiva resten av livet, så en förändring behövdes.

"Din försämrade aptit och sömn kan bero på serotoninåterupptagshämmaren, det är inte helt ovanliga biverkningar. Har du märkt av en förändring sedan förskrivningen?"

Johan försökte komma ihåg skillnaden. "När du säger det så. Jag drömmer märkliga drömmar och har även huvudvärk men det trodde jag berodde på min sorg."

"Visst kan det vara så. Men om du känner dig redo så tycker jag att vi slutar med medicinen Fluoxetin och satsar på att du kommer igång med något meningsfullt istället, som kan ge dig kraft och mening med livet."

Det värsta han visste var när människor talade till honom i vi-form. Vadå "vi" – sedan när svalde de piller ihop?

Ett sådant förnedrande tilltal fick honom att känna sig som ett barn som hon försökte lura i en massa dumheter. Läkaren fick det att låta som om de tog ett gemensamt beslut men i själva verket hade han inget val. Hon måste ha märkt av hans dåliga sinnesstämning och fortsatte därför att överösa honom med argument:

"I längden går inte sorgen att medicinera bort. Tids nog måste man konfrontera den vare sig man vill eller inte."

Johan svalde när hon sökte ögonkontakt. Till råga på allt log hon också, den manipulativa jäveln.

"Har du funderat på att börja motionera? Det är ett fantastiskt verktyg."

Löparskorna stod fortfarande orörda sedan hans sista träningspass med Wilma två dagar före hennes död. Aldrig att han tänkte röra vid de skorna igen, han förstod inte varför han inte bara hade slängt dem.

"Då är vi överens, Johan", konstaterade läkaren efter hans tysta medgivande.

Han stapplade tomhänt ut ur rummet. Bara han kom ut i friska luften så skulle han klara det här utan att göra bort sig offentligt. Att han över huvud taget hade tagit sig till läkaren på sin avtalade tid var en bragd. Han mådde dåligt och kunde inte släppa att hon hade suttit där med ett muntert leende på läpparna. Alltså hade hon inte fattat ett dugg om hans situation. Nu skulle han gå från noll till femtio procents arbete, utan medicin dessutom. Han som inte ens hade orkat prata med jobbet sedan begravningen. Patrik, som var den sista person som han såg den där fredagskvällen på Skanskas kontor, hade försökt få tag i honom vid ett flertal tillfällen. Nu såg det inte bättre ut än att Johan skulle bli tvungen att höra av sig.

Petra stod på parkeringen utanför och väntade på honom. "Hur är det?"

"Bra", ljög han men såg på Petra att han inte skulle komma undan. "Skitdåligt, menade jag."

"Kom", sa hon och gav honom en kram.

Hennes armar gav honom panikkänslor. Greppet var så bestämt och påtvingat att han var tvungen att frigöra sig.

"Jag vill bara hem nu", sa han och gick till passagerarsidan och satte sig.

För att slippa prata tog han fram mobilen och låtsades svara på ett meddelande. Medvetet undvek han att möta Petras besvikna blick men han kände den ändå när hon hoppade in i bilen och körde iväg. Han visste att han uppförde sig som ett svin. Ilskan över att deras dotter ryckts ifrån dem måste ta vägen någonstans och den enda mottagaren som fanns i hans omgivning var Petra. På vägen hem gick det upp för honom att han höll på att slå sitt äktenskap i spillror. På egen hand var han på god väg att dra ner båda två i fördärvet bara för att han var så bedrövad. Insikter hade en förmåga att komma för sent och han vände sig oroligt mot Petra.

"Förlåt för att jag har varit en idiot."

Samtidigt som han sa det såg han att Petras sammanpressade käkar mjuknade en aning och att hennes spända axlar sjönk. Hon bromsade in vid vägkanten och slog igång bilens varningsblinkers. Antingen var det ett gott tecken eller så hade hon bråttom att få ur sig den där sista, dräpande jag-vill-separera-meningen, som han förtjänade. Istället sa hon ingenting. Hon granskade honom med en outgrundlig blick. Det gjorde honom nervös.

"Jag vet att jag inte har varit lätt att leva med", sa han med darr på rösten.

"Det är förståeligt", svarade hon avvaktande.

Hon verkade vänta på något mer från honom.

"Hur mår du egentligen?" frågade han när han såg hur sorgsen hon var.

Hennes ögon fylldes av tårar och hon böjde sig fram mot hans bröst och borrade in sitt ansikte. "Tack för att du frågar."

Johan lade en tröstande hand över hennes huvud. Motvilligt gick det upp för honom att det var första gången på tre månader som han hade ställt just den självklara frågan. Inte en enda gång hade han vänt sig till Petra och undrat hur det kändes. Av det enkla skälet att han hade nog med sin egen smärta. Det fanns inte plats för något mer. Så här i efterhand fanns det ingen bra ursäkt. Det var skrämmande att han hade gått in i sig själv så pass mycket att han inte ens hade frågat sin fru, mamman till deras förlorade barn, hur hon mådde.

"Vad kan jag göra för att reparera det här?" frågade han.

En bilist bakom dem tutade och han skämdes över kön som de tydligen hade orsakat. Arga, frågande blickar svepte förbi från den första föraren, som lyckades krångla sig förbi deras bil utan att orsaka repor i lacken. Petra verkade inte bry sig om trafikkaoset, inte ens när någon hängde på tutan för att få dem att flytta på sig.

"Jag älskar dig", sa han.

Petra sträckte på sig och strök bort håret från ansiktet. Hon torkade sina tårar och svängde ut på vägen. När hon tryckte gasen i botten tyckte han sig ana ett leende på hennes läppar.

Stadion, klockan 13.05

BARA TJUGO MINUTER efter att poliserna lämnat Lennart nås han av ett nytt samtal från dem. Kanske glömde de att ta några uppgifter eller också vill de att han ska stoppa loppet. Han är så djupt försjunken i sina tankar att han glömmer att presentera sig när han svarar.

"Har jag kommit till Lennart Hansson, tävlingsledare för Stockholm Marathon?" Den ljusa kvinnorösten låter inte bekant.

"Ja, det stämmer."

"Okej, vad bra att jag fick tag i dig. Jag heter Emma Sköld och jobbar på Länskriminalpolisens våldssektion här i Stockholm. Tyvärr har jag dåliga nyheter att komma med."

Redan innan Lennart får höra fortsättningen förbereder han argument mot att avbryta loppet. Han ser inte framför sig hur det skulle kunna gå till i praktiken. I värsta fall skulle det kunna gå att omdirigera löparna och slussa dem mot målet tidigare än planerat. Men de flesta kan banan utantill och skulle inte acceptera att vika av på fel ställe. Lennart kan föreställa sig det fullständiga kaoset och känner att det hugger till i bröstet.

"Att avbryta loppet kommer inte på fråga", protesterar han innan hon har hunnit berätta sitt ärende.

Lika bra att gå ut hårt. Nu får det vara nog med tråkigheter, han har tillräckligt med svårhanterade utmaningar att tampas med ändå. Förlusten av Måns Jansson är en stor tragedi på många sätt och han kan inte förstå att han nyss talade med honom, bara några minuter innan han tog sitt sista andetag.

"En livlös kvinna har hittats vid Rålambshovsparken, troligtvis en deltagare i loppet."

Lennart är så fokuserad på sitt försvarstal att han inte hinner uppfatta vad polisen säger.

"Hallå, är du kvar?" undrar hon.

"Ja", bekräftar han. "Vad var det du sa?"

"Vi tror att den döda kvinnan var en deltagare i maraton."

All luft går ur Lennart när han hör vad hon säger. Redan för några minuter sedan var han övertygad om att hans sista krafter var på väg att sina och så serverar polisen det här.

"Är ni säkra på att hon är död?" frågar han.

"Dessvärre är jag det, eftersom jag är på brottsplatsen just nu. Hon ligger på ett sätt så att nummerlappen döljs, men hon är klädd i löparkläder och ingen annan än maratonlöparna springer väl frivilligt en sådan här dag?"

"Brottsplatsen?"

Polisen ignorerar hans fråga. "Fler poliser är på väg och jag undrar om du har möjlighet att komma hit? Jag skulle vilja prata med dig."

"Kan vi inte ta det på telefon?" undrar han.

"Det handlar om omständigheterna kring kvinnans död. Jag skulle inte be dig att komma hit om det inte var viktigt."

Lennart vet inte vad han ska säga. Inom loppet av en timme har maratons dödsfallsstatistik fördubblats.

"Naturligtvis kommer jag så fort jag kan men det kan ta ett tag med tanke på avspärrningarna."

"Jag förstår det men jag väntar på dig. Möt mig vid sjukvårdstältet vid Rålambshovsparken."

"Okej."

Så fort Lennart avslutar samtalet ringer det igen. "Hej, jag är reporter på Aftonbladet. Vi vet redan vem det är som har dött och undrar om du har några kommentarer?"

Lennart är en hårsmån från att göra bort sig genom att fråga om han syftar på Måns eller kvinnan i Rålambshovsparken. Så snabbt kan de väl inte ha snappat upp nyheten om den döda kvinnan, eftersom han precis fick reda på det själv?

"Som jag säger till alla andra, så får även du hålla tillgodo med citaten i pressmeddelandet. Just nu hinner jag inte med en intervju."

"Men du kanske kan svara på om du kände honom?"

"Ledsen, men inte nu", säger Lennart och lägger på. Han förstår inte ens varför han svarade.

Han går ut och letar efter Albert, som måste hjälpa honom med samtalen från media. Efter en stund hittar han honom inne på tävlingskansliet men han är upptagen i telefon. När Albert är klar med samtalet ringer det igen, men Lennart hejdar honom. "Svara inte, vi måste prata först."

Det känns som en déjà vu-upplevelse när han drar Albert åt sidan. Informationschefen flackar oroligt med blicken. Så fort de kommer utom hörhåll från andra, sänker Lennart rösten och berättar det han precis fått reda på.

"En död löpare har hittats vid Rålambshovsparken, en kvinna den här gången."

"Vad är det frågan om?" utbrister Albert. "Vad är det egentligen som händer?"

Lennart slår hjälplöst ut med händerna. "Jag vet inte men jag börjar faktiskt bli riktigt orolig. Polisen vill att jag ska komma dit omedelbart."

"Då handlar det knappast om en hjärtinfarkt."

"Det lät inte så. Uppriktigt sagt är jag rädd för att det kan vara en dåre som springer lös. Måns märkliga hugg i ryggen och nu det här. Snart kommer nog polisen kräva att loppet avbryts."

"Avbryta loppet? Men det går ju inte. Jag förstår vad du tänker men måla inte fan på väggen än. Det kanske finns naturliga förklaringar till hennes död?"

"Kanske det", säger Lennart men känner sig långt ifrån övertygad.

Bilden av vad som pågår växer sig starkare och han får bråttom därifrån.

Norr Mälarstrand, klockan 13.08

NÄR EMMA GÅR bort mot sjukvårdstältet har hon svårt att samla sina intryck. Livets tvära kast gör att hon inte riktigt hinner med i svängarna trots att hon brukar vara mästare på att ställa om sig. Ena minuten har hon sex på en kafétoalett, i den andra kravlar hon omkring i en buske för att titta på en död kvinna med en plastpåse över huvudet. Offret ligger fortfarande kvar vid vattnet och det kommer att dröja säkert trekvart till innan läkare och kriminaltekniker är på plats. Emma tänker att det skulle kunna vara Josefin som ligger i buskaget. Hur osannolikt det än är så kan hon inte slappna av till hundra procent förrän hon vet säkert. Och så kommer hon att tänka på Kristoffer, han tror ju att de ska ses snart. Så hon skickar iväg ett kort sms till honom för att han inte ska sitta och vänta på henne i onödan. På en sekund har hon ett "puss" till svar och känner hur axlarna sjunker. Kristoffer gör henne varm i själen till skillnad från Hugo som jämt var så anklagande. "Varför måste du jobba över – kan ingen annan ställa upp för en gångs skull?" Alternativt körde han med uppgivet martyrskap: "Jag hade ändå inte räknat med dig för det kan man aldrig göra." Hugo allierade sig dessutom med Josefin, som också tycker att Emma är en svikare när hon låter jobbet gå före familjen. Det de inte verkar förstå är att en polis på en kriminalavdelning måste vara flexibel, annars är det bara att byta jobb. Mitt i en mordutredning jobbar man tills förövaren är fast. Det är hennes förbannade skyldighet.

Medan Emma närmar sig tältet där förhoppningsvis Anders Pettersson väntar på henne, försöker hon föreställa sig hur det kan ha gått till när kvinnan dog. Snabbt förmodligen, med tanke på hur åtråvärt just det där buskaget verkar vara för dem som inte vill förlora tid på att köa vid bajamajorna. Så kvinnan springer alltså in bland träden och då står någon där och väntar på henne. Eller följer gärningsmannen efter kvinnan? Det känns mer troligt, eftersom det knappast går att gömma sig bland de få träden och buskarna som finns att tillgå. Om det är ett utvalt offer så talar det för att förövaren gick efter kvinnan. Tillvägagångssättet tyder på att brottet var planerat. Och med allra största sannolikhet borde det finnas vittnen. Visst är buskarna vid vattnet en liten avstickare från själva banan men någon i publiken kan ha reagerat ändå.

När Emma når in under taket och hälsar på sjukvårdarna, nickar Anders Pettersson igenkännande.

"Hej, hur mår du?" frågar hon.

"Sådär. Jag såg plastpåsen först och ..."

Emma avbryter honom. "Kan du ta det från början? Berätta gärna allt du kan minnas från det att du var på väg mot träden, precis varenda detalj."

Hon slår sig ner bredvid honom på britsen och torkar av sig i ansiktet.

"Jag vek av till höger precis vid slutet av Rålambshovsparken", säger han medan hans blick blir frånvarande.

"Vad skulle du göra där?"

"Slå en drill."

"Mötte du några på vägen?"

Anders stryker sig över tinningarna och ser ut att fundera. "Ja, några löpare kom emot mig."

"Kvinnor eller män?"

"Både och. Jag reagerade på en lång farbror, som jag undrade hur sjutton han orkade. En timme på första milen är inte fy skam. Också lade jag märke till en mörkhårig medelålders kvinna. Hon nickade uppmuntrande mot mig."

"Lockigt hår?"

Han skakar fundersamt på huvudet. "Nej, väldigt blött hår, så det kan jag knappt svara på. Jo, kanske. Det var ungefär så här långt." Han måttar med händerna strax under axeln på sig själv.

Det kan ha varit Josefin. Eller mördaren. Eller en helt vanlig motionär.

"Inga andra?" frågar hon.

"Inte som jag kommer ihåg på rak arm."

"Vad hände sen?"

"Jag gick in bland buskarna och höll på att snubbla över plastpåsen men tänkte inte mer på det. Det var nämligen lite bråttom", säger han och rodnar. "Men jag hann knappt börja förrän jag kom av mig helt. Hon bara låg där, alldeles stilla. Jag fattade ingenting men hann tänka att kroppen hade en onaturlig ställning."

"Vad gjorde du då?"

"Jag kanske skrek något eller försökte prata med henne, jag minns inte riktigt. Det var en sådan förfärlig syn, med den där påsen och allt. Jag kastade mig ut ur busken och ropade efter hjälp. Och då kom den där funktionären och kort därefter så kom även du på cykeln."

Cykeln! Den hade hon helt glömt bort var hon ställde

men det fick bli ett senare problem. Emma skulle gärna vilja ha bättre signalement på löparna som Anders mötte, men hon inser att han är medtagen, han nästan sluddrar fram sina svar. Dessutom kommer en annan löpare in i tältet och avbryter dem. Hon pekar på sin blodiga häl för att bli omplåstrad.

"Det var ju typiskt att man skulle bli skadad", muttrar kvinnan mot Emma och hon har god lust att svara att hon ska vara glad att hon i alla fall lever.

Anders harklar sig diskret. "Kan jag gå hem nu, jag känner mig trött. Om det är något mer är det bara att ringa mig."

Han uppger sitt telefonnummer och Emma noterar även hans startnummer och adress. Kvinnan med skavsåret söker ögonkontakt med Anders och ler snett mot honom när hon får hans uppmärksamhet. "Blev det för tufft?"

"Det kan man säga", svarar han torrt.

"Själv ger jag inte upp i första taget", säger hon överlägset och nickar menande mot foten. "Inget skäl att bryta för mig inte."

Emma får återigen bita sig i tungan för att inte häva ur sig någon dräpande kommentar.

Blackeberg, klockan 13.12

ETTRIGA MYROR HAR invaderat kroppen och irrar nu omkring överallt, åtminstone känns det så. Det kliar kolossalt och Shirin vill krypa ur sitt skinn. Hon hoppas att det finns en mycket bra förklaring till att Viktorias tid aldrig dök upp. Självfallet måste något ha gått fel med mätningen, eftersom Viktoria aldrig skulle springa så sakta som en timme på milen. Som de har tränat inför det här loppet. På träningarna gjorde de tider en bra bit under femtio minuter på milen, utan problem. Men då sprang de visserligen inte en hel mara – inte heller i storm. Rimligtvis får man lägga till cirka fem minuter, men inte sjutton. Shirin har försökt uppdatera Viktorias tider i en kvart nu utan framgång. Och det om något stressar henne med tanke på Måns död. En kall vindpust sveper förbi och genast dyker Wilmas ansikte upp i huvudet. Shirin är rädd att hon håller på att bli knäpp – det kanske var därför Pelle dumpade henne utan förvarning? Den trånga ettan på sexton kvadratmeter håller på att göra henne tokig, hon måste ut!

Problemet är att hon inte hittar sitt förbannade SL-kort någonstans och hon gör ett sista desperat försök att trolla fram det innan hon sjunker ihop på hallgolvet och gråter av förtvivlan. Allt är bara skit! Hon förstår sig inte på livet – vad är poängen egentligen? Att stå ut med så mycket skit som möjligt för att sedan krypa ner i en fucking kista flera meter under jorden? För första gången förstår hon varför Wilma hoppade från den där klippan. Det är inte så konstigt att hon inte orkade med livet för det är inte på något sätt att glida runt på en räkmacka. Visst såg det ut som om Wilma hade de perfekta förutsättningarna, med en bra och trygg uppväxt i ett välbärgat hem. Men det är fan ingen garanti för lycka! Och vem vet egentligen hur Wilmas föräldrar uppträdde bakom stängda dörrar? Shirin har ingen aning om skälet till varför Wilma inte ville leva längre men hon kan bara föreställa sig hur tufft hon kan ha haft det. Och ensamt. Hennes pappa Johan är ju helt klart en psykopat. Innan Shirin tog med sig Wilma till Mission verkade hon inte haft speciellt mycket att glädjas över.

SL-kortet är försvunnet och Shirin ger upp. Hon torkar tårarna med tröjärmen och reser sig från golvet. Cykelnyckeln hänger i alla fall där den ska på spiken i hallen och hon tar på sig sitt tåliga regnställ som hon brukar ha när hon tränar i oväder. Hon vet att det handlar om sekunder innan hon kommer att ångra sitt infall, så hon skyndar sig ut.

Väl utomhus får hon en smärre chock av de starka vindarna och det ihärdiga hällregnet. Det här vädret går ju inte att springa i. Arma maratonlöpare som kämpar för att ta sig igenom detta. Kylan är nästan bedövande och hon undrar varför hon bor i det här landet. Svaret är att hennes mamma flydde från Pakistan när hon var gravid med Shirin. Men det är inget hon kan känna tacksamhet för, särskilt inte idag. Även om det är fullständigt tabu att prata om det, så känner hon oftast tvärtom. Hon har inte valt att bo i Sverige men det finns de i det här landet som tycker att hon ska vara jävligt glad för att hon får vara här. Precis som om den här mörka och dystra platsen är något som hon har drömt om. Det folk inte fattar är att det är skitsvårt, för att inte säga omöjligt, att komma hit och försöka smälta in i mängden. Ser man annorlunda ut, bedöms man annorlunda. Och med lite flyt hamnar man i en minimal etta i förorten istället för under en trappa på Centralstationen med en tiggarmugg i beredskap. Okej, Shirin vet att hon överdriver, hon har haft tur. Det är inte alla som har en mamma som skrapar hem en miljon på en trisslott. Visst har hon fått ganska bra ordning på sitt liv.

Under tiden som hon trampar på tänker hon på tiden med Pelle, sedan på Måns vackra leende. Och då kommer hon också att tänka på Viktoria. Varför springer hon så långsamt? En fasansfull insikt är att något har hänt henne också men den klarar Shirin inte av att tänka om hon inte ska cykla omkull. Förmodligen har bara tidssystemet fuckat upp. Det räcker väl med att ett träd blåser över en ledning och så bryts kommunikationen. Idag vore det nästan konstigt om inget sådant inträffar.

Nu känns det i alla fall som ett riktigt beslut att ta sig in till loppet och leta upp Viktoria. Shirin kan ju hennes normala tider utan och innan eftersom de springer i princip lika snabbt, så det ska inte behöva dröja länge förrän hon ser sin klubbkompis. Trots sin besvikelse över att Viktoria inte berättade för henne om sin relation med Måns, skulle hon aldrig kunna lämna henne i sticket. Och när hon rannsakar sig själv är det faktiskt så att Viktoria egentligen inte har varit elak på något sätt, bara förälskad. Shirin stannar till vid ett trafikljus och väntar på att det ska slå om till grönt. Om Måns hade uppvaktat henne så hade hon inte heller tvekat en sekund på att ta emot hans kärlek. Vem skulle inte ha gjort det? Måns var ju den finaste på hela jorden.

8 månader tidigare

RINGARNA UNDER ÖGONEN vittnade om att Måns Janssons nätter inte heller bestod av en sammanhängande sömn. Då hade han och Johan i alla fall en sak gemensamt. Wilmas tränare hade insisterat på att få träffa honom redan i somras men Johan hade inte varit i skick förrän nu. Ofta slutade det ändå med att det var han som fick trösta den andra parten istället för tvärtom. Johan hade inte haft en tanke på att Måns faktiskt kunde ha något viktigt att säga honom och därför hade han inga förväntningar när han klev in i Måns lägenhet i Traneberg.

"Hur går det för dig och Petra?" frågade Måns och serverade honom kaffe direkt från bryggaren. "Jag har inga kakor, tyvärr."

Disken stod i travar i det spartanska hörnköket och en frän stank smet ut ur kylskåpet när Måns plockade fram mjölken. "Oj, den hade visst gått ut."

"Det är lugnt, jag är inte så förtjust i vare sig kakor eller mjölk längre."

Johan hade hoppats att få slippa prata om hur de mådde men Måns hade stannat upp i sina rörelser och betraktade honom bekymrat. "Hur är det?"

"Det rullar på", mumlade Johan men sanningen var den att det stod blickstilla. Han förväntade sig en klyschig kommentar som att "tiden läker alla sår" och att livet måste fortsätta trots att Wilma inte fanns med dem längre. Om människor bara kunde nöja sig med att lyssna istället för att prata själva så skulle det kännas mycket bättre. Måns verkade begripa det och besparade honom sina släta-över-kommentarer när han slog sig ner mittemot honom.

"Jag kan inte sluta tänka på den där kvällen", sa Måns och det gick upp för Johan att han verkade ha något särskilt att berätta.

"Tänker du på något speciellt?"

"Allting gick så snabbt med polisens förhör och plötsligt var brottsutredningen nerlagd."

Måns gjorde en konstpaus och Johan såg upp från kaffekoppen. "Men?"

"Nu när det har gått en tid och händelsen har hunnit sjunka in ordentligt känner jag att det är något som inte stämmer."

"Hur menar du då?" frågade Johan så lugnt han förmådde trots att pulsen ökade.

Måns sökte hans blick. "För det första så kan inte Wilma ha hoppat från den där klippan. Hon anförtrodde sig till mig och verkade vara tillfreds med livet. Även nu i efterhand så kan jag inte se några tecken på att hon var på väg att begå självmord."

"Då är vi två."

"För det andra var det ingenting som var avvikande den där kvällen. Jo, förutom en sak – en kvinna vid namn Josefin Eriksson var med och tränade med oss då."

"Vadå, menar du att hon kan vara inblandad på något sätt?"

"Det tror jag inte men hon kom aldrig tillbaka efter den gången."

Johan suckade. "Och sådana trådar drog inte polisen i över huvud taget, antar jag. Berättade du för dem om Josefin?"

"Absolut! Om jag har förstått det rätt så pratade de med alla som var med."

"Vet du var Josefin finns?"

"Hon är personlig tränare i Bromma."

"Så då känner du henne?"

"Vi springer förbi varandra ibland i spåret, men inte mer än så. Hon var med oss några gånger för att få inspiration i samband med hennes uppstart av sin verksamhet. Jag vet att hon har man och tre barn. Och att hennes syrra är snut. Ja, det är väl allt."

"Låter inte precis som en beräknande mördare?"

Måns skrattade till. "Verkligen inte, men hon är den enda i gänget som avviker från det vanliga. De andra känner jag ju utan och innan. Vill du ha mer kaffe förresten?"

"Nej, tack! Jag måste hem. Vi håller kontakten", sa Johan och reste sig. "Det var bra att du stod på dig om att vi skulle ses."

"Det är väl det minsta jag kan göra. Du ska inte hänga med ut och springa ikväll?"

"En annan gång", svarade Johan med en ton som inte lämnade utrymme för några som helst övertalningsförsök.

Johan kunde inte förstå hur han någonsin skulle bli sugen på att snöra på sig löparskorna igen. Under hösten hade vinflaskan lockat mer än elljusspåret och så fick det förbli. Trots att han hade haft fyra månader på sig att gräva i allt som kretsade kring Wilmas mystiska död, så var det mötet med Måns som utlöste allt underliggande tvivel. Det fanns alltså någon mer än han själv som inte trodde att polisens utredning stämde och det var precis det som behövdes för att få honom att vakna. Han hade mycket i huvudet under bilfärden hem och körde därför okoncentrerat. Plötsligt fick han tvärbromsa för en cyklist som kom från ingenstans. Visserligen hade hon högerregeln på sin sida, men ändå. Hon verkade vara mer intresserad av sin rättighet till företräde än om sitt liv när hon trampade rakt ut i vägen. Nu nuddade hon bara fronten på bilen och cyklade vidare som om ingenting hade hänt. Men Johan satte andan i halsen och körde sedan hem precis så lagligt som det krävdes för att han inte skulle bli av med körkortet.

"Hallå?"

Han ställde ner sin väska i hallen och ropade igen. Petra var väl ute och han struntade i att ta av sig skor och ytterkläder och klampade in i köket. Laptopen låg på köksbordet och väntade på hans googlesökning. Tjugosjutusen träffar på Josefin Eriksson, varav den tredje verkade vara en personlig tränare i Bromma. Han klickade på länken och såg en kvinna med positiv uppsyn och lite jävlar anamma i blicken. Utan att tveka slog han numret som han hittade under fliken *Kontakter* och tre sekunder senare hörde han en stressad kvinnoröst som sa något han inte uppfattade.

"Hej, jag heter Johan. Är det Josefin jag talar med?"

"Stämmer bra det." Hon lät kort i tonen och inte alls så där sprudlande glad som hon gav sken av att vara på bilden på dataskärmen. Falsk marknadsföring.

"Ringer jag olämpligt?"

"Jag är på väg in i skolan för att hämta barnen, vad gäller saken?"

"Träning – du är väl personlig tränare?"

Tonläget i rösten mjuknade omedelbart. "Javisst! Vill du boka ett introduktionsmöte?"

"Ja tack, gärna så fort som möjligt. Jag behöver komma i form."

"Vilka tider passar dig bäst?"

"Jag kan när som helst", svarade han angeläget.

"Går det bra om jag sms:ar dig förslag på tider på det här numret?"

"Gör det."

"Då hörs vi snart och kanske ses ... Jonas?"

"Johan", rättade han.

"Johan", svarade hon. "Hej så länge."

"Hej då", sa han och pustade ut.

"Vad var det där om?"

Johan ryckte till när han hörde Petras röst alldeles intill. Han hade inte ens märkt att hon kommit hem.

"En jobbgrej bara."

Mobilen pep till och skärmen tändes upp av ett nytt meddelande. "Klockan nio i morgon bitti eller klockan ett – något som passar?" Lika bra att ta första bästa chans. Han svarade klockan nio och sedan kom en adress i Bromma, förmodligen hennes privata. Kanske hade hon gymmet i källaren, det skulle visa sig imorgon. Petra kramade om honom bakifrån och slog ihop hans dator. Sedan lade hon hans mobil med skärmen neråt.

"Hur har din dag varit?" frågade hon.

Även om hennes demonstrativa sätt störde honom, svarade han lugnt: "Efter jobbet var jag hemma hos Måns en sväng. Han ville snacka."

Johan kände hur hon stelnade till. "Om vadå?"

"Han har funderat fram och tillbaka på Wilma och

också kommit fram till att hon inte kan ha hoppat frivilligt."

"Kan du inte bara lägga det där bakom dig nu? Om hon trillade ner så spelar det ingen roll – hon är lika död för det", sa Petra och släppte greppet om honom.

Sedan öppnade hon kylskåpet. "Det finns inget att äta."

Hon ägnade honom inte en blick, utan letade febrilt vidare i skafferiet. Precis som om diskussionen hade något med mat att göra.

"Men tänk om någon knuffade henne?"

Petra stannade upp och såg på honom. Hennes blick brann av vrede. "Ja, tänk om någon mördade henne, Johan! Det låter verkligen troligt. Inbillar du dig att polisen är ett gäng muppar som kör 'Sten, sax och påse' om vilken teori som är rätt?"

Spontant ville han svara ja, men knep igen. Poliser låg inte högt i kurs hos honom just nu men det var fel läge att argumentera emot en rasande fru. Så här arg hade han aldrig sett henne förut.

"Jag vill bara veta sanningen, det är väl inte så konstigt?"

"Släpp det och gå vidare. Ingen kommer att må bättre av att du drar upp allt igen."

Petra menade verkligen allvar men det gjorde han också.
"Jo, jag."
"Men inte jag."

Alltså skulle han tvingas agera i smyg men det gjorde inte så mycket. Egentligen föredrog han att hålla i trådarna själv. Nu skulle han bara försöka göra en kovändning.

"Älskling, som vanligt har du rätt. Jag låter det vara."

Rösten lät inte helt äkta och Petra vände sig om med

ett paket nudlar i händerna. "Det är lika troligt som att du skulle nöja dig med det här till middag."

Han log avväpnande. "Allvarligt, Petra. Jag släpper det. Vi går ut och äter istället för att tjafsa."

"Säga vad man vill men du är sämst på att ljuga", muttrade hon och lade ifrån sig nudelpaketet.

Rålambshovsparken, klockan 13.25

PÅ TJUGO MINUTER är Lennart på plats vid sjukvårdstältet och blir förvånad när han möts av en ung, vacker blondin, som visar sig vara den polis som väntar på honom. På håll ser Emma Sköld mer ut som en fotomodell än någon som jobbar på en kriminalavdelning. Men det räcker med hennes kraftfulla handtag och skarpa blick för att förstå att hon är långtifrån en bräcklig skyltdocka. De slår sig ner på den tomma britsen och han går rakt på väsentligheterna:

"Visst är det något mer som du inte har berättat?"

Emma nickar och sänker rösten: "Kvinnan har med största sannolikhet bragts om livet."

"Då förstår jag att du kallade det för brottsplatsen."

"Nu är den stora frågan vem kvinnan är och vad hon har råkat ut för. Och om det är kopplat till själva loppet eller om det handlar om något annat som inte har med maran att göra. Jag ville gärna träffa dig öga mot öga för att prata om situationen."

"Och ni kan alltså inte se hennes startnummer?"

"Inte än. Innan vi kan vända på kroppen måste tekniker säkra eventuella spår."

Av hennes sakliga sätt att lägga fram det hela förstår Lennart att det här knappast är första gången som hon har med ett mordfall att göra. Och eftersom hon verkar ha erfarenhet kanske hon kan förklara varför hon är så säker på att det inte kan röra sig om en olyckshändelse.

"Vad tyder på att det handlar om ett brott?"

"Jag kan inte gå in specifikt på det men för att uttrycka mig kort och koncist: det är ganska uppenbart."

Genast får Lennart upp hemska bilder av en blodig, sönderskuren kropp som ligger utspridd längs med strandkanten. Vad är det som pågår? Först Måns och nu det här. Om än motvilligt inser han att det är oundvikligt att ställa sig frågan: är det en mördare som springer lös? Men varför vill någon ha ihjäl folk som springer? Och kanske det värsta: ovissheten över vad som kommer hända härnäst. Oron får fäste och Lennart upplever att synfältet är på väg att skärmas av. Helst av allt vill han luta sig tillbaka och vila en stund men det går ju inte.

Polisen verkar uppfatta hans tillstånd för hon ser på honom med en bekymrad blick. "Du ser ut att behöva något att dricka. Kan vi få ett glas vatten?"

En sköterska nickar till svar och sträcker sig efter en mugg åt Lennart. Han känner sig svagare än någonsin men polisen ser inte alls ut att döma honom för det, tvärtom.

"Hur mår du egentligen?" frågar hon.

"Det är okej." Inte konstigt att han är skärrad. Undrar hur mycket hon känner till om Måns?

"Det här är dagens andra dödsfall som du kanske har hört?" säger han och tar emot muggen. Vattnet kommer väl till pass och det känns bättre när han har fått i sig några klunkar.

"Just det. Det är även det jag ville tala med dig om. Vad känner du till om det första?"

Lennart försöker samla sig för att inte staka sig när han

berättar. "Faktum är att jag stod utanför Stadion och såg när han föll ihop."

Ännu en gång får han berätta om Måns Jansson men skillnaden nu jämfört med det tidigare polisförhöret är att Emma hela tiden avbryter honom med frågor. Hon vill veta exakt hur löparen såg ut som föll över Måns och vilka som stod närmast när det inträffade. Han måste tänka efter och blir besviken på sig själv när han låter så luddig och osäker. Det borde vara glasklart men allting bara snurrar.

"Det finns hur många bilder som helst, både rörliga och stillbilder. Tv direktsänder och fotografer dokumenterar loppet vid flera olika platser längs med banan." Lennart ger sina kontaktpersoners telefonnummer till Emma. "Ifall det skulle bli aktuellt."

"Jättebra, tack! Vad sa Måns när du träffade honom i sjukvårdstältet?"

Lennart sneglar på britsen som de sitter på, precis en likadan som Måns legat på för drygt en timme sedan. Det är inte lätt att komma ihåg ordagrant vad han egentligen sa, trots att det bara var några få ord, men Lennart gör sitt yttersta.

"Han verkade mest knäckt över att han hade tvingats bryta loppet, ärligt talat. Och jag förstår honom, det är så maratonlöpare resonerar."

"Något annat?"

"Läkaren skickade ut mig från tältet efter det, eftersom Måns började hosta blod. Han fick inte anstränga sig och sedan kom ambulansen. Kort därefter fick vår informationschef dödsbeskedet."

"Kände du Måns väl?"

"Bara ytligt, via löpningen, där de flesta visste vem han

var. För många var han till och med en hjälte." Lennart försöker att inte ha någon underton men måste ha misslyckats för Emma nappar direkt:

"Och för de andra?"

Skvaller om en nyss avliden person känner inte Lennart för att föra vidare till polisen men han måste ju berätta något nu. "En del verkade vara väldigt avundsjuka på hans framgångar som coach inom löpning. Han tränade upp unga talanger och lyckades bra med det. Sådant räcker för att det ska börja spekuleras."

"Så han hade alltså fiender?"

Lennart rycker på axlarna. "Fiender och fiender ... det var nog mest prat, svårt att avgöra. Sticker man ut och lyckas kan det räcka mer än väl för att folks käftar ska börja glappa. Det ska letas fel i det oändliga. Avundsjuka är kanske det rätta ordet."

Polisen ser fundersam ut. "Men dock ett ord som inte ska underskattas i det här sammanhanget. Tyvärr kan det vara mer än tillräckligt för att vissa ska begå fruktansvärda handlingar. Så det bör vi nog undersöka närmare."

"Men det gör ni väl redan?" säger han och får en frågande blick till svar. "Det var ju två poliser som sökte upp mig på Stadion för att förhöra sig om Måns död."

"Det visste jag inte om men jag ska kolla upp det. Vad sa de?"

"Inte mycket förutom att de hade fått vissa indikationer på att det kunde ligga ett brott bakom. Han dog till följd av en stickskada i ryggen. Ett vasst föremål punkterade lungan och måste ha kommit åt hjärtat eller något annat, kanske stora kroppspulsådern, vad vet jag? Men det vet väl läkaren på Karolinska sjukhuset alla detaljer om."

"Absolut."

Lennart vill egentligen inte veta svaret men han måste ändå ställa frågan: "Vad tror du det är som pågår? Vi har varit förskonade från dödsfall under Stockholm Marathons trettiofemåriga historia – till idag. Bör jag vara orolig?"

"Den frågan vet du nog själv svaret på", svarar polisen. "Jag kommer att behöva din hjälp, särskilt när jag har fått fram det senaste offrets startnummer. Finns du tillgänglig på det här numret hela dagen?" Emma håller upp sin mobil och Lennart nickar.

"Självklart. Du som har erfarenhet: tror du att vi har drabbats av en galning som är ute efter att förstöra för maraton eller kan det handla om något helt annat?"

"Jag gillar inte att spekulera innan jag har något att gå på", svarar hon undvikande och Lennart tolkar det som att polisen ännu inte har hunnit bilda sig en uppfattning.

Emmas mobil ringer. "Ursäkta men jag måste ta det här."

Lennart nickar och försöker att få sin ängslan att lägga sig under tiden som Emma pratar i telefon. Han borde ha förstått redan imorse vilket dåligt omen det plötsliga väderomslaget innebar. Men han hade ändå aldrig kunnat tro att två personer skulle avlida på det här sättet. Det kunde väl ingen? Han hade aldrig hört talas om något liknande.

Han ser starten framför sig igen. Rent statistiskt borde flera av de nästan sextontusen löparna som kom iväg vara kriminella. Kanske har förövaren planerat händelserna långt i förväg. Och det här kanske bara är början. Listan över offer kan vara hur lång som helst. Istället för att dämpa sin oro spär Lennart på den under den korta stund som han tvingas vara tyst och vänta på att Emma ska bli färdig med sitt samtal. Så fort hon är klar måste han få berätta om sina farhågor. Han har tusen obesvarade frågor.

"Jag är på väg", säger Emma till personen som hon pratar med och avslutar samtalet.

Sedan tackar hon Lennart för värdefull information och försvinner med snabba steg ut ur tältet.

Norr Mälarstrand, klockan 13.40

"SNABBT JOBBAT", SÄGER Emma imponerat när läkaren lämnar över dödsintyget. Samtidigt bromsar en bil in framför avspärrningarna och en man och en kvinna kliver ur. De hälsar på Emma och hon tycker sig känna igen mannen vagt men kvinnan har hon aldrig sett förut. Lördag och maraton till trots har teknikerna lyckats komma till platsen rekordsnabbt. När de har pratat klart med läkaren, briefar Emma teknikerna om allt de kan tänkas behöva veta om fyndplatsen. Samtidigt tackar läkaren för sig och ger sig iväg.

"Mannen som hittade henne, Anders Pettersson, har uppgett att han har storlek 46 i skor och tyvärr kan han ha trampat runt en del på platsen innan han såg att kvinnan låg där."

"Och du?" frågar mannen.

"Jag gick till vänster om träden", säger hon och pekar. "Jag har inte vidrört offret eller något i närheten av henne, förutom när jag konstaterade att hon inte hade någon puls."

Kvinnan sneglar på Emmas skor. "Vilken storlek har du då?"

"Trettioåtta."

"Samma som läkaren alltså", säger hon. "Då har vi nog allt vi behöver."

"Kan ni återkomma till mig så fort ni har vänt på henne och ser hennes startnummer?"

"Det kan dröja ett tag, dessvärre, men det vet du ju redan."

Mannen talar med henne som om de känner varandra men Emma är dålig på att minnas ansikten. Ett namn säger inte heller så mycket om det inte handlar om ett offer eller en gärningsman som figurerat i tidigare fall. Dem glömmer hon aldrig.

"Vi måste snabbt fastställa hennes identitet, så vi får en chans att ta reda på vad och vem som kan ha orsakat hennes död. Tidigare idag under loppet avled en man, och om dödsfallen har ett samband så är det bråttom." Emma hör att hon brusar upp. Kanske tar oron för Josefin överhanden igen, men hon gör sitt bästa för att slå den ifrån sig.

"Vi gör vad vi kan", biter kvinnan av och plockar fram en väska ur bagageutrymmet.

Sedan försvinner teknikerna iväg mot buskaget utan ett ord.

"Tack", ropar Emma efter dem och får annat att tänka på när hon ser att Lars Lindberg söker henne på mobilen.

"Hej Lasse", säger hon till sin chef och undrar samtidigt var hon har gjort av cykelskrället. Hon förstår att hon kommer att bli inkallad till kontoret och vill ligga steget före.

"Jag hörde att du är vid Rålambshovsparken. Ibland undrar jag om du söker dig till brottsplatser", skämtar han. "Om fem minuter kliver jag in på jobbet. Ärendet har hamnat på mitt bord. Så, hur ligger vi till?"

"Teknikerna har precis kommit hit och jag har pratat med mannen som upptäckte kvinnan och även tagit uppgifter från tävlingsledaren. Så just nu finns det inte mycket mer för mig att göra här."

Cykeln måste ha blivit stulen för hon ser den ingenstans. Varför lämnade hon den olåst?

"Vad har vi då?" frågar Lindberg.

"En kvinna som utan tvivel har bragts om livet. Identiteten är fortfarande inte fastställd men uppskattningsvis är hon någonstans mellan 30 och 40 år, men det är bara en gissning. Hon ligger på mage, så det är svårt att göra en bedömning." Hon väntar medvetet med att ge detaljer om påsen tills en löpare passerat på hennes vänstra sida.

"Är det allt?" avbryter Lindberg som om han hörde på henne att hon har mer att komma med.

"Hennes huvud är täckt med en svart påse."

Lindberg hummar något men frågar inte mer om det. "Finns det några vittnen redan nu?"

"Det måste det göra, det handlar bara om att hitta dem. Mannen som upptäckte kvinnan mötte några löpare på väg ut från buskaget när han sprang in för att kissa. Så han har lämnat en del värdefulla uppgifter. Men det är inte bara det ..."

"Nähä?"

"Jag fick intressant information från tävlingsledaren Lennart Hansson. Mannen som avled vid starten var ingen hjärtsjuk gamling, utan en trettiofemårig rutinerad maratonlöpare. Enligt tävlingsledaren var den avlidne, tränaren Måns Jansson, i mycket god fysisk form."

"Och?"

"Lennart träffade Måns precis innan ambulansen kom och han påstår att Måns blev stucken i ryggen med ett vasst föremål. Någon blårock på Norrmalm måste ha påbörjat ärendet för Lennart hade redan blivit förhörd av polisen angående dödsfallet."

"Vi får ta över det ärendet också eftersom det kan ha ett samband med den döda kvinnan. Så den där Lennart misstänker alltså att Måns kan ha blivit angripen av någon ... löpare?"

"Först trodde Lennart att det var en olycka, det var tydligen många som sprang och viftade med paraplyer i starten. Men poliserna som förhörde honom antydde att det kunde vara frågan om ett brott, eftersom ett vasst föremål orsakat en skada på ett inre organ. Så det kan alltså röra sig om två mord."

"Det ser inte bättre ut. Hur snabbt kan du vara på plats förresten? Det känns redan som om vi ligger pyrt till om vi ska lyckas lösa den här uppgiften innan loppet är över. Att få fast gärningsmannen bland tusentals löpare blir inte lätt, särskilt inte när alla ser i stort sett likadana ut."

"Vad får dig att tro att det bara är en person?" frågar Emma och pustar ut när hon äntligen skymtar sin cykel omkullvräkt på gräset en bit bort.

"Inget. Det kan naturligtvis vara fler inblandade."

"Vi ses om fem minuter", säger hon och kastar sig upp på sadeln.

Helst av allt skulle hon vilja styra mot Kristoffers lägenhet istället men inte ens han kan få henne att ändra inställning. Jobbet kommer alltid att gå i första hand. I alla fall tills hon blir mamma. Det vore häftigt att få känna att det finns något annat i livet än jobbet. Hon snuddar vid tanken på hur det skulle vara om det hitintills omöjliga blev möjligt. Men hon vågar inte tro att hon har lyckats bli gravid, även om hon har gått några dagar över tiden, fyra för att vara exakt. Hon skulle aldrig ta ut något i förskott. Än så länge har Kristoffer inte nämnt ett ord om att skaffa barn och hon vågar inte närma sig ämnet ifall han skulle säga nej.

När Emma svänger av från Norr Mälarstrand mot Polishuset, släpper hon sina egna tankar och fokuserar istället på kvinnan vid vattnet.

7 månader tidigare

EN ENDA ARMHÄVNING till skulle få honom att avlida. Johan hade redan blodsmak i munnen, mjölksyra och kramp men Josefin stod bara oberörd vid sidan om. Sakta räknade hon ner mot ett för att plötsligt lägga på ytterligare fem armhävningar på slutet. Hur hade hon mage att göra så och dessutom ta betalt för det?

"Bara fyra kvar."

Manligheten sattes på prov och han vägrade be henne om nåd där han stod på alla fyra på Josefins källargolv. Hon körde verkligen skiten ur honom och det här var bara början. Efter fyspasset skulle de jogga en sväng, vilket lät som en enkel match men var allt annat än en söndagspromenad. Sist hade hon lurat med honom en mil. Först efter fem kilometer hade han förstått det och då var det bara att springa lika långt till för att komma tillbaka igen.

"Tre, två ... ett, bra jobbat!"

Armarna darrade av ansträngning och han sjönk ihop på mage på golvet. Kroppen skrek av smärta och han vågade inte röra sig av rädsla för att det skulle göra för ont. Josefin höll fram en vit frottéhandduk. "Om du vill torka svetten från pannan."

Det tidigare hatet han känt för sin nya personliga tränare förvandlades till tacksamhet. Inte en chans i världen att han skulle ha tagit sig igenom ett mardrömsspass som det här utan hennes hjälp. Men tacket fick vänta tills han kunde andas normalt igen.

"Försök att komma upp från golvet istället för att ligga stilla. Om du sätter armarna över huvudet öppnas bröstkorgen upp och luftvägarna blir fria. Du får fem minuters vila, sedan kan du snöra på dig löpardojorna."

Ord och inga visor. Johan gjorde inte en tillstymmelse till försök att svara, utan låg kvar på källargolvet som en död silverfisk. Men efter ett tag började han sakta röra sig och rullade runt på sidan för att stegvis resa sig upp. Kanske hade det blivit för intensiv träning med två pass med Josefin i veckan? Åtminstone med tanke på att han gick från ingen träning alls till fullt schema. Josefin nöjde sig naturligtvis inte med att han bara körde vid de två tillfällen de sågs, utan ville att han skulle göra minst lika mycket på egen hand. Och det var inga problem i början men nu hade han blivit stel i ljumskarna och ryggen. Förmodligen för att han struntade i att stretcha men det var ju så olidligt trist.

"Redo?"

Josefin tittade in i tvättstugan, som hon förvandlat till ett provisoriskt gym, och han grimaserade när han svarade. "Alldeles strax."

"Jag tänkte att vi kunde springa längs vattnet idag när solen skiner. Om det är okej för dig?"

Förr eller senare skulle det ändå ske men hittills hade han inte återvänt till platsen där Wilma omkom för cirka ett halvår sedan.

"Det kan vi väl göra."

Josefins vackra trävilla från 1920-talet låg bara några hundra meter från vattnet och de joggade sida vid sida ner mot Mälaren.

"Jag är tacksam för att du var ärlig mot mig från början", sa Josefin.

"Det hade känts dumt att inte säga som det var", svarade han eftertänksamt.

Johan tänkte tyst för sig själv att Josefin inte alls visste allt om syftet med att anlita just henne. Även om han med en gång hade sagt att Wilma var hans dotter och att Måns hade sagt att Josefin var med den där kvällen, så hade hon ingen aning om hans egentliga baktanke: att bilda sig en uppfattning om huruvida Josefin på något sätt kunde varit involverad i Wilmas död.

De svängde in på promenadstigen och han såg Solviksbadet skymta till vänster. Det räckte för att hjärtat skulle börja bulta hårdare. Underlaget var halt efter nattens frost och Johan ångrade att han inte hade tagit sina Icebugs med inbyggda dubbar. Dessutom var han för dåligt klädd för nollgradigt men det var väl bara att hålla igång för att inte bli kall. När han skymtade den gula klubbstugan längre fram, där Mission höll till, tittade han medvetet bort. Han visste mycket väl hur den såg ut och behövde inte se den igen. Det räckte med vetskapen om att den låg där för att tankarna om den där kvällen skulle spelas upp i huvudet. Josefin svängde ner mot utomhusgymmet och han följde efter.

"Vi körde aldrig ben, så vi tar det nu."

Det passade Johan utmärkt att få lägga vikten, bestående av en tung stock, över ryggen och pumpa benböj till förbannelse. Allt som skingrade tankarna var välkommet just nu hur trötta musklerna än var. Det enda som hördes var deras frustande och stånkande när de kämpade vid varsin stock. Sedan fortsatte de jogga i spåret längs med vattnet och han var noga med att inte blicka åt klubbstugan.

Josefin bröt tystnaden. "Du har ju frågat mig tidigare om jag har något att säga om Mission och nu känner jag mig redo att vädra mina funderingar. Ända sedan vårt första möte har jag tänkt på om det var något jag borde ha lagt märke till den där kvällen då Wilma plötsligt försvann. Men jag kände ju ingen i gruppen, så jag reagerade knappt på att en hade gett sig iväg."

Johan halkade till på en rot men höll sig upprätt. "Fortsätt, jag lyssnar."

Josefin saktade in och väntade på att han skulle komma ikapp henne men de fick inte plats att jogga bredvid varandra på den smala stigen. Lite längre fram skulle den bli bredare. Men han hörde ändå vad Josefin sa.

"Nästan direkt kände jag en konstig stämning i klubben. Antingen var de bara avvaktande mot mig eftersom vi inte kände varandra, eller också var det något annat. Alla var så tillknäppta, även Wilma."

Johan visste att Wilma kunde vara blyg men knappast tillknäppt.

"Om jag ska hårdra det kände jag mig inte riktigt välkommen. Snarare verkade de se mig som något som katten hade släpat in, i alla fall tjejerna i gruppen. Eller så upplevde de mig som ett hot."

Kunde det ligga något i det Josefin berättade? De gånger Johan hade varit delaktig i träningarna hade han inte upplevt några konstigheter. Men han hade å andra sidan bara haft ögon för Wilma och inte brytt sig så mycket om de andra.

"Vem var det som bjöd in dig från början?" undrade han.

"Måns. Vi känner varandra flyktigt och brukar mötas i joggingspåret. En dag när jag berättade att jag skulle bli personlig tränare, frågade han om jag var intresserad av att hänga med honom för att få inspiration. Och det var såklart ett erbjudande som jag inte kunde motstå."

"Hur många gånger var du med?"

"Kanske tre gånger före olyckan", svarade Josefin dröjande och saktade in.

Hennes sorgsna blick fick honom att se sig omkring.

De var framme.

Kroppen kapitulerade omedelbart. Benen ville inte lyda längre, hjärtat rusade och han kände ett tryck vid tinningarna. Josefin sa något, som han inte riktigt uppfattade. Något om att hon inte hade bråttom. Motvilligt vek han av från stigen och gick ut på klippan, hela tiden med blicken högt ovanför trädtopparna, rakt ut mot vattnet. Inte titta ner! Vad som än hände fick han inte sänka blicken. Minnen från kvällen gjorde sig påminda och med ens ekade Måns hjärtskärande rop i hans huvud så att trumhinnorna höll på att sprängas. Han tog sig om huvudet och kände hur benen var på väg att vika sig. Och under en sekund av förlorad kontroll råkade han se ner i gapet. Till sin förvåning skrek han inte, han föll inte heller ner mot stupet utan stod istället kvar som fastnaglad i marken.

"Det här var ingen bra idé", hörde han Josefin säga bakom honom.

Hon var framme hos honom nu och lade sin arm på hans axel. Klappade honom tröstande på ryggen.

"Jag är så ledsen för att jag tog med dig hit, förlåt."

Johan skakade på huvudet. "Förr eller senare hade jag behövt se platsen ändå. Jag överlever."

Han tog ett djupt andetag och tittade neråt igen. En trädgren hade brustit från en stam och landat precis där Wilma hade legat alldeles stilla. Kanske kunde han ana en rödfärgad ton på klippan men han visste inte om det var ren inbillning.

"Vi springer vidare nu innan det blir för kallt", försökte Josefin och började göra åkarbrasor och småjogga på stället.

Efter en stund följde Johan efter henne. När de sprang ner mot ängen och tillbaka upp mot Smedslätten igen kände han sig ännu mer övertygad om att klipporna han just beskådat var en brottsplats och inget annat. Han märkte på Josefin att hon kände sig dum över att ha utsatt honom för den här påfrestningen. För att slippa prata om det som hänt försökte han återkoppla till samtalet de hade haft innan, om Mission.

"Så om jag förstått det hela rätt så var det din sista gång med Mission efter den där kvällen?"

Josefin såg på honom. "Det stämmer. Måns skickade sms till mig och förklarade att han inte hade möjlighet att ha med mig i fortsättningen."

Polishuset, klockan 13.50

DET FÖRSTA EMMA gör när hon passerat säkerhetsdörrarna på Kungsholmsgatan är att ta hissen upp till sitt våningsplan på Länskriminalen där hennes spaningsmordgrupp på våldssektionen håller till. Hon går direkt till sitt rum till vänster i korridoren. Ett eget kontor där hon kan jobba ifred har alltid varit en dröm för henne. Här kan hon ta känsliga telefonsamtal utan att tänka på att någon lyssnar och även smyga iväg ett sms till Kristoffer utan att få en frågande blick. Men framför allt kan Emma prata ostört med sin far utan att en kollega dömer henne. Det är inte hon själv som har valt att vara dotter till Länspolismästaren. Än så länge har det bara känts som en belastning, eftersom alla tror att hon har avancerat tack vare honom när han i själva verket har motarbetat hennes yrkesval från första stund. Men bara för att han inte tyckte att polisyrket är lämpligt för en kvinna, blev Emma ännu mer triggad av att bevisa motsatsen. Hon väntar fortfarande på att han ska erkänna att han hade fel.

Ytterligare en fördel med eget rum är att hon kan byta om till torra kläder utan kollegernas blickar. Visserligen har hon ett fönster som vetter mot innergården, med möjlig insyn, men en lördag är det knappast någon där. Personer på häktet skulle kunna se henne men det struntar hon i. Fast innan hon byter om eller ens torkar av sig måste hon starta datorn och söka på Josefin Erikssons resultat på stockholmmarathon.se. Emma sväljer när hon försöker komma ihåg hur hennes syster var klädd när hon svepte förbi utanför slottet. Inte hade hon väl lila tajts? Om Emma inte hade varit upptagen i telefon med Kristoffer hade hon haft koll men hur skulle hon veta att det kunde bli viktigt? Normalt sett är hennes iakttagelseförmåga fenomenal men bara för att det handlar om hennes egen syster så får hon blackout. Hon fyller i namnet i sökfältet och klickar. Omedelbart kommer svaret att hennes storasysters tider uppdateras kontinuerligt. En sten faller från hennes axlar och hon andas ut.

"Smög du in?" Lars Lindberg står plötsligt i korridoren och kikar in i hennes rum.

Hon rycker till av överraskning och känner sig tagen på bar gärning, precis som om hon höll på med något hemligt.

"Tala för dig själv", säger hon. "Var är alla andra?"

"Inom två timmar kan vi räkna med full styrka."

Tio mot en alltså, baserat på att gärningsmannen agerar ensam.

"När får vi besked om vem offret vid vattnet är?" frågar Lindberg.

Emma torkar bort regnet från ansiktet med sin blöta tröjärm. "Jag sa till teknikerna att det är bråttom men det är ingen garanti för att de skyndar sig."

Lindberg kan inte dölja sin frustration över att Emma inte kan ge fler upplysningar om kvinnans identitet. Han suckar och skakar på huvudet. "Förstod de allvaret – vad det kan betyda att två personer har dött?"

"Jag tror att de kan tänka själva, ja."

Hissen gnisslar till och Lindberg backar ut i korridoren

och morsar på dagens tredje blixtinkallade kriminalare. Thomas Nyhlén, som innanför dessa väggar inte heter något annat än Nyllet, låter aningen dämpad när han pratar med chefen.

"Byter du om, Emma, så kör vi ett möte så fort du är redo?"

"Jag är klar."

Lindberg granskar henne från topp till tå och skakar bestämt på huvudet. "Jag ser ju att du fryser. Sätt på dig något annat först."

Sedan drar han igen dörren efter sig och går iväg.

I hörnet på golvet står en kvarglömd väska med använda träningskläder. Hon drar upp dragkedjan på bagen och rynkar på näsan när hon tar fram de skrynkliga byxorna med intorkad svett. Om det nu ska vara så himla noga så kan hon väl byta om då men duscha tänker hon inte ödsla tid på, särskilt inte när kläderna redan lämnat spår efter det senaste besöket i polisens gym. Hon tar på sig det hon hittar och slänger sedan handduken över axeln och går till mötesrummet, där Lindberg och Nyllet redan sitter och diskuterar. När hon kommer dit verkar det som om mötet redan har börjat och hon ser frågande på sin chef.

"Jag har bara återberättat vad du har sagt till mig. Vi måste vara effektiva nu och fler kolleger är på ingång", förklarar han och fortsätter: "Så länge vi inte har någon identitet på kvinnan får vi koncentrera oss på Måns Jansson och hans bakgrund. Allt ska fram. Det vi vet om honom hittills är att han är mannen bakom Mission, en långdistansklubb i Bromma. Och om jag har förstått det rätt så valde han ut vissa talanger som han tränade upp."

Nyllet knäpper upp knapparna på sin finkostym. "Den börjar bli för liten. Kostymen, alltså."

Eller du för stor, tänker Emma. Hon har ett vagt minne av att han skulle på sin systerdotters dop idag, precis i närheten.

"Lindberg ringde när prästen började snacka om död. Inte tusan pratar man väl om död på ett dop?"

Då hade hon rätt om dopet. Nyllet verkar inte alltför besviken över att ha blivit inkallad han heller. Lindberg och Emma utväxlar blickar, sedan fortsätter hon:

"Enligt Stockholm Marathons tävlingsledare, Lennart Hansson, var Måns en succétränare som lyckades få fram lovande löpare. Måns blev trettiofem år gammal och dog efter att ha träffats av ett vasst föremål strax under vänster skulderblad."

"Dessa uppgifter har bekräftats av den läkare som tog hand om Måns när han kom till sjukhuset. En skada på stora kroppspulsådern gjorde att hans liv inte gick att rädda", fyller Lindberg i och fortsätter: "Måns anhöriga är underrättade så den biten slipper vi. Men jag vill att du, Nyllet, pratar med dem och tar reda på allt du kan: vilka som tränade i hans klubb, var han jobbade och vilka som var hans arbetskamrater. Ja, allt du kan komma på som kan tänkas vara betydelsefullt för utredningen."

Nyllet slutar fingra på sin kostym och nickar eftertänksamt.

"Tävlingsledaren nämnde något om att det snackades en del om Måns", säger Emma när hon minns vad Lennart sagt.

"Som vadå?"

"Andra tränare var kritiska mot honom och hans framgångar men Lennart tror egentligen att det handlade om avundsjuka."

"Hur som helst har vi ett intressant spår att undersöka", säger Lindberg fundersamt. "Ingen annan som reagerar på Måns Janssons namn? Har han inte varit i hetluften tidigare?"

Emma skakar på huvudet men när hon tänker efter så ligger det något i vad Lindberg säger. "Jag kan kolla det."

"Bra. Vad letar vi efter för typ av gärningsman?" frågar Lindberg.

"En som springer loppet", gissar Nyllet.

Lindberg rynkar pannan. "Kan det inte lika gärna vara en funktionär eller någon i publiken?"

"Det är stort avstånd mellan brottsplatserna", invänder Emma. "Stadion och Rålambshovsparken. Publiken kan såklart förflytta sig men hur är det med funktionärerna – befinner de sig på en och samma plats eller kan de skifta station mitt under loppet?"

"Ta reda på det", svarar Lindberg och Emma kladdar ner det i sitt anteckningsblock för att inte glömma bort att kolla det med Lennart.

"Tävlingsledaren såg med egna ögon hur Måns föll till marken och även fick mannen bakom med sig i fallet."

"Honom skulle man vilja ha tag i. Det måste finnas bilder från starten", säger Nyllet. "Frågan är bara hur snabbt de går att få fram. Och vet vi egentligen med säkerhet att Måns blev mördad?"

"Inte till hundra procent", slår Lindberg fast.

Emma börjar känna sig stressad av alla frågetecken och vill komma igång med något konkret innan nästa offer faller. Lindberg verkar läsa hennes tankar för rätt vad det är reser han sig och mötet avslutas. Hon skyndar sig till rummet för att börja arbeta med Måns bakgrund. Kristoffer messar och Emma svarar att hon är på jobbet och att hon hör av sig senare. I vändande sms får hon tre röda hjärtan tillbaka. Ännu en gång gläds hon över att ha en partner som förstår hennes jobbsituation och inte gör allt för att klanka ner på den. Kristoffer är snarare fascinerad och imponerad av hennes jobb. Helst skulle han vilja veta allt om det hon håller på med och han slutar aldrig att fråga om olika utredningar. Avslutade ärenden kan hon prata om. De har ägnat flera kvällar åt att diskutera gärningsmäns beteende. Inget fall är det andra likt och i början är det omöjligt att veta hur det hela ska sluta. Som nu. Är det en ensam människa som är ute efter specifika personer eller är det någon som bara plockar offer på måfå? Kan det vara flera som ligger bakom dåden?

Greve von Essens väg, klockan 13.55

TYPISKT HENNE ATT ta sig så långt bort som det nästan går, men Shirin vill vara hundra procent säker på att hon inte missar Viktoria. Och här borde risken inte vara stor. Regnet till trots är sikten okej eftersom det är få åskådare som är dumma nog att ta sig ända ut på vidöppna Gärdet i ovädret. Det är hon och några andra tappra själar som står och klappar händerna frenetiskt – mest för att hålla värmen. Löparna som passerar ser mer lättade än glada ut när de klarat sig förbi Borgen på höger sida. Då har de sprungit exakt halva sträckan. En smal kvinna sträcker upp armarna i luften i värsta målgångsgesten och en annan vill highfiva med Shirin. Den plaskvåta träffen stänker ända upp i ansiktet. En tredje löpare har så stel min att Shirin undrar om hans mun har frusit fast, vilket skulle vara fullt möjligt just idag. Hon gissar att Viktoria inte kommer att le det minsta, hon ser alltid lika sammanbiten ut när hon springer till skillnad från annars. Shirin känner ingen lika sprallig och glad tjej som Viktoria. När som helst borde hon dyka upp och kanske är det hon som närmar sig där borta. Shirin fäster blicken på en långsmal tjej med rödbrunt hår som kommer springande mot henne men till sin stora besvikelse ser hon att det inte är Viktoria. Fingrarna börjar stelna nu och Shirin skruvar besvärat på sig samtidigt som hon försöker räkna ut om hon faktiskt kan ha missat henne. Ett kort ögonblick har hon tittat bort men annars har hon haft full kontroll på dem som passerat.

Återigen tänker hon på hur förtvivlad Viktoria kommer att bli när hon får veta om Måns bortgång. Precis lika vidrigt som det är för Shirin att ta in det. Det är omöjligt att förstå hur det kunde hända. Viktoria är som den storasyster Shirin aldrig fick, så hon känner att hon vill vara den som berättar för henne. Kanske handlar det även om att Shirin vill se Viktorias reaktion – hur det alltid så glada ansiktet förvrids i sorg. Hemska tanke, det är klart att hon inte vill göra Viktoria ledsen – hennes bästis i klubben. Mission ja, hur kommer det att gå nu när Måns inte finns längre? Kommer någon att ta över efter honom eller rinner allt han har byggt upp ut i sanden? Måns *är* ju Mission så hon kan inte se någon lämplig efterträdare. Mattias är ingen kandidat och ingen av tjejerna heller för den delen. Men de har ju ändå sina respektive klubbar att träna med och deras liv kan fortsätta nästan som vanligt. Shirin däremot har satsat allt på Mission. Hon har knappt några andra vänner förutom sin granne Sara, men henne umgås hon bara med i nödfall. Sara tränar aldrig, utan sitter mest framför tv:n. Mission har varit Shirins stora trygghet och hon är stolt över att få vara medlem, även om det kostar mycket. Utan klubben, som hon blivit utvald till, skulle hon känna sig rotlös och hon vågar inte ens tänka på hur det ska bli om den läggs ner. Någon kanske köper Måns verksamhet men vem skulle det vara? Rastlöst sparkar hon till en sten som flyger iväg några meter. Kanske borde hon strunta i det här och åka hem? Nu när hon har gjort ett seriöst försök att få kontakt med Viktoria kan hon cykla tillbaka utan att känna sig skuldtyngd.

Om det bara inte vore för hennes oro som inte tycks sluta gnaga.

Mobilen darrar till och hon släpper Viktorias frånvaro för en stund. Undrar vem som söker henne nu? Är det mamma så kan hon glömma att hon tänker svara. Men det är inte mamma, utan maratons sms-tjänst som meddelar att Viktoria André just passerade halvmaran på strax under två timmar. Shirin tappar nästan telefonen av förvåning. Det är inte sant! Hon ser sig omkring och undrar nästan om det är någon som driver med henne. Inte sjutton kan hon ha missat Viktoria när hon har stått på samma fläck hela tiden? Hon ser en löpare längre bort, som har sitt långa hår uppsatt i en tofs. Det skulle absolut kunna vara Viktoria.

"Vickan!" Hon ropar så högt hon kan men bara en äldre man med vitt skägg vänder sig förvånat om. Han ser ut som en jultomte.

Kvinnan som är på väg ut ur Shirins synfält ser ut att vara ungefär lika lång som Viktoria. Med all sin kraft ropar hon efter henne igen men ovädret gör att kvinnan inte hör henne. Irriterat hoppar Shirin på stället. Visst kunde hon ha sprungit efter men tänk om Viktoria valde att ignorera henne med flit? Är det på det sättet tänker hon fan inte heja mer, någonsin. Frågan är bara vart hon ska ta vägen nu? Någonstans måste hon värma sig innan hon kan cykla hela vägen till Blackeberg igen. Hungrig är hon också. Förbaskade skitmaraton! Utan förvarning kommer tårarna och hon bryr sig inte om att försöka torka bort dem. Linserna blir grumliga och hon leder cykeln tillbaka mot stan.

Polishuset, klockan 13.57

SAMTIDIGT SOM EMMA får upp en bild av en leende Måns Jansson på dataskärmen ringer hennes mobil. Han ser inte alls ut som hon trodde.

"Emma Sköld", svarar hon svävande utan att ta blicken från skärmen. Hon kan inte sluta stirra på Måns vackra ansikte med stora markerade ögonbryn, klarblå ögon, smala näsa, raka vita tänder, stora mun och breda haka. Ansiktet omringas av halvlångt cendréfärgat hår. Det skulle inte förvåna henne om han extraknäckte som fotomodell.

"Hej, jag lovade att återkomma", hör hon en mansröst säga, men bullret i bakgrunden gör det svårt att uppfatta vad han säger.

Hon har ingen aning om vem det är, eftersom han inte presenterar sig. "Vem är det jag talar med?"

"Ursäkta, det är lite rörigt här med en massa journalister och fotografer. Vi har skyndat på så gott vi har kunnat, hoppas att det inte tog alltför lång tid."

Hon förstår fortfarande ingenting tills mannen säger: "Vi lovade ju att höra av oss när vi har vänt på kvinnan."

Emma släpper Måns med blicken och lyssnar koncentrerat när hon förstår att samtalet kommer från teknikern i Rålambshovsparken. "Säg att startnumret sitter kvar på bröstet."

"Vad sa du?"

Vinden susar så att det knappt går att höra ett ord. "Vad har hon för startnummer?"

"33213." Han talar lika tydligt som en van bingouppläsare.

Emma antecknar numret. "Tack! Något annat som ni kan berätta i nuläget?"

"Inte mer än det du redan vet."

"Har ni tagit bort påsen än?"

"Nej, jag ville ringa så fort vi såg startnumret. Påsen är nästa steg."

"Tveka inte att höra av dig igen. Det skulle vara bra med signalement för att kunna säkerställa identiteten. Du ska ha stort tack så länge."

"Visst", säger mannen i något korthuggen ton och de lägger på.

Med darrande fingrar slår Emma in offrets startnummer i sökfältet på stockholmmarathon.se. Resultatet kommer omedelbart: Viktoria André.

Hon måste få tag i Lennart. Tack och lov svarar han på första signalen.

"Hej, det är Emma Sköld. Kan du hjälpa mig att ta fram uppgifter på personen med startnummer 33213?" För att försäkra sig om att hon har rätt namn på offret vill hon att även han dubbelkollar.

"Ett ögonblick", säger han och återkommer snabbt. "Viktoria André. Är det hon?"

"Det verkar så", svarar Emma med en suck av lättnad över att inte en stavelse påminner om hennes systers namn. "Kan du hålla det här för dig själv? Vi måste informera de anhöriga först innan namnet läcker ut till allmänheten. Känner du förresten till Viktoria?"

"Nej, jag kan inte placera henne men jag vill flagga för att det finns en liten risk att det inte är hon."

Emma förstår ingenting, båda har fått samma svar. Vad skulle kunna vara fel? "Hur menar du då?"

Lennart harklar sig. "Rent teoretiskt kan man köpa en startbiljett av någon annan och springa i den personens namn."

"Är det vanligt förekommande?"

"Det är inte ovanligt trots att försäkringen inte gäller om man springer med någon annans startplats. Men eftersom biljetten är dyr och den som blir sjuk eller skadar sig i sista minuten kanske vill få igen sina pengar, så försöker de ofta sälja startplatsen på exempelvis Blocket eller Facebook."

"Men då byter de inte till sitt namn alltså?"

"Styrelsen har beslutat att inte tillämpa namnbyte men det verkar inte bekomma folk som vill delta. För många kan det få oönskade konsekvenser." Lennart låter nästan irriterad.

"Vad kan hända?"

"Förutom själva försäkringen som inte gäller för dem, kan det bli andra missförstånd. Under förra årets halvmara var det en kille som kom åtta i tjejgruppen. Det kanske inte var så kul för den kvinna vars plats han tog på prisutdelningen. Men det är värre om fel anhöriga får ett dödsbesked, vilket skulle kunna inträffa idag."

"Tack för att du talar om det för mig, så vi inte gör det misstaget."

"Ingen orsak."

"Kan du hjälpa mig att plocka fram en lista över alla som passerade milmarkeringen klockan ett och fem minuter före och efter det klockslaget?"

"Det blir en väldigt lång lista."

"Hur lång?"

"Jag kollar upp det och återkommer."

"Bra! Jag kommer att behöva all information om Viktoria också när jag vet att det verkligen är hon. Har ni några uppgifter?" frågar Emma.

"Självklart, vi har en hel del personlig information som fylls i vid anmälan."

"Ta fram den redan nu för säkerhets skull, så hörs vi igen om en stund."

Så fort de avslutat samtalet kommer Emma på att hon glömde att fråga Lennart om funktionärerna kan byta position under loppet. Det får hon ta sedan. Nu är det viktigare att få fram Viktoria André i passregistret. En söt blondin med ett stort leende dyker upp på skärmen. Det långa, ljusa håret ligger prydligt över axlarna och hennes busiga blick flirtar med kameralinsen. Passet utfärdades för tre år sedan. Det framgår att Viktoria fyllde tjugosju år i februari och är hundrasjuttiotre centimeter lång. När Emma tänker på att Viktorias anhöriga snart ska få sitt livs värsta besked, drar det ihop sig i magtrakten. Varje gång hon ska lämna dödsbud ifrågasätter Emma sitt yrkesval. Verkligheten överträffar ofta dikten och hon känner sig maktlös som inte kan hindra att något så hemskt som mord begås. Men det hon faktiskt kan göra är att försöka se till att förövaren åker fast. Förhoppningsvis får även de närmaste en förklaring då, vilket inte förändrar något men är viktigt i sorgeprocessen. Emma tar en bild av passfotot och mms:ar ansvarig tekniker som är på brottsplatsen. Det vore oförlåtligt att slarva med kontrollen av identiteten. Hon kan inte ens tänka på hur hemskt det vore om dödsbeskedet skulle lämnas till fel familj.

Klockan på väggen tickar alldeles för snabbt. Varje hopp sekundvisaren gör påminner henne om hur lite tid de har. Bäst att ringa upp teknikern med en gång.

Han inleder samtalet med att förklara att han är upptagen.

"En snabbfråga bara? Vi måste säkra identiteten och jag undrar om du kan jämföra bilden jag precis skickade med offret." Tack och lov är linjen något bättre nu, så hon slipper upprepa sig.

"Ett ögonblick." Ingen trevlig ton nu heller.

Hon försöker höra vad han pratar om med sin kollega men det börjar knastra och vina i luren. Det utlovade ögonblicket drar ut på tiden och Emma undrar vad som pågår.

"Hallå. Är du kvar?" frågar hon.

"Jodå, men jag hänger upp mig på hårfärgen som är ljus på fotot. Kvinnan som vi har framför oss har rödbrunt hår."

Precis som Josefin.

"Men kan någon där avgöra om håret kan vara färgat? Passfotot är trots allt tre år gammalt. Kolla även längden, hon är ganska lång, hundrasjuttiotre centimeter."

"Längden ser ut att stämma. Och nu säger min kollega att hon ser på kvinnans utväxt att håret egentligen är mycket ljusare. Med nittionio procents säkerhet är det samma person som på passbilden."

"Varför inte hundra?"

"På grund av rivsåren i ansiktet är det inte helt lätt att avgöra."

Sturegatan, klockan 14.00

DET GÅR UPPFÖR på alla sätt och vis men den mest påtagliga motgången just nu är backens lutning. Josefin kämpar sig fram till Valhallavägen, där marken äntligen planar ut och hon får nya krafter. Första varvet avklarat! När hon svänger höger får hon syn på starten vid Lidingövägen och låter vetskapen om att det är ett varv kvar sjunka in. Ett varv som dessutom är längre, eftersom det drar iväg långt ut på Djurgården också. Den senaste halvtimmen har hon brottats med giltiga skäl att ge upp och ändå ha flaggan någorlunda i topp. Problemet är att alla förklaringar bara låter som dåliga ursäkter. Visst kan hon fejka en skada men då måste hon hålla sig borta från träningen ett tag framöver för att vara trovärdig. Och så långt är hon inte beredd att gå. Tristessen är den största utmaningen just nu, den är värre än den fysiska smärtan i kroppen bortsett från att hon fryser ända in i märgen.

När Josefin tittar upp ser hon en blond, korthårig kvinna som står på trottoaren och letar med blicken bland löparna. En sekund av glädje träffar henne innan hon inser att det inte är Emma. Tråkigt att hon inte dök upp, ett rejält hejarop är vad Josefin behöver nu. Eller kanske något stärkande i form av dryck. Hon stannar till framme vid energistationen och trycker i sig en banan och ska precis springa vidare när hon hör en röst bakom sig.

"Men hej Josefin!"

Förvånat vänder hon sig om och sträcker automatiskt på sig när hon ser vem den träningsklädda mannen är.

"Johan, vad kul att se dig."

Josefin hajar till när hon ser Johans härjade ansikte med ovårdad skäggstubb och påsar under ögonen. Det ena ögat är täckt av en otäck blåtira. Mycket kunde tydligen hända på en vecka.

"Du behöver inte säga något mer, det räcker med din blick." Precis som om han kunde läsa Josefins tankar.

"Vadå?" säger hon och försöker låta oskyldig.

Johan skrattar matt. "Jag vet att jag ser förjävlig ut. Årsdagen var ju precis och alla minnen drogs upp igen. Saknaden känns som ett hårt slag i magen."

Men Josefin tänker mer på blåtiran, som är ilsket rödblå. "Vad har hänt med ögat?"

"Snubblat i trappan", svarar han och slår ner blicken.

Hans korta svar ger inget utrymme för följdfrågor och Josefin får nöja sig med den förklaringen tills vidare även om hon misstänker att han knappast har ramlat i någon trappa. Det ser snarare ut som om han har varit inblandad i ett rejält slagsmål. Tyst för sig själv medger hon att hon känner sig upprymd. Kanske något för sprallig för sitt samvetes skull. Det pirrar i magen när hon känner att han springer precis intill. Under de senaste månaderna har Johan och hon byggt upp en speciell relation och hon är medveten om att hon inte är långtifrån att bli förälskad. Efter senaste träningspasset för drygt en vecka sedan, avslutade de med att gå ut på krogen och ta ett glas vin. Josefins andetag blir snabbare när hon tänker på hur nära det var att de kysste varandra.

"Jag har spanat efter dig, måste jag erkänna. Det är ju

en pina att springa ensam, särskilt idag, men tillsammans med dig känns ingenting jobbigt", säger han.

Tack och lov kan han inte se att hon rodnar, eftersom Josefin vänder bort ansiktet.

"Förutom när du ska betala fakturan senare", svarar hon retsamt för att slippa kommentera komplimangen.

Skit också, varje gång hon är i närheten av Johan får hon högre puls och efterföljande skuldkänslor. Helt obefogat, ingenting har hänt dem emellan. Än. Hon är professionell tränare och han en klient bland alla andra, mer än så är det inte. Eller? Han är gift, hon likaså. Punkt slut. Ändå märker hon hur de drar sig närmare varandra när de lämnar Valhallavägen bakom sig. Löjligt nog känns klippet i steget betydligt rappare och hon kommer på sig själv att skjuta fram bröstkorgen för att få bättre hållning.

"Flera gånger har jag kommit på mig själv med att kolla efter Wilma, vilket är rätt sjukt egentligen. Men det är som om hoppet aldrig dör", säger Johan.

Josefin hummar något till svar, hon vet inte vad hon ska säga. Vad hon än får ur sig finns risken att det blir fel, så hon bestämmer sig för att vara tyst och bara lyssna.

"Maraton var hennes stora mål i år", fortsätter han. "Eftersom hon precis skulle ha fyllt arton så skulle hon få springa för första gången."

"Hon finns säkert med dig idag."

"Tror du det?" Johan ser hoppfull ut.

"Det är jag säker på."

Josefin vet redan allt om hans sorg, de har ägnat åtskilliga timmar åt att prata om den. Redan efter det andra träningstillfället öppnade han sig för henne och berättade om sin saknad efter dottern. Först vågade hon knappt säga att hon faktiskt var med den kvällen då Wilma försvann men Johan var snabb med att tala om att han redan visste det. Han försökte inte dölja att han hade anlitat henne av två skäl – dels för träningen, dels för att hon kanske hade mer information om Mission och om den där ödesdigra kvällen.

"Jag hoppas att hon inte känner sig lika ensam som jag gör nu", säger han och vänder blicken mot himlen.

Tack för den, tänker Josefin men förstår att hon inte ska ta det personligt. Tidigare har han förklarat att han känner sig ensam även när han är tillsammans med sin fru. Så det är en annan form av ensamhet han syftar på, något som han bär med sig hela tiden. Det är gripande att höra honom sätta ord på sin saknad och hon är tacksam över att hon inte har en aning om hur det är att förlora ett barn. Han hade bara ett, dessutom. Inte för att hon tror att sorgen efter det förlorade barnet skulle bli mindre om man hade fler barn, men det skulle åtminstone finnas någon form av tröst – ett slags ljus i tunneln. Från ett till inget verkar så tyst, tomt och dystert. Josefin ryser och tänker på hur lyckligt lottad hon är som har Julia, Sofia och Anton. Fast senast igår sa hon visserligen till Andreas att hon ville lägga ut dem alla på Blocket under "bortskänkes mot hämtning" för att de var så jobbiga. När hon tänker på det skäms hon och längtar efter dem mer än någonsin.

"Du ser stark ut." Johan ler och Josefin får skuldkänslor när hon förstår att han byter ämne bara för att hon är så tystlåten.

"Skenet bedrar – jag är helt slut."

"Det har jag aldrig hört dig säga tidigare. Tänk på att du är min tränare och måste hålla masken", skämtar han.

"Fast idag får jag väl ändå inte betalt?" kontrar hon, en aning stött.

"Kom igen nu, jag skojade bara. Ärligt talat har jag inte sovit en blund i natt."

Josefin tycker synd om honom. "Ändå tog du dig till starten och springer, det är starkt."

"Jag gör det för Wilma."

Polishuset, klockan 14.03

DET BEHÖVS INTE många klick på nätet för att förstå att Viktoria André var en spexig tjej – hon poserar och grimaserar på var och varannan bild. Favoriten verkar vara att hoppa upp i luften, saxa med benen och skratta samtidigt. Hon ser så sprudlande ut att det är svårt att para ihop henne med kvinnan som ligger död i Rålambshovsparken. Det slår Emma att de närmaste inte har fått dödsbeskedet ännu. De kanske står vid banan för att heja på henne just nu och undrar varför hon inte dyker upp. Media har redan slängt ut nyheten om marans andra dödsfall men de vet ingenting mer än så. Kristoffer ringer och hon kan inte låta bli att svara, eftersom hon längtar efter att höra hans röst.

"Ledsen, men jag blir kvar här", svarar hon.

Kristoffer måste ha hört på hennes allvarsamma röst att det inte är läge att skoja till det och säger istället att han lovar att han ska lämna henne ifred tills hon är klar.

"Jag väntar på dig så länge som det behövs", säger han.

"Hitta på något annat. Det här lär ta tid."

Sedan ser Emma att Lindberg och Nyllet står i dörröppningen och kanske har hört samtalet.

"Har vi kvinnans identitet?" undrar Lindberg.

Hon trycker bort Kristoffer mitt i en "puss" och tittar

skamset på dem. "Ja, hon heter Viktoria André, är tjugosju år, bor på Lilla Essingen och jobbar på en förskola på Kungsholmen."

"Vi sätter oss i mitt rum", föreslår Lindberg och Emma reser sig och följer med dem.

Emma ser till sin stora glädje att Lindberg har fixat kaffe. Det är precis vad hon behöver just nu. Under tiden som hon fyller koppen redogör hon för turerna kring Viktorias identitet. Slutligen kommer hon fram till poängen. "Med andra ord är det inte glasklart att det är Viktoria som ligger där, rivsår i ansiktet försvårar dessutom identifikationen..."

"... som baseras på ett mms?"

Emma slår ut med armarna när hon hör Lindbergs skeptiska underton. "Det brukar vara ett alldeles utmärkt sätt att göra en snabbcheck på."

"Men vad kan rivsåren tyda på?" fortsätter Lindberg. "Fick du någon uppfattning om det från teknikerna?"

"Nej, han sa ingenting om det. Jag tycker att det låter som en aggressiv handling och tyder på att motivet är personligt om mördaren har skadat henne i ansiktet."

Nyllet lägger pannan i veck. "Eller också har Viktoria rivit sig själv när hon försökte få av sig påsen? Det lär visa sig vid den rättsmedicinska undersökningen."

"Som med lite tur kommer att var klar strax före jul", suckar Emma och vet att hon överdriver.

Även om det inte tar så lång tid att få ett preliminärt utlåtande från rättsläkaren så dröjer det tillräckligt länge för att inte kunna hjälpa dem i nuläget.

"Kroppen lär väl inte ens vara på väg till rättsmedicinska för obduktion än?" frågar Lindberg och Emma skakar på huvudet till svar.

Alla tittar bistert på varandra.

"Jag har i alla fall hunnit kolla upp en del om Måns Jansson." Emma tittar på sina anteckningar. "Han har nyligen fyllt trettiofem år och driver en arkitektbyrå tillsammans med sin kompanjon Allan Bergström. Jag har pratat med honom på telefon och han var naturligtvis förkrossad över beskedet. Han har lovat att vara tillgänglig om vi behöver veta något mer. Men han sa redan nu att firman gått rätt knackigt på sistone. Måns hade antytt att han ville sälja, han hade ändå fullt upp med Mission och så extraknäckte han tydligen som personlig tränare på Sats i Alvik också."

"Var de oense?" undrar Nyllet.

Emma skakar på huvudet. "Inte vad det lät som men det kan vara värt att undersöka saken. Han verkade inte så begeistrad över Mission."

"Kanske kan Sats eller Mission vara kopplingen till Viktoria", föreslår Lindberg.

"Vi måste ta reda på vilka han hade handplockat till klubben", säger Nyllet.

"Ja, men det var några andra saker som jag också fick fram om Måns", fortsätter Emma. "Enligt hans mamma hade de mindre kontakt än vanligt och han betedde sig undvikande de senaste månaderna – inte bara mot henne. Hon upplevde det som om han ville dölja något."

"Vadå för något?"

Emma fnyser till. "Hon kunde inte komma med något konkret. Jag tyckte att det lät mest som en nyfiken mamma som är van vid att lägga näsan i blöt. Jag menar, han var inte precis ett barn längre och kanske inte ville berätta allt för henne."

"Fast tidigare brukade de pratas vid ofta, sa du ju?" invänder Nyllet och ser nästan stött ut. "Jag pratar ofta med min mamma, är det något fel med det?"

"Verkligen inte", säger Emma något för angeläget. Själv ringer hon sällan sin mamma om det inte är något hon behöver hjälp med. Och hennes pappa kommer mest med förmaningar.

"Låt oss gå vidare", avbryter Lindberg. "Men man ska aldrig underskatta kvinnlig intuition."

Om det sista var menat som en pik åt henne eller Nyllet framgår inte men hon släpper det för tillfället. Ibland hettar det till under deras diskussioner, särskilt när de arbetar under tidspress. Men de brukar vara bra på att ignorera struntsaker och gå vidare till väsentligheterna. Det finns inga extra marginaler för att ta åt sig av småsaker, åtminstone får man vänta med att visa det tills pågående fall är löst. Efteråt kan det finnas tid för reflektion och då brukar de ge varandra feedback.

"Emma, du och Nyllet får räkna med att lämna dödsbudet till Viktorias föräldrar när vi är helt säkra på identiteten. Vet ni var de bor?"

"Jag kollar det", svarar hon dämpat. Att lämna dödsbud är det värsta hon vet, särskilt när det handlar om att informera föräldrar om att deras barn har dött.

"Se om ni kan få ur dem någon mer information även om det är vanskligt att göra det nu."

"Vi går varsamt fram", säger Nyllet.

"Det vet jag."

Emma fyller på kaffekoppen, dricker ur halva muggen och lämnar sedan rummet när mötet är över. Teknikern svarar inte i telefon och Emma kan inte göra mycket annat än att vänta tills hon får tag i honom. Sannolikheten att det är fel identitet på offret är förvisso nästan obefintlig, men det spelar ingen roll. De måste vara säkra först. Emma kollar upp föräldrarnas adress, Strandvägen 7, så hon vet vad som gäller. Kanske kan föräldrarna ge dem svaret på frågan om Måns och Viktorias vägar har korsats och i så fall under vilka omständigheter.

Stadion, klockan 14.05

VIKTORIA ANDRÉ. Lennart bokstaverar kvinnans namn högt för sig själv för att höra om det låter bekant men det står helt still i skallen. Att ytterligare ett liv har gått till spillo idag är så hemskt. Och polisen avslöjar inget för honom men han förstod ändå på Emma att Viktorias död inte verkar vara naturlig. Lennart vet inte hur han ska förhålla sig till det, hela dagen är som ett enda surrealistiskt töcken. Trots den bitande kylan sipprar svetten fram vid hårfästet. Han slår sig ner vid datorn. Egentligen finns det andra som är betydligt mer insatta i datasystemet än han men nu när han ändå är igång kan han lika gärna ta fram namnlistan till polisen. Alla andra har fullt upp med att få själva loppet att flyta och den enda som egentligen har tid över är han. När han tänker på att Viktorias anhöriga inte har hunnit få beskedet än, ryser han igen. Återigen reagerar han på hennes namn men kan inte förstå varför.

Polisen vill alltså veta vilka löpare som passerade milmätningen vid den ungefärliga tidpunkten för brottet. Det räcker med att snegla på listan för att förstå att Emma kommer att bli besviken på resultatet. Precis som han misstänkte från början så kommer den informationen knappast att vara till någon hjälp: cirka två personer per sekund passerar mätplattan samtidigt. Det innebär etthundratjugo löpare per minut. Med en tidsmarginal på fem minuter före och efter upptäckten blir det en lista på över tusen namn. Lennart ögnar igenom resultatlistan igen och de små siffrorna klumpar till slut ihop sig till ett enda svart virrvarr. Den inre turbulensen växer när han förstår att det handlar om att leta efter en nål i en höstack. Det här är bortkastad tid. Något mer specifikt måste han ha att gå på om det ska leda till något. Av nyfikenhet söker han på Viktoria André och ser att det här inte var hennes första Stockholm Marathon. Hon har sprungit tre gånger tidigare, på bra tider dessutom. När han ska ta fram alla hennes kontaktuppgifter stannar han till vid hennes avlästa tider längre ner på sidan.

"Vad i hela friden!" utbrister han och undrar först om han ser i syne. Han måste gnugga sig i ögonen och titta en gång till innan han slänger sig på telefonen.

När Emma Sköld svarar är han så uppe i varv att han avbryter henne mitt i hälsningsfrasen: "Hennes tider fortsätter att uppdateras."

"Är det Lennart Hansson jag talar med?"

"Ja, ursäkta, det är jag", säger han med något mer samlad röst. "Det var när jag gick igenom listan som du bad mig om som jag såg det."

"Såg vadå? Jag förstår inte riktigt."

"Att tiden vid halvmaran var 1.58."

Emma verkar inte alls förstå sensationen utan svarar bara: "Jaha, vad innebär det? Vems tid pratar du om förresten?"

"Viktorias förstås! Hon som hittades död precis innan milmarkeringen, förstår du inte? Hennes tid har börjat uppdateras igen."

Äntligen hör han att polisen vaknar till. "Men hur är det möjligt?"

Lennart kan knappt svälja av upphetsning över denna upptäckt. "Jag vet inte riktigt."

"Kan det inte bli fel i systemet?"

"Absolut inte, det är vattentätt."

"Men hur kan detta då ske?" frågar Emma igen.

Nu verkar nyheten ha sjunkit in.

"Spontant finns det bara två förklaringar att välja mellan, som jag ser det", säger Lennart. "Antingen springer Viktoria fortfarande eller också är det någon annan som använder hennes chip."

"Men då borde hon väl ha fått en tid efter en mil också?"

"Ja, även efter femton och tjugo kilometer. Men tiderna mäts bara om chipet sitter längst ner på benet – och om man springer över plattan som registrerar tiden. Och sitter det två chip på samma ben så kan de slå ut varandra."

"Men hur svårt är det att ta bort ett chip?"

"Inte jättelätt, det beror lite på hur noga det är fastsatt. Vissa säkrar det med sina skosnören men alla får med separata fästen som går att rycka eller skära loss." Lennart kommer att tänka på namnlistan. "Vill du fortfarande ha den där listan du bad om trots att vi pratar om över tusen personer?"

"Nej, då skippar vi den. Men vet du om Måns Janssons tider också fortsätter att uppdateras?"

Så långt har han inte tänkt. "Vänta lite så ska jag se efter." Han skriver in namnet i sökfältet. "Nej, han har inte en enda tid registrerad."

"Kan du se om det är någon annan som har samma tid som Viktoria André vid halva loppet?"

Smart! "Jag ska se efter." Lennart söker febrilt i listan och stannar till på Viktorias tid. "Nej, men det är en person som sprang en sekund före och två som är exakt en sekund efter."

"Vad heter de?"

"Antonia Karlsson är hon som sprang en sekund snabbare och Börje Larsson och Martin Pihl heter de som sprang en sekund efter. Jag kan lätt plocka fram deras födelsedatum också." Han rabblar upp dem för Emma.

"Kan ni se exakt var en löpare befinner sig just nu?"

"Du menar om vi har gps:er på chipen? Svaret är nej."

"Så när är nästa mätning?"

"Vid tjugofem kilometer. Vi mäter efter var femte kilometer, halvmaran och självfallet vid målgång. Alla tiderna finns på nätet. Sedan har vi en sms-tjänst också som skickar ut tider vid en mil, halvmaran, tre mil och vid målgång."

"Var rent geografiskt är tjugofem kilometer?"

"På Djurgårdsvägen."

"Går det att uppskatta ungefär när dessa tre personer du just räknade upp kan tänkas vara där?"

Lennart ser att de håller en genomsnittsfart på fem och femtio och gör en snabb överslagsräkning baserad på nuvarande klockslag. "Om ungefär en kvart."

"Det blir tajt", mumlar Emma utan att förklara vad hon menar med det. "En annan sak jag undrar över är om funktionärerna alltid befinner sig på exakt samma plats under hela loppet eller om de kan bli omdirigerade?"

"Det normala är att en grupp ansvarar för exempelvis en vätskestation. Vissa stora klubbar har flera, så det är inte omöjligt att någon förflyttar sig dit det behövs mer folk."

"Okej, tack. Det var allt jag ville veta just nu." Emma lägger på innan Lennart hinner säga något mer.

Efteråt måste han sitta ner och ta några djupa andetag.

ANDRA ANDNINGEN

Vad är det för galning som befinner sig därute med offrets chip? Makabert. Är det Börje, Antonia eller Martin som ligger bakom illdåden eller är det någon som bara driver med polisen genom att placera offrets chip på någon helt oskyldig? Och varför frågade Emma om funktionärerna? Av de tretusen frivilliga som arbetar längs banan kan givetvis någon vara från vettet. Lennart vet varken ut eller in. Rysningarna kommer utan förvarning när han tänker på att Viktoria springer vidare trots att hon har varit död i över en timme. Och plötsligt minns han varför han känner igen hennes namn.

Polishuset, klockan 14.07

"NÅGOT NYTT FRÅN teknikerna, eller?" Lindberg ser förvånad ut när Emma går rakt in i hans rum utan att knacka först.

Tre nya kolleger har dykt upp och nickar till hälsning.

"Nej, men däremot från tävlingsledaren." Hon slår sig ner på besöksstolen bredvid de andra. "Lennart Hansson ringde nyss och han hade en del att berätta."

"Låt höra."

Emma vill ha chefens fulla uppmärksamhet innan hon fortsätter. Han verkar väldigt inne i något på dataskärmen framför sig men det räcker med några sekunders tystnad för att han ska flytta över blicken till henne.

"Som att Viktorias tid uppdaterades efter halva loppet."

"Vänta lite." Lindberg ropar högt efter Nyllet, som ser nyfiken ut när han tittar in i rummet efter en stund.

"Vad är det som har hänt?"

"Mycket", svarar Emma och viftar åt honom att sätta sig ner.

"Av en händelse upptäckte tävlingsledaren att Viktoria André fortfarande springer. Åtminstone uppdaterades hennes tid i systemet." Emma tackar högre makter för att hon inte förivrade sig och åkte iväg till Strandvägen 7 med ett dödsbud.

"Nu förstår jag ingenting", erkänner Nyllet och Lindberg tittar uppmanande på Emma. "Inte jag heller."

"Antingen har vi fel namn på offret eller så har förövaren tagit med sig hennes chip och fortsätter springa med det. Det var i alla fall Lennarts två olika teorier."

"Det var som fan", utbrister Nyllet.

Men Emma är långt ifrån klar. "Inte nog med det – det finns bara tre personer som har nästan exakt samma tid som Viktoria vid halva sträckan: Börje Larsson och Antonia Karlsson, båda över femtio bast, och Martin Pihl, trettio år."

"Men det är alltså ingen som har exakt samma tid?"

"Nej, men man kan tydligen inte ha två chip på samma ben för då kan de slå ut varandra. Så en sekunds skillnad kan det mycket väl bli även om det är en person som springer med båda på sig."

"Då låter det som om teorin att vår gärningsman springer vidare med hennes chip är det mest troliga. Vem skulle annars den döda kvinnan vara? Vi måste hitta personen som har hennes chip. Vet vi var de befinner sig just nu?"

"Dessvärre består chipen inte av gps:er men efter var femte kilometer uppdateras tiden och nästa tillfälle är om cirka tretton minuter."

"Var då någonstans?"

"Djurgårdsvägen."

"Så snabbt hinner vi inte förbereda ett gripande. Vi får satsa på att haffa rätt person vid trettio kilometer istället om man inte kan ta dem mellan mätningarna förstås? Det kanske syns tydligt vem som springer omkring med två chip?"

Emma skakar tveksamt på huvudet. "Det krävs en mätplatta för att se vem av dem som har det på sig om det sitter dolt. Om vi inte ska gripa alla tre?"

"Det låter inte som en bra idé. Ta reda på var någonstans trettio kilometer är och om arrangören kan skaka fram ett datasnille i tid till platsen. För vi behöver ju någon som kan peka ut vem av dem som har chipet på sig", säger Lindberg.

"Jag går och ringer upp teknikern som är i Rålambshovsparken för att få reda på om Viktorias mätare saknas från hennes sko, så vi vet." Emma reser sig upp.

"Bra där", svarar Lindberg. "Då ringer jag insatsledaren och förbereder ett gripande. Hur lång tid har vi på oss?"

"Max trettiofem minuter om vi ska vara på den säkra sidan", säger Emma. Hon letar fram kartan över maratonbanan. "Tre mil ser ut att vara på Skeppsbron."

"Typiskt. Det är inte precis den mest diskreta platsen för en polisinsats", fyller Nyllet i. "Men det blir ju inte vårt problem."

Fast Emma vill vara på plats och prata med personen som bär chipet, inte sitta på sitt rum. Samtidigt tvivlar hon på att gripandet kommer att leda någonvart.

"Men inte springer väl gärningsmannen omkring med offrets chip på sig? Det är ju som att be om att bli upptäckt", säger hon.

"Det kanske är det han eller hon vill?" säger en kollega.

"Vi har ju ingenting annat att gå på just nu", inflikar Lindberg. "Kolla alla tre namnen i brottsregistret."

De lämnar Lindbergs rum. Ännu en gång ringer Emma upp teknikern, som tack och lov svarar efter bara några signaler.

"Jag tar samtalet bara för att jag ser att det är du och att det kan vara viktigt. Annars gillar jag inte att bli avbruten mitt i arbetet." Vinden gör att det brusar precis lika mycket som förut.

"Det förstår jag och det här är verkligen angeläget, annars skulle jag inte störa. Kan du se om offret har en liten plastbricka på ena skon?"

"Du menar ett chip som registrerar tiden?" frågar mannen, som tydligen är väl insatt i maratonlöpning.

"Exakt."

"Jag står precis vid hennes skor och det ser faktiskt inte ut att sitta något där."

"Kan du kolla noga för säkerhets skull? Hon kanske har satt fast det runt benet?"

"Nej, det ser inte ut så. Fast vänta! Skosnörena är trasiga på ena skon."

"Så där satt alltså hennes chip." Emma tänker högt.

"Förmodligen. Snörena ser ut att vara avskurna."

"Finns det något mer som gör att vi kan säkerställa identiteten på offret?"

"Det skulle vara hennes lilla runda födelsemärke som sitter mitt på nästippen."

"Då var det inget mer, tack." Emma tar fram bilden på Viktoria och ser den bruna pricken.

Tankarna snurrar runt i huvudet. Någon annan springer alltså vidare med Viktoria Andrés chip och den personen verkar heta Börje Larsson, Antonia Karlsson eller Martin Pihl. Hon samsöker på Börje Larsson och Viktoria André på nätet, sedan testar hon kombinationen Antonia Karlsson och Viktoria André, utan att få några gemensamma träffar. Slutligen Martin Pihl och Viktoria men inte heller där får hon något resultat. På måfå slår hon in Måns Jansson och offrets namn. Hon får flera svar att gå igenom och på fjärde sidan i länklistan klickar hon upp ett gruppfoto som ser ut att vara taget någonstans utomlands. "Playitas", lyder bildtexten. Solen skiner och brunröda berg sticker upp i bakgrunden. Genast känner hon igen Viktorias stora leende trots att hon har solglasögon på sig. De sex personerna på bilden är klädda i träningskläder och till höger om Viktoria står en mörkhårig tjej, som är decimetern kortare än henne. Men det är inte hon som får Emma att reagera – det är den gänglige mannen till vänster om Viktoria. Först är hon tveksam om hon ser rätt, men efter att ha jämfört med bilden som ligger på skrivbordet är hon säker på sin sak.

Karlavägen, klockan 14.10

SHIRIN ÄR INTE ensam om att ta skydd för regnet inne på det populära kaféet Foam. Tössebageriet bredvid var fullt men här har hon bättre tur. Längst in i lokalen ser hon en ledig plats och går dit för att säkra den genom att placera sin regnjacka över stolsryggen. Egentligen är hon emot att paxa platser men nöden har ingen lag. Hon måste få sätta sig ner och värma sig en stund och fundera på vad som egentligen pågår. Tjejgänget som sitter vid bordet intill tystnar när Shirin närmar sig men ingen protesterar i alla fall högt när hon belamrar stolen med sina blöta regnkläder. Fast deras blickar talar ändå sitt tydliga språk, hon är inte välkommen. Någon rycker förfärat undan sitt ben för att inte träffas av dropparna från Shirins jacka. Ett enda stänk på tjejens Guccibyxor skulle säkert innebära en katastrof men Shirin kan inte låta bli att utmana ödet och bökar runt lite extra bara för att jävlas. Sedan går hon och beställer en trippel latte med dubbla shots. Ljudet av bönor som mals i espressomaskinen får henne att komma ner i varv. Hon köper en muffins också. Så fort hon är på väg tillbaka till bordet, reser sig tjejerna demonstrativt upp och kastar menande blickar mellan varandra. Shirin ser ner i den skummade mjölken och undrar vad som egentligen är problemet. Hon inser att hon har brutit mot en oskriven regel när hon satte sig bredvid dem.

Tårarna går inte att hejda och Shirin gör inget för att dölja dem heller.

"Är det ledigt här?"

En medelålders man i svart rock står plötsligt framför henne och hon nickar till svar. Bara han inte tänker börja prata med henne också för hon orkar inte med några frågor just nu.

"Hur är det fatt?" säger han bara därför.

"Bara bra", svarar hon undvikande utan att möta hans blick. Han vill ju bara väl men hon pallar inte att öppna sig för främlingar.

Dörren till kaféet smäller upp och en kvinna i lång röd kappa kommer in. Mannen lämnar Shirin för att möta kvinnan. Sedan kindpussar de varandra högt. Shirin kommer av sig i sin gråt och återigen tänker hon på Måns och hur gärna hon hade velat få krama honom. Bara en gång. Under tystnad dricker hon sin latte. När mannen och kvinnan har beställt och är på väg till bordet får Shirin maka på sig för att de ska få plats. Även om Shirin inte vill tjuvlyssna på deras samtal så kan hon inte rå för att hon hör vad de pratar om. Efter en snabbgenomgång av deras hundar, bilbyten, röda utslag under armarna, bråk i bostadsrättsföreningen och den senaste kryssningen till Åland, nämner kvinnan något om maratonloppet som får håret att resa sig på armarna.

"Men har du inte hört att de har hittat en kvinna vid Rålambshovsparken?"

Mannen skakar på huvudet och skrattar bullrande. "Vadå *hittat* – hade hon sprungit vilse eller?"

"Jätteroligt. Nej, hon är död", säger kvinnan upprört. "Det är den andra löparen som har avlidit idag. Varför gör inte polisen något?"

Shirin försöker skärpa sig. Hon tar upp mobilen och tittar på det senaste sms:et. För tolv minuter sedan passerade Viktoria henne ute på Djurgården. Så snabbt kan hon inte ha tagit sig till Rålambshovsparken, så det kan inte vara någon fara. Men hon måste få veta mer ändå. Viktoria är inte den enda hon känner som springer. Hon tar mod till sig och avbryter mannens och kvinnans samtal.

"Ursäkta att jag stör", säger hon till kvinnan. "Jag råkade höra ert samtal om en död kvinna under maraton och undrar om du vet när det hände?"

"Jag har för mig att de sa något på nyheterna om att hon inte ens hade kommit så långt som en mil", svarar kvinnan.

"Tack", säger Shirin lättad och går in på en nyhetssajt via mobilen. Att hon inte tänkte på det med en gång.

Uppkopplingen är långsam och hon lyckas inte få fram något först, men när tålamodet är på väg att tryta ser hon att rubrikerna ploppar upp en efter en. Den döda kvinnan är huvudnyheten. Shirin läser och kippar efter andan när hon kommer till partiet där det står att även en trettiofemårig man har dött under loppet. Informationen är knapphändig men det är skönt att veta att Viktoria i alla fall är på benen. Även om det svider att hon inte hälsade när Shirin gjort sig besväret att cykla hela vägen från Blackeberg i pissväder.

Shirin sveper sin latte och känner hur det bubblar i magen av all mjölk. Det gör fortfarande ont i halsen men huvudet känns okej. Nu vill hon härifrån, frågan är bara vart hon ska ta vägen. Hon vill inte hem men har inte heller någon lust att åka runt och leta efter en vän som inte har vett att hälsa tillbaka. För inte kan väl Viktoria ha missat Shirin? Kanske tittade hon åt ett helt annat håll då hon sprang förbi. Hon kanske var inne i musiken hon lyssnade på. Så måste det vara. Genast känner hon sig mindre arg på Vickan och reser sig för att ge sig ut igen. Om det bara kunde sluta regna skulle hon nog palla med att titta på loppet en stund till. Planlöst lämnar hon fiket och hämtar sin cykel som står fastlåst vid en trafikstolpe. Men hon kan inte bestämma sig för om hon ska bege sig hem till värmen eller göra ett sista försök att hitta Viktoria.

Polishuset, klockan 14.12

MÅNS JANSSON KISAR mot kameran och ler brett. Emma har kallat in Lindberg på sitt rum och resten av gänget har också slutit upp bakom hennes rygg.

"Så här har vi alltså kopplingen mellan offren", säger Emma och pekar på skärmen. "Det var inte svårare än så."

Nyllet suckar. "Och med lite otur även ett nästa offer?"

"Eller mördaren?" fyller Lindberg i.

"Kanske bådadera?" föreslår Emma och läser namnen under bilden: Wilma, Jenny, Måns, Viktoria, Shirin och Mattias. "Allt handlar alltså om den där löparklubben."

"Vi måste få fram deras efternamn."

"Självklart", säger Emma och betraktar den yngsta flickan, som måste vara Wilma.

"Nu har vi honom snart", säger Lindberg självsäkert.

"Honom? Det finns bara två män på den här bilden och den ene är död." Mattias, läser hon. "Han ser inte precis ut som någon som skulle springa omkring med en kniv i handen."

Mission. Det är något annat med Viktorias och Måns gemensamma nämnare och Emma söker mer information om klubben. Hon är säker på att hon har hört namnet i något tidigare sammanhang men kan bara inte komma på var och när. De håller till i Bromma, där Josefin bor. Typiskt att hon inte kan ringa och fråga henne. Hon stelnar till när hon kommer att tänka på Josefin. Pratade inte hon om ett gäng löpare i Bromma? Där det hände en olycka för ett tag sedan?

Det krävs inte många sökningar för att få fram efternamnen på personerna, och då kommer också den ett år gamla nyheten om Wilmas dödsfall upp i träfflistan. Emma läser högt från en blogg som uppdaterades häromdagen. "För ett år sedan omkom en sjuttonårig flicka, Wilma Bäckström, under en löprunda med sin klubb. Det var coachen Måns Jansson som hittade den omkomna flickan nedanför en klippa i skogen. Hon hann aldrig springa sitt första maraton."

"Jag kommer ihåg den där tragiska händelsen. Vem skötte utredningen?" säger Nyllet.

"Inte vi i alla fall. Är det bara jag som reagerar på att just Måns av alla tänkbara personer var den som hittade henne? Han som höll i träningspasset när hon försvann", understryker Lindberg.

"Jag tänkte samma sak", svarar Emma.

Förr eller senare kommer det väl fram att Josefin var med på just den träningen då olyckan inträffade, tänker Emma när hon inser att det var den klubben som Josefin hade varit med några gånger. Emma förstår inte varför hon vill undanhålla det. Ju senare hon berättar hur det är, desto värre. Men hon vill inte att blickarna ska riktas mot Josefin, som inte har något med saken att göra. För nu när de griper efter minsta halmstrå så vore det onödigt om hon droppade Josefins namn. Hon vet precis hur Lindberg tänker och vill inte äventyra något. Risken finns att han kommer att stänga av Emma från utredningen om han får reda på att hennes syster på något sätt kan vara inblandad.

Naturligtvis inte som gärningsman, det är uteslutet. Men ändå vill Emma ta det säkra för det osäkra och helst inte säga något om sin syster.

"Emma?"

"Ja?" Hon vänder sig om.

"Lyssnar du inte? Jag ställde en fråga." Lindberg låter sträng.

"Jag tappade fokus när jag kom på en sak." Hon laddar om och bestämmer sig ändå för att säga det hon förr eller senare måste berätta. "Min syster var faktiskt med den där kvällen då Wilma försvann."

När hon ser alla höjda ögonbryn, ångrar hon sig och undrar samtidigt varför hon uttryckte sig så drastiskt. Allt handlar om en olycklig slump men nu fick hon det att låta som något mycket större än så.

"Var din syster med när Wilma försvann?" säger Lindberg högt och tydligt och Emma hör hur illa det låter även i hennes öron. "Kom du först nu på att din syster tränar med Mission?"

Han betonar varenda stavelse och låter ungefär som när han tilltalar en misstänkt brottsling i ett förhörsrum. På något sätt förstår hon honom ändå, han tror säkert att hon har undanhållit den här informationen för dem, när sanningen är den att hon inte kopplade ihop Mission med Josefin förrän nu.

"Nej, hon tränar inte med den klubben längre."

De väntar på att hon ska fortsätta.

"Så här ligger det till", säger Emma och väljer orden med omsorg. "Josefin tränade ihop med klubben vid ett fåtal tillfällen och råkade vara med just den gången som Wilma försvann. Det är allt."

Emma ser att de förväntar sig något mer men hon har inget att tillägga. "Och jag kom inte på det förrän jag såg Wilmas namn alldeles nyss av det enkla skälet att jag inte visste vad klubben hette."

"Varför slutade Josefin i klubben?" undrar Nyllet.

"Hon var aldrig medlem. Jag minns inte exakt hur hon uttryckte sig, men något om att hon fick träna med Mission för att hämta inspiration till sin egen verksamhet som personlig tränare."

Emma tänker febrilt på hur det var men inser att hon inte kan ha lyssnat tillräckligt noga. Allt träningssnack från Josefin har fått Emma att slå dövörat till men dödsolyckan minns hon nu när hon blev påmind om den.

"Före eller efter olyckan?"

"Jag tror inte att hon sprang med dem något mer efter olyckan men jag är inte hundra på det."

"Vi behöver prata med Josefin, det hoppas jag att du förstår." Lindbergs uppsyn är bitter.

"Naturligtvis."

"Var får vi tag i henne?"

Emma gör en bister min. "Just nu blir det svårt för hon springer maraton."

Lindberg säger inget mer utan lämnar rummet. Och vad ska han egentligen göra? Be henne att packa ihop och ringa in en ny utredare en lördag? Lycka till! Hon utgår från att hon ska fortsätta precis som vanligt trots de något obekväma omständigheterna, men oron bara stiger. Kollegerna följer Lindbergs exempel och går därifrån utan ett ord.

6 månader tidigare

ISTÄLLET FÖR ATT vakna upp förväntansfull och glad, var Johan kallsvettig. Men mardrömmarna var mer regel än undantag nuförtiden. Julaftonspirret som han känt som barn, och som förälder också för den delen, fanns det inget kvar av längre. Men sorgen över att inte få fira jul med Wilma bedövades något av den höga febern som vägrade att ge med sig. Han hade hostat i tre veckor i sträck och var så less på skiten. Efter skogslöpningen med Josefin hade han blivit genomförkyld. Redan på ett tidigt stadium hävdade Petra att det lät som lunginflammation men det var inget han ville kännas vid. Nu började han vänja sig vid tanken även om han fruktade att åka till läkaren igen. Det senaste besöket, med utebliven medicin och minskad sjukskrivning, hade inte precis gett mersmak. Men det hade däremot träningen med Josefin gjort och nu när han låg i sängen och stirrade upp i taket insåg han att han inte bara saknade att få ta ut sig rejält – han längtade även efter Josefin. Petra rörde oroligt på sig och rullade över på hans sida. Försiktigt flyttade han på hennes arm som råkade hamna rakt över hans sönderhostade bröstkorg. Sedan klev han upp.

"Vad är klockan?" mumlade Petra sömndrucket.

Inga god jul-önskningar här inte.

"Sju."

"Gå och lägg dig igen", bad hon men han var redan på

väg till toaletten för att leta efter smärtstillande.

Johan pillade ut den sista värktabletten som flög ut och landade på badrumsgolvet, bredvid den smutsiga brunnen. Härlig start på julafton. Men det var bara början för han såg redan framför sig hur han skulle sitta med en nummerlapp på akuten och vänta i en evighet. Han drog sakta med fingrarna genom sitt flottiga hår. Fan, så han såg ut. Skägget hade inte bara spridit sig som ogräs över ansiktet, det var dessutom över centimetern långt. Han förstod inte hur Petra stod ut med att se honom i det här skicket, än mindre att sova bredvid honom. Kyssar var uteslutna, eftersom det knappt gick att lokalisera munnen.

"God jul, snygging!"

Han vände sig om mot Petra och kunde inte låta bli att skratta över att hon åtminstone hade humorn i behåll. "Snygg? Dina nya glasögon från tomten ligger under granen – om du hittar dit."

"Lite ljusare skägg bara så har jag en egen jultomte", sa hon och strök honom över den stickiga kinden. "Det är få förunnat."

Konstigt nog fanns det inget tecken på avsmak i hennes blick. "Kan du inte komma och lägga dig igen? Det lär bli en lång dag för oss ..."

"... på akuten", fyllde han i.

En gnutta hopp tändes i hennes ögon. "Du kapitulerar alltså. Typiskt dig att komma på först på julafton att du är sjuk och måste till akuten när jag har tjatat på dig i flera veckor."

"Eller också är det just därför."

Johan såg på Petra att hon förstod att han inte syftade på att hon hade tjatat. Högtider skulle bli deras största utmaning i framtiden och han hade bävat för den här dagen, precis lika mycket som hon.

"Jag skulle uppskatta om du följde med mig", sa han högtidligt.

"Självklart", svarade hon utan att tveka. "Bara vi är hemma till Kalle Anka."

Det där sista var inte ett skämt. Kalle Anka hade alltid fått styra deras julaftnar och på något sätt var det skönt att den traditionen inte skulle brytas.

"Jag ordnar frukost", sa Petra och lämnade honom ensam med rakhyveln i badrummet.

Det fanns ingen bättre människa än Petra, som dessutom kände honom mer än någon annan. Och trots det valde hon att fortsätta leva med honom. Han som hade så många brister, själv var hon nästan felfri. Den insikten fick hans redan dåliga samvete att växa när tankarna hela tiden återkom till Josefin. Inte för att han var kär i sin tränare men hon hade något annat som triggade igång honom. Kanske var det för att hon lyckades locka fram det där lilla extra i honom – det som Petra snarare ville dämpa. Givetvis inte för att vara taskig, Petra trodde nog att det var för hans eget bästa men hon lyssnade inte på vad han ville. Han kunde inte leva med att inte få reda på sanningen om Wilma, men Petra orkade inte höra ett ord om det. När han tänkte på vad han dragit igång kunde han inte möta Petras blick. Så länge hon var lyckligt ovetande om hans kartläggning av Mission, kunde han pyssla med det ifred. Men han visste att han i värsta fall kunde äventyra deras äktenskap om Petra fick kännedom om hans sidoprojekt. Sjukdomen hade sinkat hans planer rejält. Förhoppningen hade varit att hinna träffa alla i Mission före nyår, mest för att prata med dem i lugn och ro. Han hade inte heller hunnit konfrontera Måns med de nya uppgifterna, att han inte ville ha med Josefin i Mission. Om han mindes rätt hade Måns sagt att det var Josefin som aldrig kom tillbaka efter den kvällen då Wilma hade dött. Att hon inte gjorde det avslöjade dock ingenting om anledningen. Men vem var egentligen Måns? En man i sina bästa år som vigde sitt liv åt ungdomar. Varför handplockade han talanger från olika klubbar och gav dem extra coachning? Handlade det bara om pengar eller om något mer? Alla utom Mattias var dessutom tjejer och de flesta betydligt yngre än Måns. Johan undrade varför han själv inte hade tänkt på det här tidigare. Han hade sett Måns som en hjälpande hand men tänk om han var inblandad i Wilmas död? Insikten kom som ett slag i ansiktet och hostattacken var ett faktum. Johan stapplade ut till köket utan att ha rakat sig. Petra hade satt fram röd linneduk, adventsljus, pepparkakor och risgrynsgröt.

"Vad fint", sa han och slog sig ner, fortfarande med förhöjd puls efter hostattacken.

"Tack."

"Vad tycker du om Måns?" frågade han prövande.

Petra såg upp. "Måns, varför undrar du om honom?"

"Det var bara en sak jag kom att tänka på. Det var inget viktigt, vi tar det sen", sa han för att inte verka för angelägen.

"Jag tycker att Måns är trevlig. Och så ser han ju bra ut också."

Gör han? Det hade Johan aldrig tänkt på. "Snygg alltså?"

"Och trevlig."

"Okej, det räcker. Men varför tror du att han väljer ut vissa tjejer som han vill träna och lägga massor av energi på? Vad får han ut av det? Förutom pengarna."

"Det finns människor som gör saker som de brinner för och vill hjälpa andra. Tror du att Måns har något med Wilmas död att göra eller vart vill du komma med dina frågor?"

Petra kunde verkligen läsa honom som en öppen bok. "Nej, det har jag inte påstått. Jag försöker bara att tänka objektivt för en gångs skull."

"Släpp det där nu, det är julafton. Snälla?"

"Absolut, glöm det", sa han och bröt av en bit av pepparkakan och stoppade i munnen.

Johan kunde lika gärna ha ätit torkad lera, eftersom smaksinnet var utslaget. Men han tuggade och nickade uppskattande åt Petra.

"Tack för att du gjort så fint. Jag menar det verkligen."

Sedan kom han på något som han ville berätta. "Jag har bestämt mig för att springa maraton i sommar – för att hedra Wilma."

Lindarängsvägen, klockan 14.18

KROPPEN KÄNNS TUNG och sliten men allt handlar om att fokusera på rätt saker. Det gäller att blicka framåt. Och det är då hon ser det hundrafemtiofem meter höga Kaknästornet uppenbara sig genom skyfallet, som precis nu exploderar över henne. När hon närmar sig tornet, upptäcker hon även ett bekant ansikte spricka upp i ett leende. Emma hade hon räknat med att se men inte Andreas. Han måste ha skaffat barnvakt bara för det här, och den tanken gör henne rörd.

"Kom igen nu, älskling! Det är mindre än halva sträckan kvar, så himla bra kämpat."

Andreas applåderar och skickar slängkyssar. Josefin vinkar tillbaka, sedan är ögonblicket förbi. Hoppas att han inte hann lägga märke till mannen som ligger henne hack i häl. Hjärtat dunkar och just för stunden känner hon sig upprymd. Tänk att Andreas tog sig hela vägen från Bromma. Att han åkte hit bara för hennes skull, trots att han har ledsnat på hennes hårdsatsning för länge sedan. Om man ska vara i form för ett maraton måste man bestämma sig och våga prioritera träningen. Efter tre graviditeter och föräldraledigheter, och även en period som arbetslös, höll hon på att förlora sig själv. Det är lätt att försvinna in i mammarollen och tro att det inte längre är någon idé att ha egna intressen och en egen vilja bara för att tiden är knapp och barnen kräver stor uppmärksamhet. Märkligast av allt är att Andreas hela tiden har fortsatt att hänga med grabbgänget, spela tennis och golf, medan hon själv knappt har hunnit gå på toaletten ifred. Men allt det förändrades i samband med att hon fick den där startbiljetten till maran. Även om Andreas får jobba hårdare och ta mer ansvar för barnen nu så tror Josefin att han innerst inne är stolt över henne. Annars hade han inte tagit sig hela vägen hit.

"Josefin, vänta!"

Johans röst skär som en ostämd gitarr genom henne och tankarna på Andreas får ett abrupt slut. Samvetet skaver när hon påminns om sina känslor för Johan. Hur kunde hon låta det skena iväg? Andreas leende sitter kvar på näthinnan. Med ens går det upp för henne vad hon håller på att försaka. För varje steg hon tar känner hon att det inte håller längre, hon kan inte fortsätta vara Johans personliga tränare. När en klient har för stor inverkan på henne måste hon ta sitt ansvar och avsluta relationen. Johan har väckt liv i så många känslor och gjort henne osäker på sitt äktenskap. Hans sorg och saknad framkallade något hos henne, en omhändertagande sida, utan intentioner. Men så skenade känslorna iväg och höll på att leda till något annat mycket större och mer oåterkalleligt. Något som hon känner nu att hon inte har lyckats hantera professionellt. Insikten håller på att kväva henne och hon skäms över att behöva dra i nödbromsen i sista sekund. Hur ska hon klara av att säga till Johan att han måste se sig om efter en annan personlig tränare? Josefin svär för sig själv – varför plåga sig med det bekymret nu? Kanske för att det flåsar henne i nacken.

"Jag behöver dig, Josefin", hör hon Johan ropa och hon undrar om han kan läsa hennes tankar. "Annars fixar jag inte hela vägen till mål."

Hon pustar ut över att han inte menar för resten av livet och intar sin PT-roll. "Kom igen nu!"

"Men jag får blodsmak av det här tempot", väser Johan bakom henne men hon låtsas inte höra honom.

När hon sneglar på honom är det svårt att förstå vad hon såg hos honom. I en handvändning har det oväntade sällskapet övergått från att vara upplyftande till att bli en rejäl belastning. Medan Johan gnäller vidare slår Josefin dövörat till och rabblar styrkeramsor med ledord som stark, pigg och snabb. Hon orkar inte höra mer om hur jobbigt allting är. Inte mitt under ett maraton i fyra plusgrader. Hon har fullt sjå med att parera de värsta pölarna på marken och orkar knappt analysera vad som hänt med Johan den senaste veckan. Hans sömnlösa natt kanske är orsaken till hans dåliga sinnesstämning och uteblivna känsla för tajming. Det enda som är bra med det är att hon inte längre känner någon som helst attraktion till honom. Visst är det förfärligt det som hänt men det är över ett år sedan. Lusten att påminna honom om att PT står för personlig tränare, inte psykoterapeut, är överhängande men Josefin kniper igen. Det är bara det att hon har tappat fokus på sin löpning och känner behov av att få vara ifred.

För att slippa lyssna på hans ältande ökar hon takten men Johan verkar inte alls förstå piken, utan lägger i en extra växel han med. Han ligger precis steget efter som en skugga. Hur hon än vrider och vänder sig slipper hon honom inte. Därför överväger hon att sänka tempot igen, så hon orkar hela vägen i mål.

ANDRA ANDNINGEN

Känslorna svänger snabbt. Plötsligt tycker hon att det är småaktigt av henne att inte orka med Johan. Det minsta hon kan göra är att hjälpa honom igenom det här loppet. Han vill så gärna genomföra det för Wilmas skull men egentligen borde han nog ha legat hemma och vilat upp sig. Uppenbarligen mår han inte bra och har inte mycket kraft över för det här mardrömsloppet. Efteråt kan hon med gott samvete avsluta deras affärer för alltid. Det blir till att lyfta luren på måndag och säga som det är. Med det beslutet taget känns det mindre betungande och hon försöker att inte vara så dömande. Genast blir det lättare att springa igen och hon försöker att se en målbild framför sig, precis som vid en förlossning. När det är som tuffast kan det fungera om man fokuserar på någon typ av belöning. Hon tänker så det knakar, men kommer inte på något som hon vill unna sig efteråt. Vad skulle det kunna vara? Ett varmt bubbelbad och ... en stor stark. Josefin skrattar till av överraskning. Av allt hon kan önska sig så vill hon tydligen dricka öl, hon som avskyr öl.

Strandvägen, klockan 14.20

CYKELN HADE NOG gått snabbare än bilen idag men Emma och Nyllet kan inte ringa på hos Viktorias föräldrar som dränkta katter. Så de åker bil genom city och Emma parkerar på en tvärgata till Strandvägen. Det är tveksamt om hon lyckats hålla sig inom ramarna för hastighetsbegränsningarna, men det är enbart för utredningens bästa. Som en av få kvinnor på avdelningen brukar dödsbud vara en uppgift som tillfaller henne, men hon tvivlar på att hon är bättre på det än någon annan. Kanske ville Lindberg bara få iväg henne för att tänka på hur han ska göra nu när han fått kännedom om Josefins koppling till båda offren. Emma är i alla fall glad över att ha med sig just Nyllet, som är en känslomänniska som går varsamt fram och visar stor sympati med de drabbade. Med snabba steg passerar de Hotell Diplomat och når sedan den pampiga entrén och tar sig in. Ingen av dem säger ett ord på vägen. Tre trappor upp ligger familjen Andrés våning som hon inte ens vågar tänka på vad den är värd. Trapporna gör henne andfådd och när hon ser rätt namnskylt på dörren försöker hon samla sig innan hon ringer på. Det finns ingen standardlösning vid lämnande av dödsbud, det är alltid lika svårt att hitta rätt formuleringar och tonfall. En bjäbbig hund skäller när hon trycker på ringklockan och hon hör ljudet av rasslande säkerhetskedjor på insidan. Låset klickar till och en propert klädd kvinna visar sig genom en springa i dörren. Hon hindrar sin vita pudel genom att hålla för en fot så att hunden inte kommer ut.

"Vill ni sälja något så är jag inte intresserad." Sedan hyschar hon åt hunden.

Det finns inga slående likheter mellan Elisabeth och Viktoria men det kanske beror på mammans överdrivna sminkning och det silverfärgade håret som är klippt i en perfekt page. Emma stålsätter sig och visar upp sin polislegitimation. Nyllet följer hennes exempel och nickar som hälsning. Det är alltid vanskligt att dyka upp civilklädd och därför är det bäst att vara tydlig med varifrån de kommer. "Får vi stiga på?"

Kvinnan öppnar upp dörren och presenterar sig. "Elisabeth André."

Emma ryser när hon skakar Elisabeths iskalla hand.

"Emma Sköld, Länskriminalpolisen. Och det här är min kollega Thomas Nyhlén."

"Ni får ursäkta kylan här inne men vi har balkongdörren öppen för att titta på löparna. Vår dotter springer", säger Elisabeth stolt.

När Emma går över tröskeln huttrar hon till och bestämmer sig för att behålla ytterkläderna på. Dels för att slippa frysa, dels för att Elisabeth ska förstå att de inte har för avsikt att bli långvariga. Egentligen vill Emma ha obegränsat med tid när hon ska lämna ett så tragiskt besked, men idag faller ingenting innanför ramarna för vad som är normalt. Klockan tickar hela tiden och den underliggande stressen är svår att bortse från. Innan hon kliver in i ett gigantiskt vardagsrum med flera fönster som vetter mot Strandvägen, petar hon av sig skorna för att inte repa fiskbensparketten. Det är välstädat, ljust och propert. Dyra konstverk pryder väggarna mellan fönstren och på fönsterbänkarna i marmor står vita orchidéer uppradade. Emma stannar till med blicken på ena långsidan, där det hänger ett stort fotografi av en liten flicka med midsommarkrans i håret. Födelsemärket sitter mitt i prick på näsan.

"Sa du Länskriminalpolisen förresten?" säger Elisabeth.

Emma nickar. "Vi är här för att tala om din dotter, Viktoria."

"Har det hänt Vickan något?" frågar Elisabeth oroligt men Emma vill gärna att de sätter sig först innan de berättar.

"Kan vi slå oss ner någonstans?" frågar hon och kvinnan pekar mot soffan i vardagsrummet.

"Är din man hemma?" fyller Nyllet i.

"Torbjörn!" ropar kvinnan. "Polisen är här", säger hon utan att stanna upp på väg mot den vita skinnsoffan.

En bastant man kommer gående från ett rum intill. Ogenerat drar han upp gylfen innan han räcker fram näven. "Torbjörn. Vad är det frågan om?"

Han ser på dem med misstänksam blick och rättar till sin för trånga pikétröja vid halsen. Trots att mannen väger över hundra kilo och har tappat i stort sett allt hår så ser hon en kopia av den lilla flickan som ler på porträttet på väggen.

"Sätt dig gärna, så ska jag berätta", säger Emma.

Torbjörn slår sig ner bredvid sin fru, som har gråaktig hy och rädsla i blicken. Emma vet att hon och Nyllet alltid kommer att förknippas med den värsta stunden i deras liv. Det är i det här ögonblicket allt kommer att kastas omkull. Hon ser sig om i deras vackra hem och skymtar en kristallkrona ovanför matbordet inne i köket; ungefär en likadan som hon fick ärva av sin mormor med den enda skillnaden att den här är dubbelt så stor. Även om det inte finns något Emma kan göra för att förändra det som drabbat Viktoria, så kan hon åtminstone visa sitt varma deltagande.

"Jag är hemskt ledsen över att behöva säga det här men Viktoria har avlidit under maratonloppet idag."

Förfärade blickar möter varandra. Sedan frustar Torbjörn till.

"Det kan inte stämma. Hon springer – och bra dessutom. Jag har koll på henne efter var femte kilometer. Maraton har en bra tjänst på sin sajt, förstår du", säger han.

Han låter inte otrevlig, snarare desperat. Elisabeth ser lättad ut och Emma förstår att de kommer att klamra sig fast vid hoppet. Och så måste hon krossa det igen:

"Det är någon annan som har hennes tidsmätare, hur märkligt det än låter. Vi beklagar."

Och så fick hon det sagt också. Hon klarar inte av att se dem i ögonen utan fäster istället blicken på de stora rosa rosorna som står i en vas på soffbordet framför henne. Torbjörn reagerar omedelbart på hennes ord och hans röst är långt ifrån lika slagkraftig nu:

"Vad är det som har hänt egentligen? Och varför skulle någon annan springa med hennes chip för? Var jobbar ni, sa du?"

Pudeln gnyr oroligt och hoppar upp i Elisabeths knä. Det är en trygghet att ha Nyllet vid sin sida en sådan här stund även om han inte säger så mycket. Torbjörn kan nog brusa upp rejält, får hon en känsla av, men hon föredrar hysteri framför total tystnad. Människor som sluter sig som musslor är svåra att tyda hur de klarar av att hantera beskedet. Då är det omöjligt att gå därifrån. Elisabeth gömmer sitt ansikte i händerna medan Nyllet försöker förklara:

"Vi jobbar på Länskriminalpolisen och vi har redan påbörjat en utredning. Viktorias identitet är fastställd. Så det betyder dessvärre att det är hon och ingen annan som har bragts om livet. Vi ska naturligtvis göra allt vi kan för att ta reda på omständigheterna kring er dotters död och varför någon använder hennes chip."

Elisabeth tittar fram mellan sina fingrar. Ögonen är rödsprängda och hon stakar fram sina ord. "Var ... var ... hittades hon?"

"Intill Rålambshovsparken." Mer än så vill Emma inte berätta just nu.

Torbjörn och Elisabeth tar varandras händer och Emma ser på dem att budskapet har sjunkit in.

"Jag beklagar verkligen", säger hon igen. "Finns det någon vi kan ringa? Vänner eller släktingar som kan komma hit?"

Diskret torkar Nyllet bort en tår från sin kind. "Eller skulle ni vilja att vi kallar på en präst?"

Emma har också nära till gråt och vet att det inte är någon fara att visa känslor, tvärtom, de flesta brukar uppskatta poliser med empati.

"Inte just nu", svarar Torbjörn och det syns att han blir rörd av Nyllets medkänsla. "Men tack i alla fall."

"Vi förstår att ni är chockade och förtvivlade men vi skulle ändå behöva ställa några frågor om Viktoria redan nu. Om ni tror att ni orkar med det?"

Föräldrarna nickar och de förhör sig om hur Viktoria

var, vad hon gillade att göra, om hon trivdes på jobbet på förskolan, vilka vänner hon umgicks med och om hon hade något förhållande. Det mesta i hennes liv verkade kretsa kring löpning för Torbjörn svarar samma sak flera gånger:

"Hon levde för löpningen och Mission. Det var hennes stora glädje i livet."

"Men hon hade ingen pojkvän?" frågar Emma och tittar på Elisabeth.

"Inte vad hon berättade för oss men jag tror att hon var tillsammans med någon nu på slutet, sådant känner man på sig som förälder."

De måste berätta om Måns också, allt annat vore tjänstefel. "Och så var det en sak till. Hennes tränare, Måns Jansson, avled i början av loppet, en timme innan Viktoria hittades död."

"Är Måns också död?" frågar Torbjörn förfärat.

"Är det han som är 'trettiofemåringen' som de pratar om på nyheterna?" fyller Elisabeth i.

Emma och Nyllet byter blickar. "Ja, så är det, tyvärr."

"Då handlar det ju om Mission! Dödsfallen måste ha ett samband men det förstår ni väl?" Torbjörn höjer rösten.

Han stirrar rakt framför sig och skakar på huvudet. "Jag har sagt hela tiden att det är något skit med Mission. Annars skulle inte Viktoria ha slukats upp som hon gjorde. Min Viktoria ..."

Efter ytterligare några frågor ser Emma att tiden har rusat iväg och hon blir stressad över att missa gripandet på Skeppsbron. Hon frågar sig själv om hon vågar lämna dem ensamma nu eller om de borde avvakta.

"Vill ni att vi stannar en stund till?" frågar Nyllet.

"Det behövs inte." Torbjörn låter övertygande.

"Är det säkert? För dig med Elisabeth?" Emma vill höra ett livstecken från henne först.

"Det är okej", svarar hon och ger Emma ett snabbt ögonkast.

"Vi ska göra allt för att gripa gärningsmannen", säger Emma.

Torbjörn är den ende som tittar på henne när hon reser sig. "Lova att ni får fast den jäveln. Det är något med klubben, jag känner det på mig."

Sedan sjunker han ihop i soffan med en sorgtyngd blick som söker sig mot den inramade bilden på Viktoria.

"Vi lovar att göra vårt bästa."

Så fort Nyllet och Emma kommer utanför lägenheten ser de på varandra och suckar tungt. De har precis varit i helvetet och vänt och innanför dörren befinner sig två förkrossade föräldrar. Ingenting kommer att bli sig likt för dem, medan Emmas liv är oförändrat. Den enda skillnaden är att hon känner sig ännu mer beslutsam om att hon ska göra precis allt som krävs för att få fast personen som orsakat detta lidande.

Nyllet tar fram sin mobil och läser ett meddelande. "Det var från Lindberg. Han vill att jag åker tillbaka så fort jag kan."

Stadion, klockan 14.26

LENNART FÖRSÖKER BIBEHÅLLA lugnet när han svarar i telefonen. Han är orolig för att han ska överanstränga sig med tanke på sitt oberäkneliga hjärta. Men kvällstidningsreporterns hetsiga röst smittar av sig.

"Vad vet du om det andra offret?" frågar kvinnan som han inte hann uppfatta namnet på.

"Bara att det är en kvinna som är strax under trettio år."

"Har du inte en mer exakt ålder? Vi vill helst kunna kalla henne för tjugonioåringen om hon nu är det."

"Nej", ljuger Lennart. "Det får du ta med presstalesmannen på polisen." Så lite information som möjligt bör nå ut så här snart efter händelsen.

"Mellan dig och mig: finns det någon koppling mellan offren?" frågar reportern och Lennart undrar om han har gett intryck av att vara fullständigt korkad. Det är knappast ett privat samtal som pågår.

"Det får du också fråga polisen om", svarar han så neutralt han förmår.

"Vi talades vid tidigare idag och då sa du att mannens död var en olyckshändelse – har du fortfarande samma uppfattning?"

"Jag vet faktiskt inte längre vad jag ska tro, men är det intressant att jag gissar? Är det inte bättre att du ringer polisen?"

Lennart känner sig yr och sträcker sig efter den halvfulla muggen med kaffeblask. Reportern verkar inte ge sig så lätt, utan fortsätter att mala på med frågor.

"Kan ni garantera säkerheten för övriga löpare?"

Vilken fråga. Vad ska han svara på den?

"Det är sextontusen människor som springer och vi kan inte ta ansvar för deltagarnas beteenden, hälsotillstånd eller plötsliga infall."

"Så du kan alltså inte garantera säkerheten då", säger reportern med nöjd röst och han förstår att hon tänker dra hans ord ur sitt sammanhang och blåsa upp det som ett stort citat.

Lennart tömmer det sista ur kaffekoppen och känner irritationen stiga. Även om hans uppgift är att vara fåordig och hålla sig till fakta, spelar det ingen roll vad han säger. Hon kommer ändå att styra artikeln som hon vill. För henne verkar det enbart handla om att dramatisera verkligheten och skrämma upp människor i onödan.

"Finns det planer på att avbryta loppet?" fortsätter hon och han överväger att bara lägga på. Var är Albert när han behövs som mest? Lennart känner att han inte är lämpad för att hantera intervjuer just för tillfället.

"Inte i nuläget."

"Det var nog allt. Tack för hjälpen", säger hon och slänger luren i örat på honom fast det borde vara tvärtom.

Mobilen blinkar till igen och Lennart tar ett djupt andetag innan han svarar. Samtidigt smärtar det till i bröstet.

"Hej igen Lennart, det är Emma Sköld." Äntligen ringer hon tillbaka. Han har försökt nå henne i säkert tjugo minuter, utan att få svar.

"Hej", svarar han matt.

"Hur är det fatt? Du låter annorlunda."

"Äsch, det är bara mycket att stå i."

"Instämmer. Vi var precis hos Viktoria Andrés föräldrar och lämnade dödsbeskedet."

Det förklarar varför hon inte svarade. "Hur gick det?"

"Det är alltid lika hemskt."

"Jag förstår det. Vad bra att du hörde av dig förresten för jag har försökt nå dig. Jag kom nämligen på att jag har hört Viktorias namn förut idag. Måns nämnde en Viktoria när han låg i sjukvårdstältet."

Emma låter inte särskilt förvånad. "Vad bra att du säger det, tack. Sitter du framför datorn nu och kan kolla upp några namn i startlistan åt mig?"

"Javisst, vad heter de och vad vill du veta?"

"Shirin Nilo, Mattias Asp och Jenny Sääf. Jag vill veta om de springer och i så fall när de passerade brottsplatsen vid Rålambshovsparken."

För säkerhets skull ber han henne bokstavera namnen för att det inte ska bli fel. Han antecknar på en lapp och söker sedan på dem, en i taget.

"Shirin Nilo var anmäld men verkar inte ha kommit till start", säger han dröjande. "Hon har inga tider registrerade. Inte heller Mattias Asp. Och sedan var det Jenny Sääf med två ä ... nej, hon verkar inte delta."

"Okej, då vet jag. Kan du kolla om Viktorias tid har uppdaterats?"

"Ett ögonblick. Den borde ha gjort det om personen håller samma tempo som tidigare." Han söker på hennes namn och stelnar till. "Hon passerade nyligen tjugofem kilometer."

Bara för att det är bråttom och viktigt så lyder inte

fingrarna när han ska ögna igenom resultatlistan för att se vilka namn som har ett snarlikt resultat. På en lapp bredvid skrivbordet har han antecknat tre namn med slarvig handstil: Antonia Karlsson, Börje Larsson och Martin Pihl. Om en av dem har ungefär samma tid som Viktoria så är det solklart vem som har hennes chip.

"Kan du få fram vilka som har liknande resultat?"

Lennart scrollar i listan, jämför, scrollar igen, och slutligen ser han att det bara är en enda person den här gången. Hjärtat slår dubbelslag. "Börje Larsson."

Skansen, klockan 14.40

RUNDAN PÅ DJURGÅRDEN brukar vara en fröjd med tanke på de vackra omgivningarna och det skonsamma underlaget. Men skorna är sladdriga på grund av regnet och utsikten är rentav deprimerande. Det gråa molntäcket har sjunkit mot trädtopparna och lagt sig som ett dis över landskapet. Nästan så att Josefin blir mörkrädd mitt på dagen – i juni. Det har aldrig hänt tidigare men Johan är nog en bidragande orsak till det. Varje gång hon skymtar hans otäcka blåtira så ryser hon av obehag.

Josefin får perspektiv på sina egna problem när hon ser en stackars tjej komma ut från ett par buskar med rumpan bar. Desperat försöker hon dra på sig byxorna efter att ha uträttat sina behov men lyckas inte, händerna verkar inte vilja lyda och hon är inte den enda som har förfrusit sig. Faktum är att Josefin själv har tappat känseln om rumpan och måste titta ner då och då för att försäkra sig om att tajtsen inte har glidit ner. En funktionär närmar sig kvinnan som har brallorna nere och med ett stadigt grepp tar han tag i byxlinningen och drar upp dem åt henne. Josefin skrattar till men ångrar sig genast bittert. Nästa gång kanske det är hon som står där med förfrusna fingrar och kämpar. När de passerar energistationen utanför Skansen och hon saktar ner något, tar sig Johan fram till henne. Han har en banan i handen, som han viftar med utan att öppna. Själv skippar hon mer frukt av rädsla att bli nödig. De passerar Gröna Lund på vänster sida och återigen är Johan igång med sitt snack som är så dränerande på energi.

"Wilma hatade Fritt fall", säger han, precis som om hon skulle bry sig om vilka karuseller som var hans dotters favoriter.

Josefin hummar ändå något till svar och sneglar mot restaurangen Blå Porten. Hon och Emma brukar ha som tradition att ses där på uteserveringen på somrarna och ta en promenad på Djurgården men det slår henne att det aldrig blev av förra sommaren. Det var väl något tjafs som vanligt men i år ska det banne mig ske. Det är lika bra att boka in det redan i helgen, så att det verkligen blir av. Innan man vet ordet av är sommaren över och risken finns att det glömts bort. Tiden är knapp men Josefin kan inte riktigt hålla med om att livet behöver vara så stressigt som många gör det till. Tid är det enda vi har exakt lika mycket av allihop, det kan inte bli mer rättvist. Varsågod, här är dina tjugofyra timmar att förfoga över per dygn och hinner du inte ses en enda gång i sommar så handlar det inte om för lite tid utan om dålig planering. Alternativt ren ovilja. Eller ett polisjobb som kastar omkull tillvaron när som helst på dygnet. Så tröttsamt det måste vara att aldrig kunna veta när man är ledig. Emmas underliga arbetsförhållanden kommer Josefin aldrig att förstå sig på. Själv skulle hon inte stå ut en sekund och det kommer inte heller att fungera när Emma blir mamma. Eller snarare *om* hon blir mamma, det är långt ifrån självklart har hon förstått. Skönt att Emma i alla fall kan prata om sina fertilitetsproblem nuförtiden. Förut vägrade hon berätta vad som tyngde henne även om det syntes långa vägar att det var något som inte stämde. Josefin känner sig fortfarande stött över att det var deras mamma och inte Emma själv som berättade om det. Men det är inte svårt att förstå att det kan vara känsligt att prata om. Josefin blir ju med barn bara hon rör vid Andreas. Mitt i sina funderingar hör hon Johans röst igen och leendet dör ut.

"Det är första gången jag är på Djurgården efter Wilmas död."

Josefin svär över att hon inte tog med sig mp3-spelaren för att demonstrativt kunna sätta på den nu. Det hade löst allting men nu finns det inget som kan skärma av hans pladder. Nordiska museets gråbruna byggnad uppenbarar sig. Större delen av huset försvinner in i himlen men Karl X Gustav syns bra där han sitter ståtligt på sin häst och pekar uppmanande mot henne. Snart kommer Djurgårdsbron och Josefin samlar ny kraft och tänker överraska sig själv, och Johan, med en rejäl tempoökning. Målet att slå sitt rekord från Lausanne för ett halvår sedan, blir svårt men det betyder inte att hon tänker ge upp.

"Lycka till med resten av loppet, Johan. Jag sticker nu", säger hon för att vara tydlig.

Hon vänder runt för att försäkra sig om att han hörde henne men hon ser honom ingenstans.

"Johan?" säger hon och får en frågande blick tillbaka från kvinnan som springer närmast henne.

Förbryllat saktar hon ner en stund och sveper med blicken över löparna. Sedan kommer hon igång igen och fortsätter mot bron. Tankarna far omkring. Han kanske inte hängde med i tempot och slog av på takten? Eller också skadade han sig, hon lyssnade inte jättenoga på allt han försökte förmedla längs vägen. Josefin närmar sig bron med lätta steg. Nu ska hon äntligen få fokusera på att springa och inte tänka på något annat än att ta sig framåt. Andningen räcker inte alltid till för att prata och springa samtidigt. Johans ångest smittade dessutom av sig på ett sätt som fick henne att nästan helt tappa orken.

5 månader tidigare

MÅNS, SHIRIN, JENNY, Viktoria, Wilma och Mattias var de sex personer som ingick i Mission. Själv hade han inte fått erbjudandet om att vara med även om han fick träna med dem emellanåt, kostnadsfritt dessutom. Den sjunde medlemmen kunde kanske ha blivit Josefin men hon hade inte platsat av något skäl som han ännu inte fått klarhet i. Hade det någonsin funnits en sjunde medlem? Johan åkte hem till Måns i Traneberg med många frågetecken att räta ut. Efter en seg köbildning på Tranebergsbron svängde han av och fortsatte in mot lägenhetskomplexen intill. När han bromsade in på gatan för att fickparkera, öppnades Måns port och en ung tjej med stor täckjacka och huva klev ut. Hon såg sig hastigt omkring innan hon korsade gatan och då fick han en skymt av hennes ansikte. Shirin. Vad gjorde hon hos Måns en lördagseftermiddag så tillpiffad? Utan att vara träningsklädd? Hon passerade bilen utan att ägna något större intresse åt den, förmodligen såg hon inte ens något genom lösögonfransarna. När hon var utom synhåll i backspegeln gick han ur bilen och fram till Måns port. Johan blev osäker på hur han skulle lägga upp mötet med Måns utan att låta vare sig anklagande eller misstänksam. De två trapporna upp till Måns dörr tog på krafterna, eftersom konditionen var dålig efter sjukdomen. Även om han var färdig med antibiotikakuren sedan två veckor tillbaka, var han långt ifrån i form.

Han stannade upp utanför dörren och tog ett djupt andetag innan han knackade på. Var det så genomtänkt att åka hem till Måns utan förvarning? Men Måns stack ut huvudet innan Johan hann ångra sig.

"Johan?" Måns såg förvånad ut.

"Jag hade vägarna förbi – kan jag komma in en sväng och snacka lite?"

Måns blick såg allt annat än säker ut men han nickade ändå. "Självklart, vad trevligt. Jag blev bara överrumplad."

Tro fan det, han räknade väl med att det var Shirin som knackade på igen för att hon hade glömt något.

Måns såg ursäktande på sin bara överkropp. "Jag var mitt inne i en grej, kom in. Slå dig ner i köket så ska jag bara sätta på mig en tröja."

Johan försökte att inte stirra alltför chockerat på den snirklande ormtatueringen över Måns muskulösa mage men han lyckades inte särskilt bra. Den måste vara ny, eller så hade han aldrig sett honom med bar överkropp förut.

"Imponerande, va?" flinade Måns och blickade ner.

"Vad för något?"

"Ormen förstås", sa Måns och lämnade honom i hallen.

Johan såg hur han slängde ett överkast på den obäddade sängen i sovrummet. Sedan krängde han på sig en T-shirt och kom ut med ett stort leende. "Den här gången tror jag att jag har mjölk till kaffet."

"Tack, men jag behöver inget kaffe, jag tänkte bara fråga några saker. Det är snabbt avklarat."

"Såklart du ska ha kaffe", insisterade Måns och slängde

ut ett använt kaffefilter med sump och laddade med ett nytt. "Hur mår du och Petra nu?"

Johan slog sig ner vid köksbordet. "Jodå, även om jag aldrig trodde att dessa ord skulle komma ur min mun, måste jag väl erkänna att det blir enklare med tiden. Man vänjer sig hur konstigt det än låter. Vardagen blir annorlunda och plötsligt finns massor med tid – på gott och ont."

"Men det ska du inte ha dåligt samvete för."

Kaffebryggaren puttrade till och Måns satte sig mittemot honom. "Klart om fem."

Nu förstod Johan vad Petra menade med snygg. Måns såg riktigt bra ut, särskilt hans leende och hans sympatiska blick. Johan kom på sig själv med att syna Måns en aning för länge.

"Hur är det själv? Och hur går det med Mission?"

"Bara fint! Vi kör på som vanligt och det är fantastiskt att se hur snabbt de utvecklas så fort de får den där extra pushen."

"Ja, du gör ett jättebra jobb."

"Äsch, det är bara kul", svarade han undvikande.

"Men du tjänar väl ganska bra på det?"

Måns vände sig bort mot kaffebryggaren. "Pengar är inte allt här i livet. Mjölk?"

"Bara en liten skvätt. Vilka var med i Mission från början?" Johan visste att Måns inte ville ha för många medlemmar på samma gång. Annars kunde han inte lägga tillräckligt mycket tid på varje person.

Måns ställde ner kopparna och rynkade pannan. "Är du intresserad av en plats?"

"Nej. Jag bara undrar."

Måns snurrade på kaffekoppen och verkade inte riktigt

veta vad han skulle svara. "Från början var min flickvän med men efter att det tog slut mellan oss fungerade det inte att ha henne i klubben. Jag tror aldrig att du mötte Katrin."

Han tänkte efter men kunde inte komma på att han träffat henne. "Jag tror inte det. Men sen var Josefin Eriksson med och tränade ju – varför fick hon inte en plats?"

"Vadå inte fick? Hon hörde aldrig av sig efter den där sista gången hon tränade med oss. Jag tyckte att det var konstigt men med tanke på det som hände Wilma orkade jag inte engagera mig i det just då. Fast numera är ju Josefin personlig tränare, så då behöver hon inte mig."

Ord stod mot ord och Johan visste inte vad han skulle tro.

"Jag måste ha missuppfattat det", sa han överslätande men Måns hade kommit igång nu.

"Varför ställer du så många frågor om Mission?"

"Jag försöker bara få ihop bilden, det är några pusselbitar som saknas."

"Har du varit i kontakt med Josefin?"

Något fick honom att känna att han borde dra till med en vit lögn men han valde en mellanväg. "Jag har pratat med henne men hon hade inget intressant att komma med."

Måns såg inte övertygad ut. "Inte?"

"Tyvärr. Jag hade hoppats på ett genombrott, men icke."

Johan svalde och höll tummarna att Måns köpte det och skippade jobbiga följdfrågor. Köket kändes plötsligt mindre, väggarna kröp närmare och han ville bara därifrån. Han svepte det kvarvarande kaffet och ställde ner muggen med en duns.

"Tack för pratstunden, nu måste jag vidare." Han hörde själv att han lät alldeles för käck.

Måns gjorde ingen ansats att resa sig utan dröjde istället kvar med blicken. "Får jag ge dig ett råd, Johan? Utan att du tar illa upp?"

"Javisst, shoot!" Återigen en väl hurtig röst för att inte väcka misstankar.

"Grotta inte ner dig för mycket bara, det är lätt att det spårar ur."

Hot eller råd? Bakom Måns stiliga fasad verkade något mindre vackert och anspråkslöst lura – frågan var bara vad.

Skeppsbron, klockan 14.50

NU BORDE PERSONEN med Viktorias chip dyka upp och Emma koncentrerar sig på löparna som närmar sig plattan som registrerar tiden. Poliserna är beredda att gripa Börje Larsson och för säkerhets skull har de även kallat dit Lennart Hansson, som kan verifiera att Viktorias tid är kopplad till just Börje och ingen annan löpare. En medelålders man kommer springande mot dem och slår snabbt ner blicken när han ser poliserna. Även om de har gjort sitt bästa för att inte väcka uppmärksamhet är det svårt att dölja en polisbuss mitt på Skeppsbron. Alla är beredda att ingripa men startnumret på mannens bröst stämmer inte med Börjes. Emma trampar otåligt, det tar för lång tid. Tänk om Börje inte dyker upp? Lindberg är inte överförtjust i att hon ska vara med på plats, eftersom hon behövs på polishuset. Men hon vill prata med Börje själv och inte överlåta det till någon annan. Och bara för att hon ändå var i närheten så gav Lindberg med sig efter en snabb övertalningskampanj. Men då visste ingen av dem att det skulle bli en segdragen historia. Minuterna tickar iväg och hon undrar om hon kan vänta så länge till. Förmodligen är det slöseri med tid eftersom hon utgår från att gärningsmannen inte är så kall att han springer vidare med offrets chip på sig. Plastbiten sitter fast ordentligt på skon och är inget man bara råkar få med sig utan att ha planerat det, så det skulle förvåna henne om Börje är mannen de söker.

Klockan tickar men ingen Börje dyker upp. Kan de ha gått på en bluff? Värdefull tid går till spillo nu och det kanske är gärningsmannens avsikt.

"Vi får avbryta snart om det inte händer något inom några minuter", säger Emma till kollegerna, som nickar utan att släppa blicken från löparna som väller in.

Med lite flyt kanske Josefin passerar snart.

"Där!" En polis pekar bland löparna men Emma ser inte riktigt vem han menar.

När hon upptäcker Börjes startnummer på en liten hjulbent man med vitt skägg, tappar hon allt hopp om att lösa fallet i det här skedet. Om jultomten finns på riktigt är det han som är på väg mot henne just nu med steg som är så små att de knappt lämnar asfalten. Och även om hon inte ska döma någon efter utseendet så tror hon knappast att det är den här mannen som har begått två överlagda mord inom loppet av en timme. De låter honom beträda plattan, väntar på Lennarts medgivande och springer sedan lugnt efter mannen när de fått klartecken. Börje måste ha känt på sig att något är i görningen för han vänder sig om och ser skärrad ut när flera poliser är på väg i hans riktning. Dumt nog ökar han takten och viker plötsligt av från banan också. Emma står på avstånd och förlorar honom med blicken när han springer in i Gamla stans gränder. Vad sysslar han med? Om han tror att han ska kunna springa ifrån de vältränade poliserna så kan han glömma det. Särskilt efter tre mils löpning i kroppen. Emma blir inte ens orolig och det dröjer inte heller många minuter förrän två poliser kommer gående med Börje mellan sig. Det råder inget tvivel om att mannen är upprörd. Han fäktar ilsket med armarna och fräser när han pratar med poliserna, som tvingar in honom i bussen.

"Vad tar ni er till?" Börje ser helt vild ut och vill först inte sätta sig ner.

Emma kliver in efter honom. "Ta det lugnt nu, vi behöver tala med dig."

"Nu? Jag springer ju för helskotta maraton!" fräser han så att saliven hoppar ur mungiporna och fastnar i skägget, som redan är fullt med snor. "Då hoppas jag att det är förbaskat viktigt."

"Om du bara kan ta och lugna ner dig så jag får en chans att förklara", säger Emma och tittar på honom med sträng blick. "Men först undrar jag varför du rusade ifrån polisen?"

Han rycker nonchalant på axlarna. "Det var bara något som flög i mig, inget jag kunde styra över."

"Verkligen? Du agerade nämligen precis som en som gjort något olagligt och vill göra allt för att komma undan."

"Snälla, kom till saken. Tiden rinner iväg och jag vill springa färdigt loppet." Han ser mer oförstående än arg ut nu och Emma presenterar sig för honom med namn, titel och arbetsplats.

"Länskriminalpolisen?" frågar han och låter genast ängslig på rösten.

"Två personer har omkommit under loppet och vi utreder vad som kan ha hänt", förklarar hon och tittar på mannens ben. Någonstans från knäna och neråt måste Viktorias chip sitta. Hon böjer sig ner och ser något sticka fram på mannens ena tubsocka.

"Och av någon anledning verkar det som om du springer med det ena offrets chip på dig."

Emma pekar på hans vrist och mannen stirrar på den som om han precis upptäckt en livsfarlig insekt på sin kropp. "Vad i hela friden är det där?"

Han sliter loss kardborrebandet och slänger iväg det på sätet bredvid Emma.

"Var försiktig med bevismaterialet. Kan du förklara hur det har hamnat runt just ditt ben?" Hon nickar åt en polisman att ta hand om chipet så länge och förstår att han har uppfattat det när hon hör prasslet från en plastpåse avsedd för bevismaterial.

"Jag svär att jag inte har en susning. Kan jag få springa vidare nu?"

Emma skakar på huvudet. Mannen har tydligen inte insett allvaret. "Du stannar här så länge som det behövs. En brottsutredning går före ett maraton. Svara nu på min fråga: hur hamnade offrets chip på ditt ben?"

"Någon satte dit det?" föreslår han precis som om det vore en gissningslek.

"Hur skulle det ha gått till?"

Hjälplöst slår Börje ut med armarna. "Jag har ingen aning."

Precis som Emma befarat så leder det här inte till någonting. Börje tittar förtvivlat ut genom rutan på de andra löparna som obehindrat springer förbi och Emma känner att det inte kan vara han som ligger bakom brotten. Men han måste ha någon idé om hur chipet hamnade på hans ben.

"På heder och samvete: jag har inte gjort något. Hur dog de?"

"Det kan jag inte gå in på."

"Men ..." Mannen kommer av sig. "... jag vet inte vad jag ska säga för att övertyga er, men jag är en hederlig man med fru och barn, ja, numera även barnbarn. Jag har jobbat på If i trettio år och extraknäcker som tomte under julen."

Emma tror honom och Lindberg har redan meddelat henne att Börje Larsson är fläckfri – han finns inte i några av polisens register. Det hon inte förstår är hur Viktorias chip kunde fästas om skäggtomtens strumpa utan att han lade märke till det.

"Du har inte någon teori om hur eller när bandet sattes fast?"

Han skakar uppgivet på huvudet men slutar och kliar sig på hakan. "Jo, en sak kommer jag på nu. Så är det förstås! Det var faktiskt någon som sprang rakt in i mig på Gärdet. Det blev lite tumultartat innan vi var på fötter igen båda två."

"Var det en kvinna eller man?"

"En ung, svartklädd kvinna med mörkt hår."

Bingo!

"Men hon fick hjälp upp av en man, vars ansikte jag tyvärr aldrig såg."

Och därmed är de tillbaka på ruta ett igen.

Skeppsbron, klockan 14.56

EMMA KOMMER UT ur polisbussen med en bister uppsyn. Mannen med det vita skägget försöker gå därifrån men motas in av några poliser. När Emma får syn på Lennart skakar hon på huvudet och allt hopp om att förhöret med Börje Larsson gav något försvinner. Lennart skyndar sig fram till Emma.

"De får fortsätta förhöret på polisstationen. Du ska ha tack för att du kunde rycka ut så snabbt."

"Inga problem. Jag är naturligtvis lika mån om att stoppa mördaren som du."

Mördaren? Lennart reagerar på sitt ordval. Med ens blir det påtagligt att den här soppan verkligen existerar och inte är en fantasi. "Hade han någonting intressant att säga?"

"Ingenting just nu, men vi får se vad som kommer fram."

"Vad sker härnäst?" frågar han och förstår av Emmas min att hon inte vet riktigt.

"Jag åker tillbaka till jobbet och hoppas att mina kolleger har kommit en bit på vägen, det är allt jag kan säga för tillfället."

Lennart kollar på sitt armbandsur. "Kan det vara ett tecken på att gärningsmannen inte tänker angripa några fler personer nu när inget nytt har skett på två timmar? Tidigare angrepp inträffade med en timmes intervall?"

"Eller så har inte nästa offer upptäckts än", kontrar Emma. Så långt har han inte tänkt. "Misstänker du att det kan vara på det sättet?"

"Ärligt talat så vet jag inte vad jag ska tro. Men om, jag säger bara om, det dyker upp fler offer så måste du nog förbereda ett sätt att avbryta loppet. Vi kan inte låta det fortgå om det är fara för människors liv."

Lennarts tidigare ilska, när polisen indikerade att det kunde bli tal om att stoppa maran, var som bortblåst. Skillnaden då var att han inte hade grepp om hur allvarligt läget var.

"Vi ser till att förbereda oss på en sådan insats men då kommer vi att behöva er hjälp. Det vi får göra i så fall är att omdirigera löparna och slussa dem in mot mål snabbare än vad det egentligen är tänkt. Lösningar för alternativa vägar går alltid att ordna men det räcker inte med att ropa i en megafon att loppet är avbrutet. Ingen kommer att bry sig. Oavsett hur det genomförs kommer det att leda till protester från löparna. Jag kan svära på att många lär göra allt för att försöka fullfölja ändå."

Lennart ser på Emma att det inte var det som hon ville höra men hon nickar uppmuntrande.

"Vi tar inte ut något i förskott, än så länge rullar det på. Men det är bra om du börjar fundera på en plan. Ifall att...", säger Emma men tystnar när Lennarts mobil ringer. "Svara du, jag måste ändå åka."

Lennart ser att det är Albert som söker honom och han säger hej då till Emma samtidigt som han svarar i telefonen. "Hej! Jag är på väg tillbaka till Stadion nu."

Polisbussen backar ut och rullar därifrån, inga blåljus, ingen stress.

"Hur gick det?" frågar Albert.

"De fick tag i mannen men har inte fått ur honom något än."

"Det verkar inte ha undgått någon att polisen har gripit en man. Jag blir nerringd nu om händelsen på Skeppsbron, vad ska jag svara?" Albert låter trött och uppgiven.

"Hänvisa till polisens presstalesman. Vi kan inte diskutera polisens arbete, vilket journalisterna borde förstå."

"Men de fiskar information överallt och vissa verkar till och med veta mer än vad vi gör. Någon uppger att han har fotograferat varenda sekvens av gripandet och har bilder på löparen, Börje Larsson, när han kliver in i polisbilen."

Lennart suckar. "Och vad har han tänkt göra med de bilderna?"

"Inom kort kommer de att gå ut med ålder, kön och en svepande beskrivning av utseendet och skriva att maratonmördaren åkt fast. Bilderna lär de väl maskera, antar jag. De vill så gärna vara först med nyheten."

Lennart går med tunga steg mot tunnelbanan, som är det snabbaste färdmedlet så länge loppet pågår. "Vi kan inte göra något åt media, utan måste försöka koncentrera oss på vårt arbete."

"Men tror polisen att de har haffat den skyldige?" frågar Albert som inte kan dölja sin nyfikenhet.

"Det verkar inte så." Lennart menar inte att låta så tvär men han orkar inte med fler frågor.

Men Albert ger sig inte. "Hade han Viktorias chip på sig?"

"Polisen berättade ingenting om det för mig. Min enda

uppgift var att kontrollera vem som passerade mätplattan samtidigt som Viktorias tid registrerades. Så jag utgår från att chipet måste ha suttit någonstans på hans ben eller sko."

"Vad händer om någon mer dör, pratade du med polisen om det?"

Albert ställer frågan som Lennart bävar inför. "Då kommer polisen med största sannolikhet att begära att vi ska avbryta loppet."

Äntligen når han ingången till tunnelbanan och får tak över huvudet. Han skakar på sig som en blöt hund innan han sätter fart mot spärrarna.

"Hur många har gått i mål nu?" frågar Lennart för att höra om Albert är kvar.

"Innan jag ringde dig så var det trehundranittiosex löpare men nu lär det vara betydligt fler."

Då är det i alla fall några som har fått korsa mållinjen men Lennart befarar att det kanske inte kommer att bli så många till.

Polishuset, klockan 15.05

VARKEN LINDBERG, NYLLET eller de övriga fem utredarna som dykt upp lyckas dölja sin besvikelse när Emma kommer tillbaka till polisstationen tomhänt bortsett från en liten plastbricka. Hon lägger påsen med chipet i på mötesbordet och slår sig ner hos de andra.

Lindberg rynkar pannan när han tittar på henne. "Vad är din bedömning av läget?"

"Att någon jävlas med oss. Jag tror att den skyldige springer på behörigt avstånd och njuter av att se hur vi går i fällan."

"Du sa han", påpekar Lindberg och Emma blänger surt på sin chef.

"Det gjorde jag inte alls."

"Du sa skyldige med e på slutet", inflikar en annan kollega beskäftigt.

"Hen då, om det ska vara så noga."

"Emma, jag bara jävlas med dig. Jag är mer intresserad av hur Börje Larsson förklarade det här", säger Lindberg och fingrar på plastpåsen med bevismaterialet i.

"Först mindes han ingenting men sedan kom han på att någon hade ramlat över honom ute på Gärdet. En ung kvinna ..." Det räcker med att hon tar en andningspaus för att hoppet ska tändas i deras ögon. "... som fick hjälp upp av en medelålders man."

"Sluta med det där", utbrister Nyllet märkbart uppretad.

"Med vadå?" frågar Emma oskyldigt och ser sig om runt bordet.

"Du vet vad jag menar. Lägg inte upp det som om du har ett genombrott att presentera när det i själva verket är nada."

Lindberg bryter in. "Vad har vi så här långt?"

"Vi har sökt alla medlemmar i Mission men inte fått tag i en enda än. Jenny Sääf, Shirin Nilo och Mattias Asp har vi lagt mest krut på att nå, eftersom de inte springer loppet. Men än så länge går det dåligt. Det enda bra är att Shirin åtminstone har sin mobil påslagen", säger en kollega.

"Ni har inte hittat några andra medlemmar?"

Alla skakar på huvudet.

"Problemet är att det inte finns någon att fråga, eftersom Måns var den som höll i allting. Han verkar inte ha ägnat sig så mycket åt internet, dessvärre", säger Nyllet.

"Måns föräldrar kanske vet något? Framför allt hans mamma som hade så bra kontakt med honom", säger Emma.

"Jag har pratat med henne och det enda hon visste om medlemmarna var att Måns före detta flickvän Katrin var med när Mission startade. Men i samband med att de bröt upp för över ett år sedan, slutade hon i Mission och flyttade till London." Det syns på kollegan att han inte tycker att det är ett spår hett nog att gå vidare på.

"Henne vill vi prata med ändå", säger Lindberg och får en axelryckning till svar.

"Jag hjälper till att jaga rätt på medlemmarna", svarar Emma.

Lindberg ser på dem. "Själv har jag kollat upp händelsen med Wilma Bäckström."

"Finns det något anmärkningsvärt?" Emma blir nyfiken.

"Det mesta är det. Kort sagt är förhören under all kritik. Läser man mellan raderna är det svårt att bortse från att Måns Jansson låg pyrt till eftersom han var med när Wilma försvann och var den som hittade henne. Ändå är det ingen som gått vidare med det och ställt en enda obekväm fråga. Inga misstankar riktades mot någon i Mission och ganska snabbt avfärdades händelsen som en olycka. Poliserna som skötte förundersökningen har utgått från att det inte handlade om ett brott och har därför letat efter indikationer som stämmer överens med deras teori. Det är inte första gången detta händer."

"Oj, det var en hård dom." Emma ser på Lindberg.

"Kanske det men jag vill nog ändå inte påstå att det är annat än en olycka. Fast när utredningen har brister så är det helt klart ett problem."

"Så du tror att Wilmas död kan ha koppling till dagens dödsfall?"

"Det är en teori."

Emma skakar på huvudet. "Jag tror att det handlar om något annat. Annars borde väl hämnden ha tagits ut för länge sen?"

"Det kanske inte är frågan om hämnd? Något kanske har kommit upp till ytan som måste tystas ner till varje pris?" föreslår någon.

"Jag tror att vi har något här", säger Lindberg. "Om jag jobbar vidare med den gamla polisutredningen, så får ni andra fortsätta jaga Missions medlemmar."

Alla hummar till svar.

"Det kanske är värt att prata med Wilmas föräldrar också?" säger Emma. "Jag kan göra det."

"Bra."

Wilmas mamma och pappa är skrivna på en adress på Birkagatan. Emma testar att ringa på deras fasta telefon. Efter fyra signaler hör hon att någon lyfter på luren och svarar trött:

"Petra Bäckström."

"Hej! Det här är Emma Sköld från Länskriminalpolisen i Stockholm."

"Har det hänt Johan något?" Nu finns det inte längre minsta spår av trötthet i kvinnans röst och Emma lugnar henne.

"Så det är ingen fara med Johan?"

"Nej, jag ringer för att jag utreder de två dödsfallen under maraton."

"Dödsfall? Vad talar du om?"

Emma blir förvånad över att Petra inte känner till vad som inträffat. "Två människor har omkommit under dagens lopp."

"Är det sant? Jag måste ha slumrat till och har missat allting. Vad är klockan?"

"Strax efter tre."

"Jäkla mediciner."

Emma tar ett djupt andetag, kvinnan verkar vara förvirrad. "Det jag undrar är om du känner till medlemmarna i Mission? Ja, Wilmas före detta löparklubb."

"Det är klart att jag gör: Shirin, Jenny, Mattias och Viktoria. Ett tag var även Katrin med i klubben, Måns tidigare flickvän. Hon och Wilma kom inte riktigt överens, så det är därför jag minns henne."

"Vet du vad hon heter mer än Katrin?"

"Rask, tror jag. Vad har hon med dödsfallen att göra?"

"Ingenting."

"Men varför frågar du om henne då?"

Emma väljer att säga som det är. "Jag behöver veta allt om klubben, eftersom offren har kopplingar till Mission."

"Vad är det du säger? Vad för kopplingar?" Petra låter omtumlad.

"Det kan jag inte gå in på, men jag skulle behöva växla några ord med din man Johan om han är hemma?"

"Nej, han är tyvärr inte det."

"Kan jag nå honom på mobilen tror du?"

"Inte just nu för han springer loppet."

Strandvägen, klockan 15.07

SHIRIN TRAMPAR OTÅLIGT på stället för att hålla värmen. Viktoria borde redan ha dykt upp så Shirin börjar tvivla på om det verkligen är någon idé att vänta på sin kompis längre. Det verkar inte bättre än att Viktoria har brutit loppet och då finns det inte mycket annat att göra än att hoppas på att hon slår på sin mobil snart. Shirin är mån om att få tag i Viktoria för att berätta vad som hänt med Måns. Själv skulle hon ha velat veta så fort som möjligt. Om Viktoria fortfarande springer kanske det ändå är bäst att låta henne gå i mål först. Då har hon åtminstone ett fullbordat maraton att glädjas över i all hopplöshet.

Precis när Shirin tänker gå vidare lägger hon märke till en man i klungan som närmar sig. Han är blek och orakad men det som gör att han skiljer sig från de övriga är en stor blåtira över ena ögat. Shirins ben är på väg att vika sig när hon ser att Johan springer rakt emot henne. Automatiskt kastar hon sig åt sidan för att lika snabbt inse att han inte har sett henne, han är redan förbi och hans rygg försvinner in i folkmassan. Pulsen är på max och hon kippar efter andan.

Det kanske inte är så konstigt att hon blir skärrad med tanke på att det mesta har vänts uppochner den senaste tiden. Johan har fått för sig att det finns en annan förklaring till Wilmas död än den som polisen kom fram till. Och han verkar tro att någon i Mission undanhåller information för att skydda sig själv eller någon annan. Shirin ser Johans skarpa ansiktsdrag och hårda blick för sin inre syn och ryser av obehag. Rysningarna tilltar när hon tänker på hur naiv hon var som släppte in honom i sin lägenhet den där gången då han kom för att prata. Men nu visste hon bättre. Han skulle aldrig mer få sätta sin fot innanför hennes dörrpost men det verkar inte som om meddelandet gått fram. Ju mer Shirin tänker på Johan, desto kortare blir andetagen. Det är inte ovanligt att hon får mardrömmar om den mannen men hon kan inte ens tycka synd om honom längre. Det måste ha slagit slint eftersom han vägrar att ge med sig och fortsätter att komma förbi fast hon inte längre släpper in honom.

Synen av Johan räcker gott och väl för att misstanken om vad som kan ha hänt ska växa sig ännu starkare. Hur kunde hon vara så dum i huvudet som inte räknade ut lite tidigare vad Måns död handlar om? Uppjagad gräver hon runt i fickan efter mobilen. Då ser hon att hon har flera missade samtal från ett nummer hon inte känner igen. Shirin letar istället fram ett telefonnummer till polisen och ringer och förklarar sitt ärende. Sedan blir hon kopplad hundra gånger, åtminstone känns det så. Hon försöker skaka av sig obehaget och till slut verkar hon ha kommit till rätt person. I andra luren presenterar sig en kvinna vid namn Emma Sköld, som säger att hon jobbar med att utreda det som hänt under Stockholm Marathon.

Shirin presenterar sig och Emma låter förvånad. "Vad märkligt att du ringer, vi har nämligen sökt dig. Men börja du för all del."

Polisen låter vänlig.

"Har du sökt mig?" frågar hon förvånat. "Varför det?"
"Jag hör dig väldigt dåligt, är du utomhus?"
"Ja, men jag flyttar mig till ett bättre ställe", säger Shirin och drar sig undan från Strandvägen.

Vinden piskar henne i ansiktet när hon går uppför en tvärgata. Hon ställer sig i en port för att hon ska höras tydligare. Där är det någorlunda mer lä. "Nu?"
"Något bättre."
"Okej. Jag tror att jag vet något som kan vara viktigt för er att känna till när det gäller händelserna under Stockholm Marathon. Alldeles nyss sprang en man förbi och jag tror att han kan ha något med Måns Janssons död att göra."
"Var är du någonstans?"
"På Strandvägen och tittar på loppet. Eller jag var på Strandvägen nyss i alla fall och det var där jag såg honom."
"Vem då?"
"Johan Bäckström. Hans dotter Wilma dog för ett år sen. Hon och jag gick Kungsholms gymnasium och vi var även med i samma löparklubb."
"Du talar om Mission?"
"Ja?" Lustigt att polisen känner till klubben, tänker Shirin.
"Varför tror du att han kan vara inblandad?"
"Därför att han har betett sig väldigt märkligt den senaste tiden, mot mig och de andra i klubben."
"Vad har han gjort då?"
"Han har kommit hem till mig flera gånger och velat prata men senast lät han så hotfull att jag faktiskt inte vågade öppna dörren."
"Vet du vad han är ute efter?"

"Jag tror det. Han vill ha reda på sanningen om hans dotter, för han har fått för sig att Wilmas död inte var någon olyckshändelse."

"Hallå, är du kvar? Det bryts."

"Ja, jag är kvar."

"Bra. Känner du till vilka andra i klubben han har haft kontakt med under sin privatspaning?"

"Alla, tror jag."

"Även Viktoria André?"

"Ja, hon är också rädd för honom. Men varför undrar du om just Viktoria?"

Polisen svarar inte på frågan. "Och du såg Johan springa förbi. När var det?"

"Han passerade för bara några minuter sen. Fast varför undrar du ..."

"Jag hör dig så himla dåligt. Kan du beskriva exakt var du är, så kommer jag dit istället? Jag har en viktig sak att berätta för dig."

Shirin går ut på gatan för att se vad den heter. "Jag står i början på Grevgatan. Men kan du inte säga varför du nämnde Viktoria? Jag står nämligen här för att heja på henne."

"Som sagt, det hörs väldigt dåligt. Men jag är hos dig om tio minuter. Lova att inte gå någonstans."

Sedan avslutar polisen samtalet.

Efteråt är Shirin skakig. Dels för att polisen frågade om Viktoria, dels för att Johan dök upp. Det var tur att han aldrig såg henne för Johan har ingen aning om att hon aldrig kom till start och det är inte helt orimligt att han letar efter henne. Precis så som han måste ha jagat Måns.

4 månader tidigare

SHIRINS LÄGENHET PÅMINDE om den ungkarlslya som Johan hade haft efter gymnasiet. Han hade också möblerat för att aldrig behöva lämna sängen. Eller möblerat förresten, han hade bara haft en madrass på golvet intill mikrovågsugnen. Shirin hade åtminstone en soffa och ett bord bredvid sin mikro och mysfaktorn var snäppet högre hos henne även om de bruna flyttkartongerna stod staplade på varandra längs med ena väggen. Hon lyfte bort en hög med kläder och vinkade åt honom att slå sig ner. Sedan hoppade hon upp i soffan intill honom, något för närgånget för hans smak men han fick väl ta seden dit han kom. Till skillnad från de andra i Mission som han hade besökt, så fick han inget erbjudande om något att dricka.

"Jag har tänkt så mycket på er. Men eftersom vi inte känner varandra så väl, ville jag inte tränga mig på. Det är därför jag inte har hört av mig." Shirin såg ångerfull ut.

"Det förstår jag", sa han. "Jag är bara glad att du hade tid att ta emot mig nu."

"Äsch, det är väl klart. Kan jag göra något för dig så är jag bara glad."

"Jag ska inte ta upp din dyrbara tid, jag förstår att du har viktigare saker för dig. Men jag undrar om du kan berätta om stämningen i Mission, före och efter Wilmas död?"

"Den var ungefär som vanligt: för det mesta bra men du vet ... tjejer och intriger."

"Du får nog förklara", sa Johan för att få höra mer.

"Ibland kan det vara tjafsigt, men så är det ju även i skolan. En blick kan räcka för att någon ska ta åt sig." Shirin lät förnuftig, som om hon vore betraktare och inte delaktig.

"Mattias då, var han inblandad i någon dispyt?"

Shirin såg förvånad ut. "Mattias? Nej, han är bara Måns springpojke, bokstavligt talat."

"Vad menar du med springpojke?"

"Mattias gör vad som helst för Måns men får inte särskilt mycket tillbaka."

"Så du menar att Måns ignorerar Mattias?"

"Nej, han får ju bra betalt av Mattias föräldrar men han ger sällan Mattias den uppskattning han förtjänar. Det är faktiskt ganska synd om honom när jag tänker efter. Han hamnar alltid i skymundan för oss tjejer." Shirin såg förläget ner i golvet.

"Kan du minnas något om den kvällen då Wilma plötsligt avbröt träningen? Hade det förresten inträffat tidigare?"

"Verkligen inte. Den dagen kom jag för sent till träningen, så jag vet inte om det hade hänt något innan dess, men det var inga jättemuntra miner. Kanske berodde det på att den där Josefin var med oss igen."

Än en gång fick Johan en känsla av att nya iakttagelser kunde komma fram nu när det gått en tid, till skillnad från vad som sades i polisförhören för över ett halvår sedan.

"Var befann du dig när Wilma gick iväg?"

"Jag var med gruppen och stretchade men ... fan!" Hon kom av sig.

"Vadå?" Nu hade hon definitivt hans fulla uppmärksamhet.

"Alltså, jag vet inte om det är viktigt men när jag stod och pratade med Viktoria så skulle jag fråga Måns något."

"Och?"

Hon viskade knappt hörbart: "Då var han inte där."

En isande kyla spred sig i kroppen. Johan visste att det var något med Måns men han kunde bara inte förstå varför ingen öppnat käften förrän nu. Varför? Nu fick han inte bli arg för då riskerade han att skrämma Shirin till tystnad.

"Men det var inget du tyckte var värt att nämna för polisen?" Han lyckades inte riktigt dölja sin ilska.

"Alltså ... jag."

Han klippte av. "Varför, Shirin?"

"Det var inte bara han. Mattias var inte heller där."

"Varför har du inte berättat det här tidigare?"

När Johan mötte Shirins blick förstod han vad det handlade om. "Du var förälskad i Måns."

"Du måste gå nu", svarade hon förläget. "Jag förstår vad du tror men Måns skulle aldrig göra någon illa."

"Men Mattias då, du sa att han också var borta?"

"Jag minns inte riktigt exakt vilka som gick iväg för att kissa i buskarna." Shirin flackade nervöst med blicken.

"Och vad gjorde du hemma hos Måns i Traneberg för några veckor sen? Du såg inte träningsklädd ut."

Shirins blick blev kall. "Ut! Gå härifrån."

"Lugn, jag bara undrade."

"Lämna mig ifred", sa hon med darrande röst.

Han reste sig upp och gick mot dörren. "Jag kommer tillbaka."

Johan lämnade lägenheten och gick till bilen. Han var tvungen att sätta sig ner en stund vid ratten och samla tankarna innan han klarade av att köra. Han visste att han hade gått för långt och funderade på om han skulle återvända för att be om ursäkt men utgick ifrån att Shirin inte skulle släppa in honom. Å andra sidan bekräftade hennes ord hans teori om att Måns på ett eller annat sätt var inblandad i Wilmas död.

Dags att åka till nästa person på listan, Mattias. Kruxet med honom var att han fortfarande bodde hemma hos sina föräldrar. Med lite tur skulle bara Mattias vara hemma, det vore allra bäst. Han startade bilen och styrde mot familjens adress i Vasastan. Mattias hade han inte riktigt fått grepp om än. Så vitt han visste hade Mattias aldrig sagt ett ord och han hade aldrig ansträngt sig för att prata med honom heller. Enligt Wilma berodde Mattias blygsel på en diagnos som gjorde att han hade det svårt socialt.

Inställningen var att försöka vara neutral när han träffade människorna i Mission, även om han egentligen var misstänksam. Detta för att göra en bedömning om vem som kunde dölja något. Som Shirin. Hur kunde hon undanhålla polisen viktig information när det handlade om någons död? Johan snurrade runt i Vasastan för att hitta en parkering samtidigt som han försökte förstå logiken i det. Till slut gav han upp. Han skulle inte komma fram till något – och inte heller hitta en ledig parkeringsplats. Slutligen lämnade han bilen på en lastzon precis utanför Mattias port.

Ingen porttelefon fanns heller. Nu tvingades han stå och vänta tills någon annan öppnade. Tio minuter senare kom det äntligen en kvinna mot porten och slog in koden.

Johan smet in efter henne. Mattias familj bodde i huset över gården, tack och lov på bottenvåningen. Johan gick in på den lilla gården och knackade på fönstret. Någon rörde sig bakom rutan men snabbt blev det stilla igen. Han knackade på nytt och snart såg han Mattias ansikte i fönstret.

"Kan du öppna är du snäll? Jag är Wilma Bäckströms pappa", ropade Johan ifall Mattias inte kände igenom honom.

Men Mattias gjorde ingen ansats att röra fönstret.

"Jag vill bara fråga en sak."

Johan nickade mot haspen och slutligen verkade Mattias förstå. Han fumlade med fönstret och öppnade upp det några centimeter.

"Hej Mattias, vad kul att se dig", sa Johan. "Hur mår du?"

När han inte fick något svar, fortsatte han: "Jag är ju Wilmas pappa, du kanske känner igen mig? Jag brukade vara med er på träningarna ibland och vet vilken bra löpare du är."

Men beröm verkade inte vara rätta vägen att nå fram till Mattias. Trots att reaktionen uteblev, lät sig Johan inte nedslås.

"Egentligen kom jag hit för att höra med dig om du minns något från den där kvällen när min dotter dog? Jag har funderat så mycket på det."

Mattias blinkade inte ens och Johan insåg att det fanns fog för uttrycket att "tala med en vägg". Det här var slöseri med tid, han fick ändra taktik och istället lägga orden i munnen på Mattias om de skulle komma någonvart.

"Du kanske såg något den där träningen då Wilma försvann?"

Äntligen kom en rörelse från Mattias, men inte den

reaktion som Johan hade hoppats på. Mattias drog igen fönstret, lade snabbt på haspen och försvann bort. Johan knackade hårt på rutan och ropade efter Mattias, som uppenbarligen inte ville prata. Men han vägrade ge sig nu när han hade något på gång. Därför knackade han ännu hårdare.

"Vad håller du på med?" En myndig röst bakom Johan gjorde att han kom av sig. Han snurrade runt och möttes av en frågande blick. Mattias pappa. De hade setts vid några tillfällen.

"Ursäkta mig, jag ville bara prata med Mattias. Jag är Wilma Bäckströms pappa och vi har setts förut." Johan sträckte fram näven men fick dra tillbaka den igen när Mattias pappa markerade sitt missnöje genom att inte skaka hand med honom.

"Polisen var här och pratade med Mattias i samband med olyckan och det finns inget mer att tillägga."

"Men jag skulle behöva fråga honom om den där kvällen. Det har nämligen kommit fram att ..."

"Lämna min son ifred", klippte han av. "Han har ingenting med saken att göra."

"Tänk om han blev vittne till något då? Något som han inte har vågat berätta? Föreställ dig situationen själv, om det skulle gälla ditt barn – skulle du inte göra allt för att få reda på sanningen då?"

Mannen tvekade men gick sedan till dörren och knappade in portkoden.

"Jag ska inte bli långvarig, jag lovar", sa Johan men såg mannen försvinna bort.

Johan stod ensam kvar på innergården och hörde ljudet av dörren som slog igen och låset som klickade till. Vad skulle han ta sig till? Mattias pappa kanske bara ville skydda sin son från jobbiga minnen. Eller också dolde Mattias något. Johan tänkte på vad Shirin hade sagt, att Mattias också hade varit borta från gruppen. När Johan gick mot utgången såg han att det satt en porttelefon även där. Inlåst alltså, det var verkligen inte vad han behövde just nu. Han sjönk ner mot asfalten och tog sig om huvudet. Petras ord ekade i hans huvud: *Släpp det och gå vidare. Ingen kommer att må bättre av att du drar upp allt igen.*

Hon hade naturligtvis rätt, som vanligt.

Det hade gått överstyr och jobbet tog stryk. Halvtiden var snarare nere på tjugofem procent, kanske arton för att vara korrekt, åtminstone om han räknade effektiv arbetstid. Delägarskapet hade gått i stöpet, nu handlade det nog mer om att över huvud taget få behålla tjänsten. När som helst skulle kollegerna tröttna på honom även om de säkert hade en viss förståelse. Men den stora anledningen till att han var tvungen att sluta leka detektiv var att Petra skulle bli vansinnig om hon visste. Det var inte svårt att se hennes besvikna ansikte framför sig.

Plötsligt rasslade det till någonstans på gården. Äntligen skulle det komma någon och släppa ut honom på gatan igen. Till sin förvåning hörde han istället:

"Mattias har något att berätta."

Söder Mälarstrand, 15.18

BULJONG ÄR PRECIS vad Josefin känner behov av för stunden och hon hugger en kopp i farten vid vätskekontrollen men inser att hon måste stanna till helt för att kunna pricka munnen när hon dricker. Hon är livrädd för att ta en paus, dels för att Johan ska komma ikapp henne, dels för att hon ska hinna känna efter hur slut kroppen i själva verket är. Motoriken är ur funktion, vilket blir tydligt när hon av misstag häller buljongen över hela tröjan. Det bultar av smärta i fingrarna och hon känner att gråten är nära.

"Skit också", utbrister hon och en funktionär hjälper henne med en ny mugg. Hans snälla blick får henne att lugna sig något. Den här gången lyckas hon i alla fall hälla i sig hälften av innehållet innan resten hamnar på marken. Hon kastar ett öga bakåt för att försäkra sig om att Johan inte är i närheten.

Tack och lov lyckas hon inte hitta honom bland alla dyblöta löpare, som i stort sett ser likadana ut. Med en lättnadskänsla masar hon sig vidare, buljongen gjorde verkan. Även om hon inte vill ha Johan hängande bakom sig känner hon ändå en viss saknad. Det var ganska skönt att ha någon att reta sig på för då tänkte hon inte lika mycket på hur ont det gjorde i kroppen. Känseln i kinderna och händerna är helt borta nu och hon undrar hur många som har tvingats bryta på grund av nedkylning. I början av juni! Vädret är oacceptabelt men det ska väl vara just Sverige som lyckas med att skapa vinter från den ena dagen till den andra. Hon har lust att stämma landets alla meteorologer för felaktiga väderprognoser och gissar att hon inte är ensam om det.

Nu gäller det bara att få eländet överstökat.

Och var är Emma då? Hon valde väl värmen framför sin syrra. Även om hon inte vill medge för sig själv hur viktigt det är att Emma är här, känner hon besvikelsen stiga för varje minut som hon inte ser henne. Nu när Emma har en ny kärlek är det ingenting som kan slita henne från honom såvida hon inte jobbar. Josefins inställning till sin systers frånvaro pendlar fram och tillbaka. Å ena sidan förstår hon Emma men å andra sidan är hon ändå besviken på henne. Det är väl inte så svårt att sticka ut näsan i någon minut och ropa "heja!" och sedan gå in och krypa ner under täcket med sin älskade igen? Josefin retar sig mest på att hon inte kan sluta tänka på Emma. Kanske läge att påbörja terapin med Svenne igen? Synd att hon inte gick fortsättningskursen på Humanova men hon kände på sig att hon inte skulle bli en bra terapeut. Hon skulle inte palla med att sitta stilla hela dagarna och lyssna på andra, hon behöver få röra på sig. Och framför allt få prata själv. Men utbildningen kanske skulle ha gett henne verktyg att hantera sin relation med Emma. Det är så mycket som ligger och pyr under ytan hela tiden och hon undrar om det är så för alla som har syskon, eller snarare systrar. En brorsa hade hon aldrig jämfört sig med på samma vis. Med Emma leder varenda meningsskiljaktighet till osämja, vilket i sin tur gör att de inte pratar med varandra på flera dagar. Ibland känns det som om båda har gått och väntat på att få en anledning att ryka ihop. Oavsett hur vuxna de anses vara så växer de inte ifrån sina fördömda syskonroller.

Lösningen är om Emma får barn och tvingas bli mindre självfixerad. För nu verkar hon tro att allt kretsar kring henne, vilket provocerar Josefin enormt när hon kämpar för sitt liv för att få ihop det med man och tre barn. Och Emma kan hon aldrig fråga om hjälp för hon har sitt superviktiga yrke som alltid går före allt annat. Inte nog med det, att arbeta på kriminalavdelningen är så prestigefullt att det nästan är löjligt. Alla frågar hela tiden om Emma och hennes jobb och är så himla nyfikna. Ibland vill Josefin spy på det. Själv får hon knappt tala högt om att hon är personlig tränare, eftersom det inte anses vara ett "riktigt" jobb. Åtminstone inte enligt hennes pappa. För honom är träning bara en hobby och inte ett arbete och hon kan inte låta bli att tänka på att det synsättet också kan leda till hans död. En mycket snar sådan om han inte bryr sig om sin tilltagande hydda. Den oroar henne faktiskt men en konservativ besserwisser är omöjlig att förändra. Så fort hon pratar om att motionera fnyser han bara åt henne. Med pensionen inom räckhåll och massor av nya möjligheter borde han vara intresserad. Om inte annat så för familjens skull.

Att föräldrarna skulle komma och titta på loppet var inte att tänka på. De förbereder säkert en viktig representationsmiddag hemma i Saltsjöbaden. Hon kan se framför sig hur hennes mamma viker servetter med precision.

Josefins funderingar avbryts när hon känner en hand på axeln. När hon vänder sig om är han där igen.

"Äntligen är jag ikapp", säger Johan nöjt och ler. "Jag var tvungen att göra en avstickare på Djurgården."

Josefin frågar inte varför – hon vill inte veta men han svarar ändå. "Blåsan."

Grevgatan, klockan 15.20

EN KORT TJEJ i regnställ och sneakers står i en portuppgång och fingrar nervöst på sin mobiltelefon när Emma öppnar bildörren och kliver ut halvvägs. Hon behåller ena benet kvar i bilen för att Shirin ska förstå att hon ska komma till henne och inte tvärtom.

"Shirin?" ropar hon.

Tjejen tittar mot Emma och nickar men gör ingen ansats att komma närmare.

"Det är jag som är Emma Sköld från polisen. Ska vi sätta oss under tak och prata, så kan du passa på att värma dig samtidigt?"

Shirin ser sig förundrat omkring, så Emma nickar mot den civila bilen. "Vi som jobbar på kriminalavdelningen har inte polisbilar."

För att skynda på processen plockar hon fram polislegget och viftar med det. Äntligen börjar Shirin röra sig mot henne och kliver in på passagerarsidan efter ett snabbt ögonkast på id-kortet.

"Det ser inte ut som du", säger Shirin och pekar på Emmas foto.

"Jag hade ännu kortare hår då, bilden är ett år gammal", förklarar Emma och ser på Shirins skeptiska min att hon inte vet vad hon ska tro.

"Jag arbetar alltså med händelserna kring maraton och

hittade dig när jag letade efter uppgifter om Måns och Viktoria. Oj, vad blöt du är", utbrister Emma när hon ser att det rinner vatten från Shirins huvud.

Hon sträcker sig efter en hushållsrulle som ligger i baksätet. "Varsågod."

"Varför frågade du om Viktoria förut?" säger Shirin och river av en ruta av pappret.

Emma vet inte om det är så lyckat att börja med det tråkiga beskedet men det är väl lika bra att ta det med en gång. Om inte annat för att få Shirin att förstå allvaret.

"Jag har tråkiga nyheter, väldigt dystra, tyvärr." Hon försöker få ögonkontakt med den unga tjejen, utan vidare framgång. Shirins blick är som fastnaglad i golvet.

"Viktoria har hittats död vid Rålambshovsparken."

Istället för att ropa förfärat tittar Shirin upp och skakar självsäkert på huvudet. "Det kan inte stämma för jag följer henne via sms-tjänsten och hon passerade tre mil för över tjugo minuter sen, se själv."

Andra gången på kort tid som hon får det svaret. Först Viktorias pappa och nu Shirin, som tar fram ett meddelande på mobilen. Emma vet inte hur hon ska lägga fram det på bästa sätt för att Shirin ska tro på henne.

"Det kommer inte att bli några fler tider registrerade för Viktoria. Hon är död, jag har själv varit på platsen där hon hittades."

"Det måste vara någon annan – Viktoria springer ju. Titta själv", utbrister Shirin igen, mer förtvivlad än irriterad. "Fattar du inte?"

Emma förstår hennes reaktion. Bäst att gå varsamt fram och låta beskedet sjunka in.

"Vi kan prata om Johan Bäckström istället, eftersom

det var honom du ringde om. Berätta vad han har gjort och varför du tror att han kan ha något med dödsfallen att göra."

Shirin stelnar till bara av att hans namn nämns.

"Ta det lugnt och berätta i din takt", säger Emma men sneglar samtidigt på klockan.

"Han uppträder hotfullt och jag är inte den enda som han har skrämt. Viktoria är också rädd för honom, som jag sa i telefon."

"Vad har han gjort?"

"Efter Wilmas död förändrades han. Tidigare var han mest tyst och vanlig men inte efteråt. Han åkte hem till mig och stod och ropade utanför min dörr."

"Vad sa han då?"

"Ungefär samma varje gång. Det handlar om att han inte tror att Wilmas död var en olycka. Därför vill han veta mer om den där kvällen då hon försvann. Måns och Mattias har också fått besök."

"Men finns det något som helst fog för hans teori?"

Shirin rycker på axlarna. "Kanske, kanske inte. Han säger att han har fått fram nya uppgifter som talar för det. Och det har inte precis gjort honom mindre påstridig."

"Vad för nya uppgifter?"

"Det har han inte gått in på. En gång råkade jag nämna att det var några i Mission som försvann iväg en stund vid det där träningstillfället. Strax efter det att Wilma drog därifrån. Det var ju så det var. Hon var borta från gruppen och det måste ha varit då som hon hoppade. Givetvis förstod ingen det. Åh, jag skulle aldrig ha yppat ett ord om det för Johan om jag hade förstått konsekvenserna. Han tror att jag vet ännu mer men det gör jag inte."

Emma hänger inte riktigt med i svängarna men fortsätter ändå: "Vilka var det som var frånvarande en stund?"

"Måns och Mattias är jag säker på, men det kan ha varit fler."

"Vad sa de när de återvände?"

"De gjorde inte det samtidigt. Först kom Måns."

Emma minns inte att hon har hört det här tidigare. "Men det berättade du väl aldrig i polisförhöret? Är det någon som du ville skydda?"

Ett ögonblick av tvekan räcker för att Emma ska förstå. "Säg som det är, Shirin."

"Jag sa väl inte exakt allt jag visste eftersom ... eftersom ... jag inte ville att Måns skulle råka illa ut. Han bad mig om en liten tjänst och jag gjorde som han sa. Det kanske inte var så smart."

"Vad bad han dig om?"

"Han ringde mig samma kväll som Wilma försvann och berättade att de hade hittat henne död. Och då vädjade han till mig att inte nämna något för polisen om att han hade varit iväg från gruppen i några minuter under pausen. Han ville inte få ögonen på sig och det var väl det minsta jag kunde göra för honom med tanke på allt han gjort för mig."

"Varför då? Var du kär i honom?"

Shirin hajar till och stirrar på Emma. "Det har jag väl inte sagt?"

"Nej, det behövs inte. Det märks ändå."

Förläget tittar Shirin bort och förblir tyst.

"Kan Måns ha något med Wilmas död att göra?"

"Aldrig i livet, han skulle inte skada någon. Han är det finaste som finns." Tårarna strilar nerför kinderna.

"Och det säger du ärligt nu?"

Shirin får knappt fram svaret. "Måns är världens snällaste och bryr sig om alla. Om Viktoria ..."

"Särskilt mycket om Viktoria, menar du?"

Shirin får något vasst i blicken men sedan mjuknar den igen. "Är det sant att hon är död?"

Emma nickar och Shirins ögon fylls återigen av tårar. Hon känner att Shirin har mer att säga men vet inte hur hon ska få det ur henne. Särskilt inte under tidspress.

"Jag förstår inte vad det är som händer i klubben", säger Shirin och snyter sig i hushållspappret.

"Det är mitt jobb att ta reda på det och ditt ansvar att berätta vad du vet." Emma försöker låta övertygande. "Mattias då, hur är han?"

"Också jättesnäll. Eller i alla fall har han inte gjort en fluga förnär så länge som jag har känt honom."

"Ändå får jag en känsla av att du undanhåller något?"

"Måns och Viktoria var tillsammans, vilket de försökte hemlighålla. Det lyckades de också med ett tag ... men det höll inte hela vägen. Nu vet alla."

Stadion, klockan 15.26

"NU BEHÖVER JAG din hjälp igen." Emmas röst låter uppspelt när hon går rakt på sak utan att presentera sig först.

Vid det här laget har Lennart pratat mer med Emma i telefon än han gjort med sin fru det senaste halvåret. Han känner sig livegen och oförmögen att påverka sin situation när både polis och media är över honom som hökar. Helst av allt skulle han bara vilja åka hem men det lär dröja.

Han slår sig ner på stolen framför datorn igen. "Jag lyssnar."

"Känner du till en flicka i Mission som förolyckades för ett år sen?"

Den sorgliga historien har inte undgått någon i löparkretsarna. "Du menar Wilma Bäckström? Jag har faktiskt tänkt på henne idag. Hon skulle ha sprungit maraton för första gången, det minns jag att hennes pappa berättade precis efter händelsen."

"Johan Bäckström ja, kan du se om han springer loppet är du snäll?"

Utan att förstå varför så hoppas Lennart att han inte ska få några träffar på Johan. Den stackars mannen har redan varit med om tillräckligt med motgångar. Men han får en träff när han söker bland deltagarna.

"Han är anmäld och springer."

Det låter som om Emma flämtar till och Lennart står knappt ut med att inte få vara delaktig i polisens tankegångar. Han är ovan vid att hållas utanför och trivs inte med sin maktlösa position. Det känns orättvist att bara servera fakta utan att få något tillbaka.

"Kan du berätta varför du frågar om Johan?" Lennart lägger sig till med en auktoritär stämma men det biter inte på Emma.

"Hans namn har dykt upp i utredningen, mer än så kan jag inte säga just nu."

"Varför inte då? Om du ska ha min hjälp i fortsättningen får du tala om vad du vet", fräser Lennart till och blir själv förvånad över sin reaktion.

"Jag förstår din frustration och lovar att du ska få reda på mer snart. Ser du Johan Bäckströms senaste tid?"

"Han passerade tre mil klockan 15.10."

"Då är han väl snart vid nästa markering?"

"Inte riktigt än, men om tio minuter kanske. Den ligger vid Norr Mälarstrand, precis efter Rålambshovsparken."

"Känner du Johan väl?"

"Det vill jag inte påstå men det har pratats en del om den där olyckan."

"Vad sägs då?"

"Det är mest löst snack. Som jag sa tidigare så är det många som verkar ha behov av att leta fel hos Mission och då framför allt hos Måns."

"Tala klarspråk, är du snäll. Jag har kort om tid."

Lennart som avskyr skvaller vill helst inte säga någonting men hoppas att polisen är smart nog att hantera rykten för vad de är och inte förväxla dem med fakta.

"Det jag har hört är att folk inte tror att flickan begick

självmord utan att någon ligger bakom fallet från klippan. Hemsk sak att spekulera i."

"Det håller jag med om, men ..."

" ... men vadå?" Han skulle aldrig ha sagt något.

"Ingen rök utan eld", säger Emma på fullaste allvar. "Inget annat?"

"Nej, men jag kan höra efter bland mina kontakter och ringa tillbaka om du tror att det är viktigt."

"Om du hinner", svarar Emma och därmed är samtalet avslutat.

Albert harklar till bakom Lennarts rygg och han studsar till av förvåning. "De har släppt identiteterna."

"På offren?" Lennart hoppas att han driver med honom.

"Japp, media har gått ut med namn och bilder och försöker överträffa varandra. Så nu snackas det om Mission som aldrig förr."

Varför så bråttom med att avslöja allt i offentlighetens ljus? Vem angår detta förutom de drabbade? Lennart kommer aldrig att förstå sig på hur journalisterna resonerar och hur de har mage att publicera känsliga saker bara för att själva tjäna pengar på andras olyckor.

"De har ringat in de övriga personerna som kan tänkas vara i fara", säger Albert och understryker därmed hans förutfattade meningar.

"Så de publicerar namn på kommande offer också? Det är ju strålande."

Albert tittar förundrat på honom, antagligen för att försäkra sig om att han verkligen driver med honom. Så länge har de inte jobbat ihop att det är självklart.

"Exakt så uttrycker de sig inte men de skriver ut namnen på medlemmarna i Mission."

ANDRA ANDNINGEN

Lennart går in på en nyhetssajt och läser. "De är fan inte kloka."

"Vad ville polisen nu då?" frågar Albert.

"Hon frågade om Johan Bäckström."

Albert hajar till. "Det namnet låter väldigt bekant."

"Pappan till Wilma, den unga flickan som dog under ett träningspass med Mission", säger Lennart för att hjälpa Albert på traven. "Det har de alltså inte skrivit om än?"

"Inte vad jag har sett. Och Johan springer idag?"

"För fullt."

Västerbron, klockan 15.30

BROJÄVELN GÅR SÅ segt att Josefin överväger att korsa gångbanan och kasta sig rakt ut över räcket för att få ett slut på eländet. Särskilt nu när hon har Johan i hasorna, som flåsar och stånkar värre än någonsin. Lusten att vända sig om och fräsa åt honom att hon tänker fakturera för det här är så stor att hon knappt kan hålla den tillbaka. Vad är det för fel på karln? I sin ilska tar hon ett snedsteg och benen håller på att vika sig men innan hon faller ihop känner hon en hjälpande hand vid ryggslutet.

"Hur är det fatt?" frågar Johan oroligt och Josefin kränger sig loss ur hans grepp.

"Bara bra", snäser hon av.

"Du höll precis på att ramla, ska du inte ta det lugnare ett tag?" säger han, precis som om han vore hennes tränare och inte tvärtom.

Med växande skam skakar hon av sig känslan av misslyckande och försöker springa igen men det vill sig inte riktigt. Skorna är dyngsura och tårna är så frusna att hon inte känner dem. Precis som om det inte vore nog med problem vägrar benen samarbeta. Det enda hon kan göra är att gå sakta hur mycket hon än vill springa. Johan vet bättre än att kommentera vad som händer men det jobbiga är att han också börjar promenera. Hon behöver ingen manlig eskort! Det flimrar för ögonen och Josefin blir vansinnig på sig själv och sin odugliga kropp. Efter nästan trettiofem avverkade kilometer är hon snart i mål och tänker inte under några som helst omständigheter bryta nu. Hon känner ett nytt hopp när hon når högst upp på puckeln av Västerbron och det äntligen börjar luta neråt igen. Försiktigt vågar hon sig på att småspringa några steg för att känna hur det går. Johan joggar tyst bredvid henne men hon kan inte med att tacka honom för hjälpen förut. Josefin skäms en aning över sig själv men tänker att ingen kan visa sina bästa sidor en dag som denna och vägrar sedan älta detta mer. Under plågsam tystnad joggar de mot Rålambshovsparken. Stationen med sportdryck är inom räckhåll, vilket blir hennes räddning. Socker är vad hon behöver för att få en kick som med lite tur håller hela vägen fram till nästa vätskestation. Hon häller i sig sportdrycken och hör hur Johan börjar prata med någon bakom henne.

"Men hej, borde inte du springa istället för att stå här?"

Josefin vänder sig om och ser en ung kille, som hon tycker att hon känner igen. Funktionären ser nervös ut och tittar bort när Johan försöker prata med honom.

"Jag har ont i ett knä", svarar killen kort.

"Vad trist! Är det inte kallt att stå stilla här i flera timmar?" frågar Johan medkännande.

"Det är ingen fara, jag har rört på mig mellan stationerna." Den unge killen pratar så tyst att Josefin knappt hör vad han säger och han har hela tiden blicken i asfalten.

"Lycka till då", säger Johan till honom och får ett mumlande svar som hon inte uppfattar.

De fortsätter springa och när de har kommit utom hörhåll för den underliga funktionären är hon tvungen att säga: "Ovanligt att löparna önskar funktionärerna lycka till istället för tvärtom."

"Du såg ju på stackaren, hur han stod där och hackade tänder."

"Jo, men ändå."

"Han är en hjälte som jobbar ideellt med det här när han lika gärna kunde ha stannat hemma. Det är stort av honom att ställa upp när han helst hade velat springa själv."

"Förvisso. Jag tyckte att jag kände igen honom, vem var det?"

"Det var Mattias från Mission, såg du inte det?" Johan verkar förvånad.

"Nu när du säger det. Jag är väl fortfarande vimmelkantig. Jag har undrat vad det är med Mattias? Han verkar ju inte riktigt som andra."

"Han har en bokstavskombination, jag minns faktiskt inte vilken", svarar Johan flyktigt. "Han är lite egen och blyg men en riktigt säker löpare, som förtjänar mer uppskattning av Måns än han får."

Vinden skär i ansiktet när de rundar Rålambshovsparken och Josefin försöker tänka bort smärtan i kroppen. När hon kämpar med att visualisera en positiv målbild får hon syn på polisens blåvita plastband som fladdrar längre fram vid strandkanten. Ner mot Smedsuddsbadet verkar de ha spärrat av en rejäl sträcka och Josefin undrar vad som kan vara orsaken. Hon vänder sig om mot Johan, som inte verkar ha upptäckt det än.

"Vad kan det där betyda?" frågar hon honom.

Det går inte att undgå hans skärrade min när han ser vad hon pekar på.

"Usch, det verkar vara något allvarligt", svarar han till slut.

Ju närmare de kommer, desto fler människor ser hon på platsen. Det är en blandning av poliser, publik och mediafolk med kameror och mikrofoner. Till och med några löpare står kvar vid platsen och joggar på stället. Tanken på att Emma skulle kunna befinna sig i vimlet får Josefin att sakta ner något. Hon försöker urskilja sin syster i mängden men bländas dessvärre av smattrande kamerablixtar. En stor buss från en tv-kanal står slarvigt parkerad intill avspärrningen och skymmer delar av folksamlingen.

"Det kan ju inte vara en löpare som har fallit ihop i alla fall, eftersom de spärrat av en bit ifrån själva banan", konstaterar hon högt. "Och i så fall skulle det väl komma en ambulans och inte poliser?"

"Sant. Det kan handla om något helt annat, som en båtstöld."

Josefin tittar på Johan för att se om han menar allvar. "Fast bryggan ligger ju inte riktigt där?"

Hennes nyfikenhet gör att hon vill stanna och fråga någon men hon kommer på andra tankar när hon ser plattan som avläser tiden vid trettiofem kilometer. Bara sju kilometer kvar, max trekvart. Snart kommer hon ändå att få reda på vad som hänt. Klockan runt armen piper till på tre timmar och trettiotvå minuter. Johan ser tagen ut, kanske på grund av uppståndelsen vid Rålambshovsparken. Josefin känner sig också skakig.

"Tänk om någon har dött?" säger hon och saktar ner för att de ska hamna sida vid sida.

"Så illa behöver det inte vara."

"Annars skulle väl inte alla poliser samlas – och media?" envisas hon.

"Jag vet inte."

"Min första reaktion var att det har något med själva loppet att göra."

"Varför tror du det?"

Josefin funderar. "Därför att det är precis bredvid banan och att flera löpare har stannat till också. Jag tror i alla fall att någon har dött."

"Släpp det där nu och fokusera på loppet, annars pallar jag inte hela vägen till målet." Behovet att diskutera det hela verkar tydligen vara större hos henne än hos Johan.

Nu passar det minsann inte att prata när hon väl tar initiativet till en dialog. Ännu en gång undrar Josefin varför han inte bara springer för sig själv.

"Ska vi fira ihop efteråt – gå ut och äta? Jag har redan bokat bord på Riche ifall du är sugen", säger Johan.

Uppenbarligen har han inte förstått någonting.

Polishuset, klockan 15.33

ETT NYTT MEDDELANDE från Andreas får Emma att kika på mobilen. "Hon pinnar på bra", skriver han och skickar med Josefins senaste tidsuppdatering från maratons smstjänst. Tre timmar, trettiotvå minuter och tjugo sekunder på trettiofem kilometer låter hur bra som helst. Emma blir imponerad av sin systers framfart men misstänker att Josefin inte är lika nöjd. Idag måste det vara omöjligt att slå personligt rekord. Men maraton kommer nog att vara på deras läppar lång tid framöver ändå av flera skäl. Det är synd att hon inte kan prata med Josefin om Mission och Johan Bäckström. Det Shirin berättat är intressant men hon känner att hon skulle vilja ha något mer att gå på innan de stoppar ytterligare en löpare för förhör. Och den där Jenny Sääf svarar inte i telefon, inte heller Mattias Asp. Emma sneglar på Andreas sms igen. Josefin kanske har nämnt något om Mission för honom? Hon tvivlar på det, Andreas intresse för sin frus löpning är ungefär lika stort som Emmas. Men mamma och Josefin brukar alltid prata om det mesta. Hon borde veta något. Emma ringer upp sina föräldrar och hör sin pappas myndiga stämma eka i luren:

"Jaså, du är på jobbet förstår jag", svarar Evert Sköld efter första signalen. "Är det maratonfallen du utreder?"

Onödiga hälsningsfraser har aldrig varit hans melodi

och just nu är Emma enbart tacksam över att kunna gå rakt på sak. "Ja, och det är därför jag ringer. Jag har några frågor till dig och mamma om Josefin."

"Josefin, vad har hon med saken att göra?" Evert låter bestört.

"Naturligtvis ingenting", avfärdar Emma snabbt frågan och hör själv hur rösten svajar. "Men hon har dykt upp i utredningen, så jag måste ändå kolla några saker. Minns du fallet med den sjuttonåriga flickan Wilma Bäckström?"

"Det ringer en klocka men du får nog friska upp mitt minne. Du vet, jag och namn."

Den oförmågan har hon ärvt. "Hon som föll ner från en klippa och dog under ett träningspass i Bromma."

"Jaha, den tråkiga historien. Josefin pratade om det en del efteråt. Hon var med den kvällen och tränade med klubben. Varför undrar du om det för?"

"Därför att tränaren Måns Jansson är dagens första offer och hans adept Viktoria André det andra."

"Säger du det?" Hon kan se Everts bekymrade min framför sig.

"Nu förstår du hur Josefin kommer in i bilden. Och eftersom hon springer loppet, kan jag inte prata med henne. Därför undrar jag om du vet något, vad som helst, som handlar om den där klubben eller om själva händelsen med Wilma. Något som Josefin har berättat?"

"Jag kommer inte på något på rak arm men låt mig fundera. Vänta så ska jag höra efter med Marianne", säger han och Emma försöker uppfatta deras fåordiga konversation en bit ifrån telefonluren.

Ett genombrott räknar hon inte med att få via sina föräldrar men ibland kan det vara en enda liten sak som kan få polisen på rätt spår.

Evert harklar till när han är tillbaka igen. "Efter olyckan var Josefin ganska nere ett tag och funderade mycket på om hon kunde ha gjort något annorlunda den där kvällen. Något som hade lett till att Wilma klarade sig."

"Inget annat?" Emma suckar.

"Wilmas pappa sökte sig till Josefin för att träna inför maraton. Han är tydligen stamkund numera."

Emma stelnar till och genast börjar varningsklockor ringa. Hennes far fortsätter att prata på men hon hör inte längre vad han säger. Josefin brukar vara väldigt sparsam med information om sina klienter, nästan som om hon vore läkare med tystnadsplikt. Så det måste ha funnits en extra bra anledning till att hon diskuterat Johan med sin mamma. Om Emma själv hade visat mer intresse för Josefins jobb så kanske hon hade pratat med henne om Johan men nu visste hon ingenting om den mannen.

"Hur länge har hon varit hans tränare?" frågar hon sin pappa och blir förvånad över att hon lyckas låta så sansad. "Får jag prata med mamma förresten?"

"Hon kommer här", säger Evert.

Emma hör sin mammas ängsliga röst. "Hej gumman, vad är det du vill veta? Varför frågar du om Josefin? Har det hänt något?"

"Hej", svarar hon kort. "Hur länge har Johan Bäckström tränat för Josefin?"

"Kanske ett halvår, eller i alla fall några månader, jag vet inte riktigt. Varför undrar du om honom? Josefin tycker att han är jättetrevlig."

"Pappa får förklara det senare, jag hinner inte nu. Vet

du varför Johan sökte sig just till Josefin? Det är viktigt."

"Ja, Johan berättade direkt att han var Wilmas pappa och att han anlitade Josefin för att hon var med den kvällen då hans dotter dog. En förfärlig historia. Så det var ingen hemlighet vem han var men Josefin tyckte att det kändes besvärande i början. Fast på senare tid verkar de ha kommit varandra nära."

Nej, nej, nej, är det enda Emma tänker när hon hör det. "Vad har Josefin mer sagt om honom?"

"Oj, var ska jag börja? Han jobbar visst hårt för att få reda på sanningen om sin dotters död, så vitt jag har förstått. Sen är det väl inte så lätt med frun, hon vill inte att han ska göra sina efterforskningar."

"Okej. Hör av dig om du kommer på något mer som kan vara viktigt för mig att känna till", säger Emma så behärskat hon kan innan hon trycker bort samtalet.

Sedan lägger hon armarna runt magen och viker sig dubbel. Pannan slår i skrivbordet men hon bryr sig inte. Kan Josefin eller Johan ha något med Viktorias död att göra, eller ännu värre: är någon av dem nästa offer? Plötsligt vet hon inte vilket som är värst men hon försöker att lugna ner sig och andas. Bara för att Josefin var med och tränade med klubben några gånger och sedan är personlig tränare åt Wilmas pappa, behöver det inte betyda det värsta. Det är befängt att hon ens kommer på tanken att hennes egen syster skulle kunna ha med Wilmas död att göra. Däremot har Johan faktiskt ett motiv som människor kan döda för – hämnd.

"Hur är det fatt?" Lindberg står i dörröppningen med oroad min.

Emma sträcker på sig. "Jag ringde pappa för att kolla

upp om han kände till något om Josefin och Mission. Och min syster är tydligen Johan Bäckströms personliga tränare. Johan, som har trakasserat Shirin och flera andra i Mission."

Shirins dömande ord om Johan ekar i huvudet.

"Och han springer loppet?"

"Ja." Emma har svårt att tänka klart och orkar inte möta Lindbergs blick.

"Har du sökt på hans senaste tid? Så vi vet ungefär var han befinner sig?"

Emma skakar på huvudet och klickar in på maratonsajten. Hon skriver in Johan Bäckström i sökfältet. Samtidigt kommer Nyllet gående in genom hennes dörr. Hon kladdar ner Johans startnummer på en post it-lapp. Tiden som blinkar upp på skärmen efter trettiofem avverkade kilometer känner hon omedelbart igen: tre timmar, trettiotvå minuter, och tjugotvå sekunder. Hon jämför med sms:et från Andreas. Det enda som inte stämmer är sekunderna på slutet.

"Det är inte sant", utbrister hon.

"Vad händer, Emma?" Nyllet trummar med fingrarna på sin mobil.

"Det skiljer bara två sekunder mellan Johan Bäckström och min syster."

3 månader tidigare

BILDEN AV MISSION började klarna och det fanns inte en chans att Johan kunde sluta med sina efterforskningar nu när han redan hade satt så många bollar i rullning. Mattias historia om att han sett Måns och Jenny förbryllade honom. Mattias hade hört dem tjafsa med varandra precis efter att Wilma hade gått iväg den där kvällen. Först ville inte Mattias berätta för honom vad det var frågan om för han hade svurit på att inte säga något. Men efter påtryckningar från hans pappa så kröp det fram att Måns hade ringt Mattias samma kväll som Wilma hade hittats på klippan. Måns hade vädjat till honom att inte avslöja att han hade varit borta en stund från gruppen under löpträningen – precis samma uppmaning som Shirin fått. "Det blir så lätt missuppfattningar", var hans enda förklaring.

Måns hade ett och annat att förklara, men det fick han ta senare. Jenny, som han var på väg att träffa nu, kanske kunde hjälpa honom på traven. Han gick in på Wayne's Coffee vid konserthuset, där han hade bestämt träff med henne. Så fort han kom innanför dörren lade han märke till Jennys mörka, långa hår. Hon satt vid ett avskilt bord och väntade, fullständigt absorberad av sin smartphone.

"Hejsan Jenny."

Hastigt flög hon upp och omfamnade honom. "Johan, vad kul att se dig."

Stanken av hårspray fick honom att rygga tillbaka. "Jag går och köper kaffe, vill du ha något?"

"Gärna en juice." Hon fortsatte att fippla med mobilen och Johan var strax tillbaka med en bricka.

"Det blev visst tilltugg också", förklarade han och Jenny såg glad ut över kladdkakan som han köpt.

"Vad gott."

"Vad har hänt sen sist?" frågade Johan medan han slog sig ner.

"En hel del faktiskt. Jag har börjat plugga till frisör."

Det hade han inte kunnat ana med tanke på att hennes hår såg spretigt och missfärgat ut men det var väl en direkt följd av utbildningen. De var naturligtvis tvungna att öva på varandra. Han mindes med fasa hur Petras hår hade sett ut under första tiden på frisersalongen.

"Vad roligt. Hur går det med träningen då?"

Hon ryckte på axlarna. "Sådär. Jag kör mest för mig själv numera, eftersom det är krångligt att ta sig ända ut till Bromma. Min nya lägenhet ligger långt därifrån och det blir helt fel väg."

"Så du är inte med i Mission längre?" Det var en nyhet i så fall.

"Jodå ... jag håller fortfarande kontakten med Måns."

"Blir det något maraton då?"

"Nej, inte i år. Jag är inte i form för det. Själv då?"

"Jag ska faktiskt springa – för Wilmas skull om inte annat. Fast det kanske inte är att hedra henne med tanke på att jag är långt ifrån så snabb som hon var."

Jenny sänkte blicken mot mobilen igen och Johan kände att han inte riktigt fick den där kontakten som han behövde för att ställa känsligare frågor. "Sugen på kladdkaka?"

Äntligen lade hon ifrån sig mobilen. "Javisst."

"Har du funderat på det som hände Wilma?" frågade han till slut för att leda in samtalet på rätt spår.

"Jag tänker ofta på henne och drömmer hela tiden om händelsen." Han såg att hon fick något sorgset över sig.

"Jag med. Det är så overkligt att hon inte finns längre och jag blir tokig av att inte veta vad som hände på den där klippan."

Jenny granskade honom. "Hon hoppade ju?"

"Varför skulle hon det? Som pappa känner man sitt barn och jag vet att hon aldrig skulle göra så frivilligt."

Jenny brast ut i gråt. "Hon verkade så sur på mig den sista tiden."

"Det hörde jag aldrig något om", sa Johan och lade sin hand på hennes men hon drog undan den.

"Jag fick inte chansen att fråga henne vad det var", viskade hon och snöt sig i servetten.

"Det var säkert inget allvarligt för då hade hon berättat för mig."

Men Jenny verkade inte lyssna på honom.

"Det finns en sak du kan göra för att hjälpa mig", sa han och återfick kontakten med henne.

"Vadå för något?"

"Berätta vad som egentligen hände. Jag vet att gruppen splittrades och att några avvek från de övriga."

"Vem har sagt det?"

"Spelar det någon roll?"

Han kunde inte tyda på hennes blick vad hon tänkte men hon såg ut att grubbla. Sedan slog hon ut med armarna och började berätta:

"Så här var det: Måns och Wilma gick iväg, tätt följda

av Mattias. Måns var på dåligt humör när han kom tillbaka. På kvällen ringde han och berättade vad som hade hänt med Wilma och bad mig att inte säga till polisen att han hade varit borta en stund från gruppen."

Antingen konspirerade Jenny, Shirin och Mattias mot Måns eller också var det som de sa. Hur som helst hade Måns mycket att förklara och det kanske var just därför som han inte svarade i telefon längre eller öppnade dörren när Johan ringde på.

"Varför talade du inte om det här för polisen?"

Jenny såg skamset på honom. "Jag har ingen bra förklaring. Det enda jag kan göra är att be om ursäkt."

"Tack för att du berättade för mig nu i alla fall. Även om det är för sent."

"Som sagt: förlåt. Ibland tar man fel beslut. Och det är jag inte ensam om att göra."

Det hade Johan redan förstått. Han reste sig för att lämna Jenny ifred med sin mobil, som pockade mer och mer på hennes uppmärksamhet. Kramen uteblev och han nöjde sig med att säga tack och hej. När han gick ut hade det börjat duggregna och Johan skyndade sig till Hötorgets tunnelbanestation alldeles runt hörnet. Klockan visade att han skulle hinna med ett snabbt besök i Traneberg innan han och Petra skulle gå på bio på kvällen. Tåget mot Hässelby kom samtidigt som han satte foten på perrongen. En kvart senare klev han av i Alvik och gick mot Måns lägenhet. Regnet tilltog och han sökte skydd under ett träd några hundra meter utanför Måns bostad. När regnet vägrade ge med sig började han gå upp mot huset ändå, och stannade vid porten mittemot. Det var tänt i Måns lägenhet och Johan ville se om någon var hemma innan han gick dit för att knacka på. Då darrade mobilen till i fickan och Johan såg att det var Petra som ringde.

"Älskling", svarade han efter att ha övervägt om han verkligen skulle ta samtalet.

"Hej, var är du?"

"Vid Hötorget, jag har precis avslutat ett möte med en kund. Själv då?"

En svepande rörelse i Måns lägenhet fick honom att tappa fokus på samtalet.

"Jag är faktiskt på Sveavägen, inte alls långt ifrån dig då – ska vi ta en kaffe?" frågade hon.

Någon närmade sig fönstret men det var svårt att avgöra vem det var. Måns hade hängt upp en vit gardin som fungerade som ett insynsskydd. Som tur var täckte den bara två tredjedelar av fönstret.

"Det hade varit jättetrevligt men jag måste in till kontoret en sväng före bion", svarade han flyktigt utan att ta blicken ifrån lägenheten.

"En snabbis bara?"

Nu var personen nästan helt framme vid fönstret och det var då han såg att det inte var Måns utan en kvinna.

Stressen tilltog på grund av att Petra vägrade ge med sig. "Tyvärr, vi ses på bion. Jag har bråttom. Puss så länge."

Det hade varit smartare att inte svara alls, eftersom Petra hörde direkt när han ljög. Kvinnan i lägenheten böjde sig fram för att vinkla ner persiennerna och det var då Johan såg att hon var naken. Men det var hennes välbekanta ansikte som fick honom att haja till mest.

Sibyllegatan, klockan 15.34

SHIRIN VET INTE vad hon ska ta sig till, hon behöver få prata med någon. Polisen lämnade henne bara på Grevgatan och har inte hört av sig sedan dess. Det tar emot att behöva ringa mamma men hon konstaterar kallt att det inte finns någon annan. Någon har dragit undan mattan under Shirins fötter och nu har hon landat med en duns i verkligheten. Ingen Måns kommer att finnas där för henne och styra upp den trista tillvaron. Arton år har tickat på i någorlunda jämn takt. Hon ser framför sig hur David Hellenius tar fram tavlan i sin talkshow *Hellenius hörna* och ber henne att fylla i sina toppar och dalar i livet. Hon tar emot pennan och ritar en rak linje någonstans på mitten och fortsätter med darrande hand fram till idag, då strecket dyker tvärt ner. Hon skulle behöva mer plats neråt men tavlan räcker inte till. Fast det känns hopplöst blir hon ändå stärkt av den tanken. För om hon är så långt nere på skalan, kan det bara gå uppför. Någon gång bör kurvan vända men det lär nog dröja. Först och främst måste hon begripa vad som pågår och varför.

Shirin cyklar mot Stadion utan att hon kan förstå varför. Varken Viktoria eller Måns kommer att korsa mållinjen men hon dras ändå åt det hållet. Kanske måste hon stå där och se målgången med egna ögon för att inse att de inte kommer att gå i mål. En tanke är att hon ska ta sig till platsen där

Måns förolyckades. Det skulle nog vara skönt att stanna där en stund och sörja ifred. Nu vet hon förstås inte exakt var det är men utanför Stadion på Lidingövägen ska det vara. Måns fick inte ens springa ut på Valhallavägen. Hur kan någon vara så grym? Och han hade inte dött med en gång heller, så han måste ha hunnit vara arg och besviken över att inte få fullfölja loppet. Hoppas att han inte led alltför mycket och att han aldrig hann bli medveten om hur illa ställt det var med honom. Även om Shirin inte vill ha några detaljer kan hon inte sluta tänka på hur han dog. Om det gjorde ont och om han förstod. Hur gick hans tankar? Tänkte han på henne? Naturligtvis inte, snarare på Viktoria. Och hon hade hittats vid Rålambshovsparken, mer än så visste Shirin inte än. Hon svänger av mot Karlavägen för att ta sig via Humlegården upp mot Stadion. Hon dras hela tiden mot maratonbanan och går hellre där än på en folktom gata.

En stund på olycksplatsen är nog en bra idé. Där kan hon tänka på Måns. Han, som varit hennes stora stöd och fått hennes hjärta att klappa extra snabbt, fanns inte mer. När hon ser krasst på sin kärlek till Måns vet hon att den inte var besvarad. Måns och Viktoria däremot var så kära i varandra, så levande och så lyckliga alldeles nyss.

Shirin fick inte ihop varför Johan ville se dem döda. Vilken fruktansvärt obehaglig människa. Hon ryser när hon tänker på att hon såg honom springa förbi. Otroligt att hon skulle upptäcka honom av alla tusentals löpare. Ibland undrar hon vad ödet vill säga henne. Hon kan inte låta bli att tänka på att det kanske satt någon däruppe i himlen som bestämde att Pelle skulle göra slut och att hon skulle vakna upp på morgonen och känna sig för hängig för att springa. I annat fall hade hon kanske legat stilla på en bår nu med ansiktet täckt.

Polishuset, klockan 15.36

"DET BEHÖVER INTE betyda någonting att din syster är strax före Johan Bäckström", säger Lindberg men låter inte lika obekymrad som han vill ge sken av.

Nyllet kliar sig bara i pannan, som ligger i djupa veck.

"Två sekunder efter Josefin kan inte vara en tillfällighet." Emma är på väg ur stolen då Lindberg hindrar henne genom att lägga sina tunga händer på hennes axlar, så att hon tvingas tillbaka.

"Vi har inte råd med några förhastade och felaktiga beslut. Så ta det lugnt nu och berätta istället allt du vet om Johan."

Under tiden som han tar livet av hennes syster? Knappast. Jobbet kan fara åt helvete, bara hon får ge sig ut och se till att Josefin hamnar i säkerhet.

"Tänk om det är för sent redan? Jag måste härifrån." Med en snabb undanmanöver förlorar Lindberg greppet om henne.

"Sätt dig!" beordrar han.

Av ren förvåning landar hon med rumpan på stolen ännu en gång.

"Du går ingenstans förrän du berättat vad du vet." Lindbergs kinder är blossande röda.

En kollega sticker in huvudet genom dörren. "Vad är det som pågår?"

"Shirin från Mission bekräftar att det spårat ur för Johan Bäckström efter hans dotters död. Han trakasserar alla i klubben och hon är livrädd för honom. Tydligen har han inte bara ringt, utan gjort diverse hembesök också, även hos Viktoria och de andra. Och när Shirin såg honom springa förbi idag, ringde hon oss för att berätta hur hon tror att det ligger till."

"Vad vet vi egentligen om Bäckström?" frågar Lindberg.

Emma tar sats. "Ostraffad, anställd på ett it-bolag, gift med Petra Bäckström. Adress på Birkagatan."

"Låter väl inte riktigt som vår man?" envisas Lindberg och Emma känner pulsen öka.

"Vi har inte tid att dividera. Tänk om han ger sig på Josefin, förstår du inte hur allvarligt det är?"

Emma hör själv hur hysterisk hon låter men struntar fullständigt i att hon gör bort sig. Hon har bara en syster – och snart kanske ingen alls om Lindberg inte ser till att sätta stopp för Johan. Men han ser inte så orolig ut som hon känner sig. Han fortsätter bara att argumentera istället för att agera.

"Jag förstår att du blir orolig men jag vill inte under några som helst omständigheter gripa fel person igen. Förhören med Börje har fortfarande inte gett någonting. Vi har ögonen på oss, det hoppas jag att du förstår. En enda person påstår att det har slagit slint för Johan. Det räcker inte, vi behöver något mer att gå på."

Emma märker att fler kolleger har stannat till utanför hennes dörr.

"Men min mamma bekräftade att Johan rotar i sanningen kring sin dotters död. Det har han pratat med Josefin om."

"Fast det betyder väl inte att han har skäl att döda två personer?" Lindberg börjar dra sig mot dörren.

Emma får panik när hon förstår att han tänker gå och sätta sig vid sitt skrivbord igen utan att göra en insats. Vad ska hon ta sig till?

"Ge oss några minuter att kolla upp Johan", säger Lindberg och nickar mot Nyllet och de andra, som inte är sena att följa med honom ut ur rummet.

Några minuter är otänkbart. Det bultar i tinningarna och hon försöker att andas för att få den stigande paniken att lägga sig. Ingen poliserfarenhet i världen kan döva ångesten hon känner just nu. Det är omöjligt att vara rationell. Det enda hon kommer på är att ringa pappa. Och om han inte förstår allvaret så tänker hon ge sig av på egen hand. Tack och lov svarar Evert efter första signalen.

"Det är kris", inleder hon med att säga.

"Vad är det frågan om?"

"Josefin." Hon kan knappt få ur sig orden. "Johan Bäckström är bara två sekunder efter henne och en medlem i Mission har precis berättat för mig att Johan har betett sig underligt på sistone, kommit hem till henne och uppträtt hotfullt. Och hon är inte den enda i Mission som han har besökt. Om han är gärningsmannen så kan Josefin vara nästa offer. Jag blir galen på Lindberg som inte verkar förstå det kritiska läget. Så det är därför jag hör av mig – du måste ingripa."

"Vad ska jag göra?" Evert låter spak.

"Ring någon. Beordra en uttryckning snarast så att vi får stopp på honom innan han skadar Josefin."

"Låt mig få tala med Lindberg först."

Emma springer in med telefonen till Lindberg. Hjärnan går på högvarv och hon reflekterar inte ens över att hon fullständigt kör över sin chef i samma ögonblick som hon lämnar över sin mobil med länspolismästaren i andra luren. Sedan står hon kvar och lyssnar på samtalet. Josefin brukar kunna läsa av människors beteende och Emma ber en stilla bön att hon gjort det även den här gången. Om Johan har betett sig märkligt så borde hennes känselspröt ha skickat varningssignaler. Men hjälper det ifall han smyger sig på henne bakifrån när hon är sönderkörd efter trettiofem kilometers löpning? Knappast.

Samtalet mellan Lindberg och hennes far drar ut på tiden och Emma kan omöjligt stå still och bara se på. Något måste göras, nu.

Lindberg nickar mot Emma samtidigt som han pratar med Evert. "Vi ser till att en piket åker ut för att söka upp Johan."

"Jag ska med", säger Emma och lämnar rummet innan Lindberg hinner protestera.

Vasagatan, klockan 15.40

KÄNSLAN AV EUFORI börjar redan infinna sig trots att det är flera kilometer av den lerstänkta asfalten kvar till mål. Josefin känner att hon har kontroll över loppet nu och att hon kommer att ta sig hela vägen till Stadion med livet i behåll. Det spritter av något som påminner om lycka i kroppen och för en gångs skull flyter löpningen på. Men Johans ansträngda andetag strax bakom avslöjar att han inte delar hennes glädje. Varje gång hon vänder sig om och ser hans otäcka blåtira blir hon lika förfärad.

"Vad tänker du på?" frågar hon och gissar att svaret ska bli Wilma.

"På den som mördade min dotter."

Josefin kommer av sig och är på väg att snubbla till av ren förvåning. "Mördade?"

Han måste ha kommit längre i sina efterforskningar än han berättat för henne. Johan kommer upp jämsides men säger inget mer.

"Så du tror att någon tog livet av Wilma? Varför har du inte sagt något?"

De har känt varandra i flera månader och ändå har han valt att undanhålla henne detta. Hon som ägnat åtskilliga timmar åt att stöta och blöta olyckshändelsen i skogen. Vilka som var där, vad de sa och hur alla betedde sig. Om någon avvek och vilket humör de var på. Varje sekund har hon redovisat för Johan men vad är tacken för det? Inte ens ett förtroende tillbaka, verkar det som.

Johan kippar efter andan. "Jag ska berätta men pallar inte nu."

"För helvete Johan, så kan du väl inte göra? Bara häva ur dig att Wilma blev mördad och sen tappa talförmågan."

Alla diskussioner om Måns, utfrågningar om kvällen då Wilma dog, återbesök på olycksplatsen med efterföljande panikattack och tröst. Har han glömt bort att hon alltid stått vid hans sida från första stund? Aldrig ifrågasatt honom trots att han gått burdust fram ibland. Bara hejat på och peppat vad han än har tagit sig för. Men nu skakar han bara uppgivet på huvudet och Josefin vänder bort blicken. På vänster sida skyndar sig folk in på Centralstationen för att ta skydd mot regnet. Hon blir så avundsjuk på alla som kan värma sig. Själv väljer hon att fortsätta pina sig, alldeles frivilligt.

När hon ser sig om har Johan hamnat en bit bakom igen. Hans blick är tom och frånvarande. Hon väntar in honom för att göra ett nytt försök att få något ur honom. Så lätt ska han inte få komma undan.

"Nu får du säga hur du har kommit fram till att Wilmas död var en olyckshändelse."

Johan stirrar framför sig, långt ifrån närvarande. "Alla spår leder till en och samma person."

"Vem?"

"Måns."

Josefin kan inte låta bli att skratta till. "Måns? Du är ju för rolig. Det är klart att det inte är, det måste du väl ändå förstå?"

"Rolig? Du tycker alltså att det här är kul? Jävla idiot!"

Josefin ökar avståndet mellan dem och vet inte längre om hon ens vill höra hans redogörelse. Måns Jansson är den sista tänkbara personen som skulle kunna döda någon. Och hon kan inte heller se något skäl till varför han skulle vilja ha ihjäl sin egen elev, en talangfull löpare med en ljus framtid.

"Wilma måste ha fått reda på något om Måns som inte fick komma fram. Inte till något pris. Och i det läget tror jag att Måns kan ha knuffat ner henne från klippan. Det bor nog en psykopat i alla om man blir tillräckligt pressad. Frågan är bara hur bra man är på att dölja det."

Tala för dig själv. Johans nattsvarta människosyn får håret på armarna att resa sig.

"Fast vem har en sådan hemsk sak att dölja att mord är den enda utvägen?" protesterar Josefin. "Då krävs det en väldigt allvarlig hemlighet."

"Ibland behövs det nog inte så mycket som man tror."

Johans blick är fortfarande någon helt annanstans. Josefin undrar vad han bygger sina teorier på. Utifrån egna erfarenheter?

"Kan du inte berätta sanningen om blåtiran nu när du ändå är i farten?"

Johan rycker uppgivet på axlarna. "Jag blev överfallen utanför min port en kväll."

"Av vem då?"

"Det hann jag aldrig uppfatta."

"Varför sa du inte bara som det var när jag frågade första gången? Du har väl aldrig behövt ljuga för mig?"

"Jag ville inte oroa dig i onödan."

"Struntprat! Vad sa polisen om överfallet då?"

"Ingenting."

Josefin förstår inte. "Varför inte det?"
"För att de inte vet något om det."
"Men varför anmälde du det inte?"
"Jag gillar inte poliser."
Men Emma skulle han garanterat tycka om. Så fort de kommer i mål tänker hon övertyga honom om att polisanmäla misshandeln.

Stadion, klockan 15.42

VARJE GÅNG EMMA SKÖLDS telefonnummer dyker upp på Lennarts mobil får han en dålig känsla. En kriminalpolis har sällan några goda nyheter att komma med, har han fått erfara idag. Han vet inte vad han ska ta sig till om hon kommer med besked om ännu ett offer. Därför svarar han på en inandning.

"Lennart."

"Sitter du vid datorn?" Emma låter andfådd.

"Nej, jag är utanför Stadion just nu, ville du veta något som kräver en dator?"

"Det gäller Johan Bäckström. Han passerade trettiofem kilometer för tio minuter sen. Var tror du att han befinner sig nu om du skulle gissa?"

Lennart gör en överslagsräkning. "Jag skulle tippa på Norra bantorget ungefär men det beror helt på om han håller samma tempo. Ska jag gå tillbaka till kansliet? Jag kan göra det."

Men Emma svarar inte på frågan utan upprepar istället "Norra bantorget" högt för någon. "Och vart går banan sen?"

Lennart blir osäker på om hon talar med honom eller någon annan men svarar för säkerhets skull. "Torsgatan, Odengatan, Karlavägen, ska jag fortsätta?"

"Nej, det räcker. Det kommer att bli en utryckning alldeles strax."

ANDRA ANDNINGEN

En ilning löper längs ryggraden. Menar hon på allvar att allt ska få ett slut? Lennart vågar inte tro att det är sant.

"Behöver ni min hjälp?" frågar han utan att ha en aning om vad han skulle kunna bidra med.

"Finns det någon vätskestation på vägen, där det står funktionärer som kan lokalisera Bäckström? I så fall får du gärna be dem att hålla utkik efter honom."

"Det finns en vätskestation på Odengatan, jag ringer direkt. Vad har han för startnummer?"

"10623."

Han memorerar det i huvudet, eftersom han inte har någonting att skriva på.

"Går det att få tiderna skickade till mig för Johan Bäckström och Josefin Eriksson vid fyrtio kilometer?"

Josefin Eriksson kan han inte dra sig till minnes att de har pratat om tidigare men han hör att det inte är läge att ta upp det nu.

"Det ordnar jag."

"Bra."

Så fort de pratat klart börjar Lennart raskt gå mot Humlegården. Han tänker följa banan bakifrån för att säkerställa att Johan Bäckström inte kommer undan. Men han förstår inte varför han ska hålla utkik efter Josefin Eriksson. Är det alltså två gärningsmän? Emma glömde att uppge hennes startnummer, vilket tyder på att hon inte är misstänkt. Kanske riskerar hon att bli nästa offer och det är därför polisen vill att han ska hålla ett extra öga på henne. Lennart plockar fram startnumret via mobilen och går sedan vidare. Av någon anledning känner han sig mer sorgsen än lättad att polisen ringat in Johan Bäckström som förövare. Mannen som förlorade sin dotter. Egentligen är det kanske inte så konstigt att det slog slint för honom. Även om Lennart inte har några barn så kan han förstå den djupa sorg det måste innebära att förlora ett. Fast hans medlidande för Johan avtar något när han tänker på att just Stockholm Marathon har utgjort kuliss för dramat.

Lennart skyndar på stegen och skärper blicken när han studerar löparna som kämpar den sista biten in mot mål. Det lär dröja en bra stund innan Johan dyker upp men Lennart spanar ändå för säkerhets skull. Samtidigt slår en tanke honom: tänk om Johan inte springer klart? Han kanske avbryter loppet om han upptäcker poliserna. Å andra sidan borde han ha avvikit för länge sedan om han var färdig med sitt uppdrag. Lennart stannar till mitt i ett kliv när han konstaterar att Johans fortsatta medverkan är ett tydligt tecken på att han inte är färdig än. Han kanske tänker döda fler personer.

Själva gripandet vill Lennart helst se med egna ögon för att kunna slappna av. Han kommer på sig själv med att stå stilla och börjar gå igen, snart ser han Humlegården. Den välutrustade lekparken med tåg, rutschkanor och klätterväggar står helt öde. Endast en man med en hund befinner sig i parken och ser inte ut att trivas särskilt bra. Vädret har skrämt bort alla småbarnsföräldrar men en tapper skara står längs med Karlavägen och hejar, så helt tomt är det inte även om folkfesten uteblev.

Utan vidare framgång försöker Lennart få sig en uppfattning om hur Viktoria André blev indragen i detta. Kanske var Måns och Viktoria inblandade i Wilmas död och ville undanhålla det till varje pris. Men vad skulle få en ung tjej med hela livet framför sig att riskera livstids fängelse? Det är något som inte stämmer, särskilt inte med tanke på att Wilmas död var en olyckshändelse som dessutom skedde för ett år sedan. Lennart lyckas inte få ihop det och är glad för att han inte är ansvarig för polisutredningen. När han sätter sin fot på Karlavägen tycker han sig höra polissirener långt borta. Han snabbar på stegen för att inte missa upplösningen.

2 månader tidigare

DET FANNS BARA en enda rimlig förklaring till att Viktoria stått naken i Måns lägenhet. Egentligen var det väl ingen jättegrej om de hade en relation med tanke på att Viktoria ändå var tjugosju år. Men det var värre med Shirin som bara var ... sjutton eller arton, hälften så gammal. Johan fick inte riktigt ihop det. Hade Måns flera förhållanden samtidigt eller hade han dumpat Shirin nu? Visserligen kunde han inte veta säkert om Måns och Shirin ens haft en affär eller om hon hade varit hos honom i ett helt annat ärende. Men det skulle han ta reda på. Han tog de sista trappstegen upp till Shirins lägenhetsdörr. En gång för alla ville han få klart för sig vad som egentligen pågick utanför Missions ordinarie träningstider.

Hårdrock på hög volym strömmade ut från lägenheten och Johan tryckte på ringklockan och höll stadigt kvar fingret. Efter en stund upphörde musiken och det blev knäpptyst men ingen öppnade. Johan lyfte på luckan till brevinkastet.

"Det är bara jag, Shirin. Kan du vara snäll och öppna?"

Men han varken hörde eller såg några steg närma sig på den begränsade delen av plastmattan på hallgolvet han kunde uppfatta.

"Det är Johan Bäckström och jag har bara en fråga till dig. En enda."

Fortfarande ingen reaktion. Kunde han ha hört fel – musiken kanske hade kommit från grannen? Nej, det var klart att hon nonchalerade honom. Varenda en inom Mission hade undvikit honom den senaste tiden och han gjorde ett sista desperat försök att få henne att reagera.

"Jag vet att du är hemma, öppna!" Det var inte meningen att låta så arg men han kunde inte rå för att han blev upprörd över hennes ignorerande.

Äntligen hörde han en tunn och darrande röst. "Om du inte går härifrån så ringer jag polisen."

Johan blev alldeles paff. Vad var det med människor egentligen? Han måste vara den mest missförstådda personen i världen. Det enda han ville var ju att ge sin dotter upprättelse men alla verkade dra andra slutsatser.

"Kan du inte bara öppna? Jag har en viktig fråga om Måns."

Inget svar. Istället hörde han hur Shirin talade med någon, kanske i telefon. Det lät som om hon angav sin adress. Hon menade verkligen allvar med polisen alltså. Johan backade bort från dörren och skyndade sig nerför trappan. Han förstod inte vad han hade gjort för att förtjäna detta bemötande. Alla verkade ha glömt bort att han bara var en sörjande pappa och inte någon galning. Med tunga steg gick han ut ur trapphuset och bort mot bilen. En sekund av tvivel fick honom att fundera på om han hade gått för långt. Kanske hade han spårat ur stegvis utan att han märkt det själv? Visst hade han gjort en del obekväma saker för Wilmas skull men det var bara för att hon skulle få upprättelse. Det betydde inte att han var en knäppskalle.

Han satte sig i bilen och mötte sitt ansikte i backspegeln. Härjad var bara förnamnet. Johan tvingade sig att ta ett djupt andetag och rannsaka sig själv. Vad tokigt allt hade blivit. Han avskydde att hålla Petra utanför och ville gärna backa bandet. Men samtidigt kände han på sig att han var nära en förklaring nu. Det var därför alla var så nojiga och inte ville ha med honom att göra. Kvar på listan över personer att konfrontera var Viktoria André. Hon var den enda i Mission som han inte hade pratat med än. I och för sig hade han inte heller fått tag i Måns före detta flickvän Katrin, som hade varit med från början. Men hon hade flyttat till London före Wilmas död och kunde inte ha något med saken att göra. Så henne hade han strukit för länge sedan.

Ett besök hos Viktoria skulle han hinna med innan det var dags för träning med Josefin på eftermiddagen. Johan kände sig lättare till mods när han tänkte på sin personliga tränare. Hon var den enda som var invigd i hans sidoprojekt och hon pushade på honom att fortsätta. Det var tack vare henne han höll glöden vid liv, annars skulle det ha varit för tungt att kämpa vidare. Ibland önskade han att Petra var som Josefin men varje gång han tänkte så fick han skuldkänslor.

En radiobil passerade och parkerade utanför Shirins port. När de två uniformerade poliserna klev ur bilen, svängde Johan ut på gatan. Sedan rullade han förbi dem, bort från Blackeberg. Viktoria bodde på Lilla Essingen men jobbade på förskolan Pilen vid Landstingshuset på Kungsholmen. Och med tanke på att klockan var runt två, så styrde Johan mot hennes arbete. Han körde hela vägen fram till dagisgrinden för att slippa gå i onödan. Barnen var ute och lekte i det fina vädret och han öppnade grinden utan att någon verkade tycka att det var särskilt konstigt.

Johan såg Viktoria nästan direkt och hon stelnade till i sina rörelser när han närmade sig med ett glatt leende.

"Hej Viktoria", sa han muntert, precis som om det vore självklart att han dök upp oanmäld.

"Johan, vad gör du här?" frågade hon avvaktande.

"Jag skulle vilja prata med dig en minut om det går bra?"

"Nu?" Barnen hoppade runt och stojade kring Viktoria. "Jag jobbar och kan inte gå härifrån."

"Vems pappa är du?" frågade en nyfiken liten flicka, som saknade en framtand i överkäken.

"Wilmas", svarade han.

"Det finns ingen Wilma här", sa barnet och Viktoria bad henne att gå iväg och leka.

"När slutar du för dagen?" frågade han.

Efter viss tvekan svarade Viktoria. "Klockan tre."

"Då väntar jag i bilen där borta", sa han och pekade på sin Audi.

Viktoria nickade stelt och blev sedan upptagen av en pojke som hade klämt fingret. På vägen ut nickade Johan vänligt mot de andra i personalen och gick sedan till bilen och satte sig för att vänta på Viktoria. En timme att slå ihjäl. Och nu hade antagligen Shirin pratat med polisen men det fick bli ett senare problem. Johan slog på radion och lutade sig tillbaka för att vila, en kort tupplur bara. Så fort han slöt ögonen poppade bilder på Wilma upp. Hon försökte säga honom något men han kunde inte uppfatta vad hon ville förmedla, utan såg bara hennes läppar röra sig, sakta som om hon viskade.

En hård knackning på bilrutan fick honom att rycka till. När han såg Viktoria mindes han var han befann sig.

Klockan visade tio över tre och solen hade gått i moln. Han öppnade och klev ur.

"Tack för att du tar dig tid."

"Vad är det du undrar över som är så brådskande att du kommer hit?" sa hon och nickade mot en parkbänk en bit bort.

Han följde efter henne och de slog sig ner bredvid varandra.

"Jag vill bara veta vad min dotter råkade ut för i Ålstensskogen. Det är allt. Sen lovar jag att lämna dig ifred."

Viktoria ryckte på axlarna. "Jag vet inte mer än vad du gör."

"Men du var där och det var inte jag. Och nu börjar det komma fram saker som polisen inte fått veta."

"Som vadå?"

En mamma med barnvagn kom ut genom dagisgrinden och fäste omedelbart blicken på Viktoria. Med bestämda kliv kom hon gående mot dem och verkade inte bry sig ett dugg om att hon avbröt mitt i deras samtal.

"Hej, vad bra att jag hittade dig. Igår försvann Astrids ena mockasin."

"Jaha, har du tittat i lådan för borttappade saker?"

"Där fanns den inte." Mamman blängde på Viktoria och Johan tittade på barnet istället.

Den lilla flickan var inte helt olik Wilma som liten. Hon log mot honom och han vinkade tillbaka. Han hade lust att säga till den stressade mamman att en mockasin gick att ersätta, men hela hennes liv verkade hänga på den där toffeln. Viktoria hanterade dock situationen med finess och mamman lämnade dem med en någorlunda utslätad bekymmersrynka i pannan.

"Vissa *är* tre år gamla och andra beter sig som om de vore det", sa Viktoria spydigt när kvinnan var utom synhåll. "Vad frågade du?"

"Vad hände kvällen då Wilma försvann?"

"Jag är hemskt ledsen men jag vet inte."

"Stämmer det att Måns, Wilma och Mattias lämnade gruppen och gick ner mot vattnet när ni hade stretchpaus?"

Viktoria blundade och lutade huvudet tillbaka. Johan lät henne tänka efter utan att störa. Sedan slog hon upp ögonen och såg på honom.

"Som jag minns det gick Måns efter Wilma. Och jag tror att Mattias också försvann åt samma håll, han brukar vilja hålla sig nära Måns. Själv stod jag och Shirin och pratade med den nya kvinnan."

"Josefin?" fyllde Johan i.

"Ja, just det. Så hette hon."

"Varför fick hon inte vara med i Mission?"

"Hon hann väl inte det, jag vet inte."

Ytterligare en version av orsaken till att Josefin slutade i Mission. Johan lade märke till att Viktorias kinder blossade när hon nämnde Måns.

"På tal om Måns, är ni tillsammans?"

Viktoria skrattade till. "Varför tror du det?"

Hennes röda kinder gav svar nog.

När Johan tackat Viktoria och satt sig i bilen, konstaterade han att han hade tjugoåtta missade samtal från Petra. Med stigande puls ringde han upp.

"Vad i hela friden håller du på med?" var det första hon sa och hon lät inte nådig.

"Vadå?" svarade han fåraktigt.

"Polisen var här och sökte dig", skrek hon så att hennes

röst skar sig. "Du har ljugit för mig hela tiden. Fan ta dig."

"Men vad gör du hemma redan?" var det enda han kom på att säga men han fick bara en enformig ton som svar.

Han ringde upp henne men telefonsvararen gick igång. Kanske bäst så. Istället för att åka raka vägen hem för att lugna Petra, styrde han mot Bromma och Josefin. Hon var den enda som verkligen förstod honom just nu.

Karlavägen, klockan 15.45

EMMA HOPPAR FÖRST ur piketbussen med mobilen i beredskap. Så fort Johans tid uppdateras vid fyra mil vet hon att han kommer att svänga runt hörnet från Odengatan och springa en kort bit på Birger Jarlsgatan innan Karlavägen tar vid. Och där är det stopp. Instinktivt vill hon dra sitt vapen med en gång och söka upp honom. När hon hittar Johan ska hon slita ner honom på marken och klicka fast handfängslet.

"Inget nytt?" Frågan kommer från en ung polis, som inte har vett att hålla tyst.

Emma bemödar sig inte ens att svara på en sådan onödig fråga. Tjejen verkar vara nyutexaminerad. Synd att hon inte kan läsa av stämningen och förstå att det inte är läge för kallprat. I normala fall skulle Emma vara tillmötesgående, särskilt mot en nykomling, men inte nu.

"Din syrra springer alltså med mannen vi ska gripa?" konstaterar tjejen högt.

En kollega kommer Emma till undsättning och hon vankar av och an. Varken Johan eller Josefin kan ha passerat fyra mil än, eftersom hon inte har hört något från Lennart. Skräcken över att förlora Josefin paralyserar henne och hon märker inte förrän hon har kommit runt hörnet mot Odengatan att hon faktiskt har lämnat de andra. Hon gick iväg utan att uppfatta att någon ropade efter henne.

Emma fortsätter att gå och har bara ögon för nummerlapparna som sitter fastnålade på löparnas bröst. Sifferkombinationen 10623 kommer att dyka upp när som helst och hon har ingen aning om hur hon kommer att reagera om han är ensam utan Josefin i närheten. Förklaringen till att de springer loppet ihop kan vara så enkel som att Josefin är ett bra stöd. Hon har gått kurser i att peppa andra och Johan är väl smart nog att haka på henne om han väl fått chansen. Emma målar upp scenarier i huvudet om hennes systers roll i den här soppan.

Tankarna avbryts när hon känner en hand på sin axel. Hon svänger runt och ser kollegan som körde piketen.

"Vad fan sysslar du med?" fräser han. "Du kan ju inte bara gå iväg när det är du som ska tala om för oss när Johan börjar närma sig. Hur tänkte du?"

Inte alls. Hon kan inte fungera normalt just nu. Oron sliter sönder Emma och hon blir förfärad när hon inser att hon är på god väg att sabba hela insatsen.

"Jag skulle bara hålla utkik här, Lennart har inte hört av sig än."

"Du får skärpa dig."

Under spänd tystnad går hon motvilligt med honom tillbaka till platsen där piketen väntar tålmodigt.

Ett nytt sms från Lennart får henne att glömma allt annat.

"Johan Bäckström är på ingång", bekräftar hon och tittar nervöst på mobilen medan poliserna som ska gripa honom gör sig redo.

Själv står hon och stirrar på mobilens skärm och väntar på att Josefins tid också ska dyka upp.

Odengatan, klockan 15.46

TÄNDERNA SKAKAR SÅ att käkarna värker och känseln i näsan, kinderna och pannan är väck. Likaså i rumpan, händerna och tårna. Fastän Josefin vet att det är löjligt nära till Stadion nu så känns det ändå på gränsen till olidligt. Fötterna är som isklumpar och benen tunga som stockar. Inget i kroppen fungerar som det ska. För femtioelfte gången tittar hon på sina tajts för att försäkra sig om att de verkligen inte har hasat ner. Resåren i midjan var kass redan imorse men byxorna sitter där de ska. Johan har inte sagt mycket på några minuter, vilket kanske är lika bra. Hon vet inte vad hon ska tro om allt han hävde ur sig tidigare. Antingen har han för vild fantasi för sitt eget bästa eller också har han fog för sina misstankar om att någon knuffade Wilma från klippan. Josefin har svårt att föreställa sig att en av Missions medlemmar skulle döda någon med avsikt. Alla verkar som människor är mest, bortsett från Mattias som är udda. Josefin har aldrig reflekterat över det tidigare men när hon såg Mattias vid vätskestationen så anade hon något frånvarande i hans blick. Men det kanske var Johan som orsakade den reaktionen? Josefin går igenom de andra personerna som deltog i träningen för ett år sedan. Shirin kändes förvirrad och naiv men det fanns inget ont i henne. Jenny var väldigt reserverad och misstänksam men verkade mer upprymd efter pausen. Och

Viktoria var alldeles för sprallig för att precis ha mördat sin kamrat. Motvilligt slår det henne att Måns betedde sig annorlunda just den kvällen, spänd på något vis. Han verkade bekymrad över att Wilma hade stuckit iväg och såg nästan skyldig ut. Visst kan människor vara andra än de utger sig för att vara men i Måns fall är det nästan omöjligt att tänka sig att han skulle kunna döda någon med flit.

Johan, som ligger en bit före, vänder sig om och kisar mot henne. Han är så alarmerande blek nu bortsett från blåtiran att Josefin undrar om han verkligen kommer att klara sig hela vägen till Stadion. Det vore ändå höjden av ironi att behöva kliva av två kilometer från målet. Han som har varit med om så mycket lidande måste få fullfölja loppet, det känner Josefin av hela sitt hjärta. Det spelar ingen roll att han vräkte ur sig att hon var en idiot. Johan behöver få klara det här för att orka gå vidare med sin sorg efter Wilma. Han ser detta som en milstolpe och har byggt upp en bild av att det är ett avstamp till en ny, något mer harmonisk, vardag. I framtiden kommer han att få klara sig utan Josefin. Kanske har hon varit för angelägen om att hjälpa honom ur sin sorg och hon tänker att hon ska ta lärdom av det. Hon kan vara ett stöd men själva jobbet måste klienterna göra själva.

Johan slår av på takten och Josefin kommer ikapp honom.

"Förlåt att jag sa sådär förut, jag mår inte riktigt bra", säger Johan och Josefin fyrar av det bästa av sina leenden.

"Det är förståeligt", säger hon.

"Fast inte okej att kalla den som stöttat mig för idiot. Verkligen inte."

"Jag är mer orolig för det andra du sa."

Josefin tycker att han verkar ännu svagare nu men bestämmer sig för att inte nämna det. Risken är att han tuppar av om hon påpekar att han ser ut att vara sekunder från att svimma.

"Allt talar för att Måns dödade Wilma. Du får tro vad du vill. Alla jag har pratat med i Mission vittnar om att Måns har bett dem undanhålla information för polisen."

Av tidigare erfarenhet skrattar hon inte åt honom nu även om det låter minst lika befängt som det han sa för en stund sedan. Men hon hinner inte fundera mer på vad Johan sagt förrän tankarna tar stopp. Emma! Hon ser sin lillasyster stå en bit bort på Karlavägen med en allvarsam min och hon gör ett tappert försök att vinka åt henne. Men kroppen är inte riktigt med på noterna och hälsningen blir istället ett slags märkligt viftande med händerna halvvägs upp mot huvudet. Hon gissar att hon ser ut som en drunknande person, som kallar på hjälp.

När hon närmar sig sin syster lägger hon märke till en polisbuss vid sidan om henne. Lyckan över att Emma är där för hennes skull försvinner omedelbart. Varför står hon där borta med sammanbiten min – dessutom med sina kolleger? De kanske ska gripa någon och Josefin kommer att tänka på avspärrningsbanden vid Rålambshovsparken. Nu är Josefin inte många meter ifrån Emma och hon ser på henne att hon är lättad över något. Trots alla signaler blir Josefin ändå förvånad när poliserna kastar sig ut på gatan och sliter tag i Johan. Det måste väl vara ett missförstånd? Hans höga protester skär genom luften och hon förstår inte varför poliserna gör detta. Josefin stannar till för att fråga vad som pågår men det måste bli en kort paus om hon ska orka springa i mål. Hon tittar oförstående på Emma, som ser alldeles omtumlad ut.

"Dina läppar, herregud, de är knallblå."

Det är det enda som Emma passar på att säga när Josefins klient precis har blivit haffad rakt framför ögonen på henne.

"Vad håller ni på med?" Josefin blänger surt på Emma.

"Jag är så glad att du är okej", svarar Emma och hennes ögon ser blanka ut.

Josefin skakar oförstående på huvudet och bestämmer sig för att springa vidare. Emma får förklara senare, nu vill hon bara i mål.

Karlavägen, klockan 15.48

ÄN SÅ LÄNGE har Johan Bäckström inte fått ur sig något vettigt förutom att han säger att han inte har en susning om varför de har stoppat honom. Det verkar inte spela någon roll att Emma gång på gång förklarar att han är gripen misstänkt för inblandning i de två dödsfall som har inträffat under maraton. Kroppsvisiteringen tyder på att han måste ha gjort sig av med mordvapnet som han använde på Måns. Vad Emma vet så har inget tillhygge påträffats längs vägen men det borde inte dröja länge förrän det upptäcks av någon. Johan har lugnat ner sig betydligt nu och sitter bara och stirrar ut i tomma intet samtidigt som hans kropp skakar. Fleecefiltarna verkar inte göra någon större skillnad och de har inget varmt att erbjuda honom att dricka. Hoppas att han inte säckar ihop. Hans blick ser ut att följa löparna mot Humlegården och Emma lyckas inte få något gensvar. Det är tydligt att han inte hänger med i vad som händer, han är säkert i ett slags chock. Hon förstår hans besvikelse. Efter fyra mil utan att bli avslöjad, måste han ha trott att detta skulle gå vägen.

Med tanke på hur mycket han skakar, undrar Emma om de borde åka till sjukhuset istället för att ha kvar honom i bussen. En gärningsman som avlider är det sista de behöver just nu. Det råder ingen tvekan om att han är rejält nedkyld och i behov av vård. Nu när han inte längre kan ställa till med mer skada så kommer hans hälsa i första hand.

Om Emma bara hade vetat till hundra procent att Johan Bäckström verkligen är gärningsmannen hade själva förhöret inte varit så brådskande. Men det finns tvivel och det är tillräckligt. Hon måste börja få kontakt med honom om hon ska komma någonvart. Han är säkert törstig och hon prövar att räcka honom en Coca-Cola, med förhoppning om att det kan leda till en reaktion. Johan tar emot burken men klarar inte av att öppna den själv med sina stelfrusna fingrar. Emma hjälper till och belönas med ett flyktigt ögonkast.

"Johan, hur kommer det sig att du slog följe med Josefin Eriksson?"

Då brister han ut i gråt och Emma ser i periferin hur kollegerna nickar i samförstånd. I deras ögon kan tårar tolkas som ett steg närmare ett erkännande.

"Åh, Wilma", mumlar han och sluter ögonen.

"Du pratar om din dotter?"

"Jag har lovat henne att springa i mål." Johan slår upp ögonen och ser på Emma med avsky. "Fan ta er!"

Emma tittar på honom. "Jag förstår din ilska men vi gör bara vårt jobb."

Johan frustar till. "Om ni hade gjort det från första början, skulle det här aldrig ha hänt."

"Hur menar du då?"

"Min dotter blev mördad men poliserna som skötte utredningen kom fram till att det var en olycka. Bara för att få ärendet överstökat. Det är ingen jävla tillfällighet att Wilma rasade ut för en klippa och dog, varför vill ingen se det?"

Emma känner sig fortfarande för dåligt påläst om Wilmafallet men vill inte att han ska förstå det. Dessutom har hon ingen lust att göra bort sig inför kollegerna, som lyssnar på vartenda ord hon säger.

"Kan ni vara snälla att gå ut och tillkalla en läkare?"

Så fort hon är ensam med Johan, säger hon något som hon noga övervägt först:

"Josefin Eriksson är min syster."

Precis som hon anat ser Johan på henne med en helt annan blick. "Hon är fantastisk."

Emma nickar instämmande men kan inte låta bli att fascineras över ordvalet. Vadå fantastisk? Vad gör hon för underverk med sina klienter?

"Kan du berätta för mig om den här dagen? Från startskottet till nu?"

Johan vrider på sig. "Jag har ingen känsel i benen och det sticker i armarna."

"Snart kommer en läkare för att undersöka dig."

"Om jag får välja så träffar jag hellre en advokat."

Han försöker att förhala förloppet men Emma tänker inte ge vika. "Jag vill bara veta varför du tog livet av Måns Jansson och Viktoria André."

Chocken går inte att ta miste på. "Måns och Viktoria – är de döda? Menar du allvar? Jag har ingen aning om vad du pratar om."

Förvåningen i hans blick verkar äkta och det börjar krypa olustigt i Emmas kropp. Det får inte vara så illa att hon sitter här med fel person.

"Du menar alltså att du inte har någonting att göra med morden på Mission-medlemmarna?"

"Jag är ingen mördare, utan pappa till ett mordoffer – rätt stor skillnad."

"Så vem anser du orsakade Wilmas död?

"Hennes tränare Måns."

Emma får kortslutning i skallen. "Måns? Varför skulle han döda din dotter, som han dessutom tränade? Jag ser inte ett enda skäl till det."

"Därför att han hade något att dölja."

"Och nu är han själv död. Du har minst sagt ett motiv."

Johan ser på Emma. "Jag är oskyldig. Josefin känner mig och hon vet att jag aldrig skulle ta till fysiskt våld mot någon. Du måste prata med henne."

Den krypande obehagskänslan stiger. Om Johan talar sanning kan det bara innebära en sak – att gärningsmannen fortfarande är på fri fot.

Johan ser också stressad ut nu men inte alls på samma sätt som tidigare. Det är istället en ny sorts oro i hans blick. "Som du kanske känner till så har Josefin också ett förflutet i Mission. Och du menar alltså att två medlemmar har avlidit idag?"

Emma kastar sig ut ur bilen och nickar mot kollegerna att gå in och ta över. Utan att förklara sig börjar hon springa.

1 vecka tidigare

FÖRST VILLE POLISEN inte ens ta emot honom, utan hänvisade till åklagarmyndigheten. Men Johan stod på sig och förklarade att han hade nya uppgifter att komma med i Wilmafallet. Så nu fick han gå in till kriminalinspektören hos Västerortspolisen i Solna. Mannen som hade ansvarat för brottsutredningen bad Johan att slå sig ner och lyssnade sedan på hans redovisning. Innan Johan hunnit tala till punkt, skakade polisen olycksbådande på huvudet.

"Om Måns Jansson inte talar sanning om olyckstillfället och har förhållanden med sina adepter, så förstår jag din frustration. Men det kommer inte att räcka som underlag för att åklagaren ska återuppta utredningen. Det krävs banbrytande information, som ny teknisk bevisning eller annat som kan kasta nytt ljus över fallet. Ord mot ord räcker inte. Jag är ledsen."

"Har du barn?" Johan kunde inte låta bli att ställa frågan även om den kunde tyckas fullständigt irrelevant.

"Nej, hur så?"

"Inget."

Polisens blick mjuknade. "Det påverkar inte min bedömning, Johan, även om jag förstår att det är dit du vill komma. Jag säger bara att de uppgifter du har fått fram inte räcker för att väcka åtal. Men som jag lät hälsa när du stod här utanför och ville tala med mig, så är det åklagarens uppgift att avgöra det. Inte min."

Polisens ord grötade ihop sig i Johans huvud. Det enda han kunde tänka på var att allt hans jobb varit i onödan. I ett helt år hade han försakat allt bara för att ge sin dotter upprättelse. Petra var rasande på honom och hotade med skilsmässa bara för att han hade undanhållit henne sitt sidoprojekt. På jobbet hade de insinuerat att det kanske var dags för honom att "pröva vingarna" någon annanstans, som de så fint uttryckt sig. Det vore enklare om de bara sa upp honom. Och nu kom han krypande till polisen på sina bara ben för att få en oengagerad axelryckning av kriminalbossen. Varför var det ingen annan som ville se det självklara i att Måns låg bakom mordet på Wilma? Måns var den siste som sett henne vid liv och det var också han som hittade henne död. Hur tydligt ska det behöva bli för att polisen ska kunna lägga ihop ett och ett? Frustrationen rev runt i skallen på honom och han ville bara skrika åt polisen att göra något, vad som helst. Inte bara sitta där och skaka uppgivet på huvudet. Hur vore det att anstränga sig en gnutta istället för att ta den enklaste vägen ut? Johan vågade inte ställa frågan men som trogen skattebetalare hade han väl för fan rätt till hjälp? Men för polisen var Wilma bara ett av flera avslutade ärenden, en siffra i statistiken. Besviken och förödmjukad vara bara förnamnet men det skulle bli värre. Det förstod han när polismannen böjde sig fram över bordet, knäppte fingrarna och tog sats på nytt, nu med ett helt annat ansiktsuttryck än tidigare.

"Hur har du egentligen gått tillväga för att få fram dessa uppgifter? Det har kommit till min kännedom att du har uppträtt hotfullt och att vi till och med fått rycka ut vid åtminstone ett tillfälle för att stoppa dig. Vad har du att säga om det?"

"Ingenting mer än att tjejen överdriver. Jag ville bara fråga henne en sak."

"Men 'tjejen' var livrädd. Hon trodde att du skulle slå in dörren hos henne. Och hon upplevde det som om du hotade henne."

Johan kvävde ett skratt. "Alltså, de där människorna, de döljer ju något, förstår du inte det? De har pratat ihop sig och nu försöker de smutskasta mig istället."

"Jag vill ge dig ett råd", sa polisen och fortsatte: "Sluta upp med det du håller på med innan det går överstyr. Missförstå mig rätt, jag menar bara väl."

Johan förstod inte hur polisen hade mage att trampa till honom ytterligare, när han redan låg och kravlade lika hjälplös som en skalbagge på rygg. Men Johan visste bättre än att häva ur sig något han skulle få ångra. Istället nickade han lugnt, precis som han förväntades göra.

"Tack för tipset, omtänksamt av dig." Förhoppningsvis syntes det inte att han var på väg att spy samtidigt som han sa det.

Kriminalinspektören såg faktiskt inte så överlägsen ut som Johan först hade inbillat sig. Det fanns något som påminde om empati i hans blick. Johan reste sig och lämnade rummet.

Vägen ut från polishuset var som ett enda töcken. Plötsligt stod han utanför entrén och blängde på dörren. För ett ögonblick var han tvungen att tänka efter om han verkligen hade varit där inne redan eller om han i själva verket var på väg dit nu. Men så mindes han polisens tydliga varning om att inte gå över gränsen fler gånger. *Sluta upp med det du håller på med innan det går överstyr.* Fast han fruktade inte ens ett fängelsestraff längre. Inte om det kunde ändra utfallet på den felaktiga brottsutredningen. Han stapplade mot bilen och oron i kroppen eskalerade. Det fanns bara ett sätt att hantera det: att ge sig ut och springa.

Så fort han var hemma igen förstod han att det inte skulle bli något med löpningen. Petra satt i soffan och stirrade förtvivlat in i väggen och han visste att hennes ledsna uppsyn inte bara hade med hennes halsfluss att göra. Trots att hon var väl medveten om att han var där, tittade hon inte på honom när han slog sig ner bredvid henne.

"Var har du varit?" frågade hon, fortfarande med blicken i väggen mittemot.

"Hos polisen." Tiden med lögner var förbi.

Bara han nämnde ordet polis, hajade hon till och såg förfärat på honom. "Vad har du nu gjort?"

Det gick inte att undgå anklagelsen i rösten.

"Varför frågar du när du inte vill veta?" svarade han stött.

"Säg bara vad det är frågan om."

"Jag var där för att ge dem alla nya uppgifter jag har fått fram."

"Och?"

"Det räcker inte, påstår kriminalinspektören."

"Så du har gjort allting förgäves?" Hennes blick var inte dömande, snarare medkännande men spåren av upprördhet hade inte suddats ut.

"Jag struntar i vad polisen säger. Nu vet jag i alla fall att människorna i Mission ljuger och att Wilma inte tog livet av sig. För mig är det en seger även om det inte räcker hela vägen."

"Men det är en klen tröst."

"Rättvisa kommer att skipas förr eller senare. Var så säker."

Petra fick något skarpt i blicken. "Sluta prata på det där sättet, du skrämmer mig."

"Och Mission gör mig nervös, särskilt Måns. Under det här året har bilden av honom förändrats totalt. Han är en skenhelig skitstövel och inte alls den där omtänksamme coachen som jag hade trott."

"Tråkigt."

"Vilket? Att Måns är en idiot eller att jag tog reda på det?"

"Bådadera."

Petra svalde sin antibiotika och sträckte sig efter fjärrkontrollen för att markera att det var slutdiskuterat. "Jag tror att det är repris av *Körslaget* nu."

Det fanns inget säkrare sätt för Petra att förvissa sig om att hon skulle få vara ifred. Hon slog på tv:n och sken upp när en av körledarna pekade på dem genom tv-rutan och sa: "Häng med, nu kör vi!". Johan lämnade vardagsrummet och bytte om till löparkläder. Han tänkte passa på att köra en sista långrunda före maran. I smyg lämnade han lägenheten, eftersom han inte ville avbryta Petra som nynnade med i en slagdänga från 80-talet. När han kom utanför porten såg han en mörk gestalt närma sig med hotfulla steg och han tvekade om han verkligen skulle gå vidare. Något sa honom att han borde vända och gå in igen men då var det redan för sent.

Humlegården, klockan 15.50

LÖPARNA SER HELT färdiga ut när de springer den sista biten mot mål. Shirin stannar till och applåderar en äldre man som haltar kraftigt. Han ser ut att vara en hårsmån från att börja krypa, för att över huvud taget kunna ta sig framåt. Det är något särskilt med människor som springer maraton, som gör att de utsätter sig för denna tortyr frivilligt. Eller också har alla den viljan inom sig. Hon vet inte riktigt. Själv har hon svårt att tro att hon skulle ha fullföljt loppet en så här kall och blöt dag. Bara tanken på att hon kanske inte hade pallat det gör att hon blir besviken på sig själv. Hon vill helst vara lika tuff som alla andra men vet att hon är alldeles för bekväm för det. Just det, hon hade ju ont i halsen förresten. Nu känner hon nästan ingenting längre, inte ens när hon försöker framkalla smärta genom att harkla sig. Däremot håller hon på att frysa ihjäl och borde nog röra på sig för att hålla värmen.

En mörkhårig tjej som kommer springande en bit bort får henne att vakna till. Först blir hon osäker på om hon ser rätt men det räcker med att löparen kommer några steg närmare för att Shirin ska vara säker på att det är Jenny i Mission. Shirin trodde att hon inte skulle springa maraton, men släpper det för stunden. Vad roligt att känna någon som är med! Alla tidigare orosmoln suddas ut och hon fokuserar på glädjen över att se Jenny Sääf i sitt esse.

Hon ser oförskämt stark ut. Shirin får god lust att hoppa ut i banan och göra highfive med sin lagkompis men det kanske är överdrivet med tanke på att de inte kommer så bra överens. Nyheten om Måns och Viktoria lär göra Jenny bedrövad, precis som för alla inblandade. Men nu handlar det först och främst om att hjälpa Jenny hela vägen in i mål. Sedan får Shirin berätta allting för henne. Hon försöker få ögonkontakt med sin lagkompis men hennes blick är fixerad vid ryggen på en löpare några hundra meter framför henne. Ett foto från loppet vore ju kul för Jenny att ha som minne, så Shirin plockar upp mobilen ur fickan och tar en bild. Sedan fyller hon lungorna med luft för att skrika ett välbehövligt hejarop innan Jenny försvinner ur synfältet. Det är imponerande att hon ser så stolt och självsäker ut i sitt löpsteg trots att hon sprungit fyra mil. Men Shirin blir egentligen inte särskilt förvånad. Jenny är en maskin som kan springa hur länge som helst utan att bli det minsta trött. Hon måste vara född med enorm lungkapacitet. När Jenny bara är några meter ifrån henne, vinkar Shirin glatt och ropar högt för att vara säker på att hon ska höra henne.

"Så sjukt bra kämpat! Kom igen nu den sista biten."

Ett snabbt ögonkast från Jenny får Shirins leende att slockna. Det finns inget tvivel om att Jenny hörde hennes rop men reaktionen blev inte den förväntade. Hon hade nog föreställt sig att Jenny skulle bli glad över att se henne men hon viker istället undan med blicken. Hon visar inte med en min att hon känner igen henne. Shirin som hade tänkt heja mer och kanske springa med upp till Sturegatan för att pusha henne. Nu blir hon alldeles ställd. Vad var det där om? Hon förstår ingenting men fylls av en växande olustkänsla. Var det avsmak eller möjligen avsky i blicken? Rädsla? Shirin försöker komma på en enda anledning till att Jenny skulle kunna hata henne eller vara rädd för henne. Allt är så konstigt att Shirin nästan undrar om hon kan ha sett fel person. Det kanske bara var någon som var väldigt lik Jenny? Men varför tittade hon i så fall på henne? Shirin ropade hennes namn klart och tydligt och hon reagerade omedelbart. Klart att det var Jenny och ingen annan. Shirin tar ändå upp mobilen för att kolla på bilden som hon tog. Svårt att avgöra. Då kommer hon på att hon lätt kan söka på Stockholm Marathons sajt. Hon skriver in Jenny Sääf men får inga träffar.

När Shirin står där och knappar som bäst på mobilen kommer polisen Emma Sköld springande i full fart. Shirin kliver fram och hejdar henne.

"Inte nu", säger Emma, som verkar ha bråttom.

Det är något med hennes stressade uppsyn som får Shirin att undra om det är rätt tillfälle att vädra sina funderingar. Men samtidigt känns det angeläget att det kommer fram nu och inte senare.

"Det är viktigt", säger hon och märker att Emma inte ens stannar till, så hon får helt enkelt jogga efter med cykeln om hon ska få ur sig det hon tänker på.

"Så brådskande kan det inte vara att det inte kan vänta i några minuter."

Shirin förstår inte hur polisen kan säga så när hon inte ens vet vad hon har att berätta.

"Ge mig femton sekunder", vädjar hon, och äntligen saktar Emma ner.

"Jag kanske har fel om Johan Bäckström." Rodnaden bränner på kinderna.

Emma ser på henne med stel blick. "Varför tror du det?"

"Alldeles nyss sprang en från Mission förbi. Jag vinkade och hejade förstås men hon stirrade bara rakt igenom mig."

"Vem var det?"

"Hon heter Jenny Sääf."

"Det finns ingen Jenny Sääf anmäld till dagens maraton", säger Emma bestämt.

Så Jenny har de alltså redan koll på. Såklart att de har, de känner förmodligen till allt om alla i Mission vid det här laget.

"Men jag är nästan hundra på att jag såg henne alldeles nyss. Jag tog en bild också", säger Shirin och visar Emma mobilen.

Startnumret 34521 syntes tydligt.

Emma fotar av bilden. "Kan jag låna din cykel?"

"Javisst", svarar Shirin.

"Tack", sedan ropar Emma något i sin komradio och ger sig av. Shirin hinner inte ens överväga om hon ska följa efter, polisen är redan långt borta. Även om Emma sa tack så vet Shirin inte om hon är värd att få höra det just nu, hon som pekat ut Johan som skyldig. Tänk om det inte stämmer och Shirin har vilselett polisen. Hon håller tummarna för att hon inte har ställt till det på något sätt.

Humlegården, klockan 15.53

LINDBERG SVARAR INTE omedelbart och Emma väljer att cykla vidare med en hand på styret för att komma ikapp Josefin i folkmyllret. Vad har de egentligen på Jenny och vad finns det för tänkbart motiv? Om hon ligger bakom dåden är det stor risk att hon inte är färdig med det hon kommit hit för att göra. Annars borde hon väl inte fortsätta springa?

Äntligen hör Emma sin chefs röst. På kortast möjliga tid måste hon vinna tillbaka hans förtroende och få honom att lita på henne.

"Vi har gripit fel gärningsman." Tydligare än så kan hon knappast bli.

Men hennes högljudda flåsande i luren och Lindbergs fördröjning innan han svarar gör Emma osäker på om han verkligen lyssnade.

"Så det är inte Johan Bäckström menar du? Är det ens möjligt att avgöra det efter ett enda kortfattat förhör?"

"Jag kände snabbt att han inte är med på noterna. Han är inte rätt man."

Ingenstans finns Josefin och Emma förstår inte att det lilla försprång hon fick skulle ge ett så stort glapp. Men hon hejdades också av Shirin, vilket inte fanns med i beräkningen.

Lindberg harklar bara till svar.

"Nu vill jag att du lyssnar på mig", ber hon. "Johan såg genuint chockad ut när jag berättade om morden. När jag förstod att han måste vara oskyldig, lämnade jag bilen för att springa efter min syster. På vägen stötte jag på Shirin från Mission, och hon visade mig en bild på Jenny Sääf, som precis hade sprungit förbi. De fick ögonkontakt men Jenny hälsade aldrig på Shirin, trots att de känner varandra väl."

"Är det hon som är på bilden som du skickade till mig alldeles nyss?"

"Just det. Och hon springer inte i sitt eget namn, eftersom hon inte fanns med på startlistan. Jag ringer Lennart Hansson och ber honom plocka fram vems startnummer hon har och ser till att han har koll på när den personen går i mål."

"Varför skulle hon döda Måns och Viktoria?"

"Jag vet inte, förutom att det är kopplat till Mission såklart. Eftersom Jenny är tävlingslöpare och har valt att springa under falsk identitet, så har hon något att dölja. En inte alldeles för vild spekulation är också att det kan vara kopplat till Wilmas död. Hennes pappa hävdar att hon inte hoppade från klippan."

"Borde inte Jenny ha gett sig på Wilmas pappa i så fall? Enligt utsagor är det väl han om någon som har forskat i fallet och kan ha hittat något som pekar ut Jenny?"

"Han säger att det är Måns som tog Wilmas liv."

"Emma, jag blir inte klokare av det här och jag hör knappt vad du säger, eftersom du flåsar."

"Det är några hundra meter kvar till mål. Förklaringen till att Jenny fortfarande springer kanske är så enkel som att hon inte har hittat alla sina offer än."

"Det var kanske därför hon inte hälsade på Shirin, som skulle ha sprungit. Jenny kanske har letat efter henne eller också söker hon efter någon annan. Om du har rätt är det väldigt bråttom att haffa henne innan hon försvinner. Jag ser till att omdirigera piketen till Valhallavägen, utanför Stadion, och kalla på förstärkning."

"Och jag tar mig vidare den sista biten och letar efter Jenny och min syster. Ibland är det en fördel att vara civilklädd."

Sedan ber hon Lindberg om en sak som får honom att protestera. Emma står på sig och hoppas att han är lika sympatisk som hon har uppfattat honom.

"Klart slut", säger han bestämt och hon sänker komradion och ökar tempot på cykeln.

När Emma svänger upp på Sturegatan blir hon medveten om att alla stirrar på henne. Inte för att hon bryr sig men hon kan förstå att det kan tyckas märkligt att någon cyklar mitt i banan. Det är en omöjlig uppgift att hitta Jenny, eftersom nummerlappen sitter på framsidan. Snart kommer hon att gå i mål och åka hem till sig. Men lyckas hon med det så kommer polisen att vänta utanför hennes hem istället. Inte en chans i världen att Jenny ska klara sig undan detta, men det är bäst om hon får tro det så att hon inte flyr någonstans. Det kanske är som Lindberg säger, att Jenny sökt efter Shirin och därför reagerade som hon gjorde när hon såg att Shirin inte sprang. Kanske var Shirin tänkt som ett av offren. Jenny måste ha letat förgäves efter kompisen som valde att hoppa av maran i sista minuten.

Längre upp i backen ser Emma en långhårig kvinna med vaggande löpstil. Det är ingen tvekan om vem det är.

Emma skyndar på så snabbt hon bara kan och hör samtidigt hur polissirenerna närmar sig. Nu är det bara en tidsfråga innan Jenny har sprungit sitt sista steg.

Valhallavägen, klockan 15.55

LENNART ÄR GLAD över att alla löpare som orkar fullfölja dagens lopp också kommer att få chansen att göra det. Med lätta steg går han mot Stadion och vågar sig på att pusta ut för första gången idag. Han imponeras av polisens snabba insats att få fast gärningsmannen. De hade inte många timmar på sig och han förstår inte hur de lyckades med det till synes omöjliga uppdraget. Även om de har stor erfarenhet tvivlade han på polisens kapacitet när han såg Emma Sköld där vid sjukvårdstältet i Rålambshovsparken för två och en halv timme sedan. Varje dag lär man sig något nytt.

En haltande löpare hoppar förbi honom med ena benet i släptåg och han förstår att den mannen inte tänker ge sig förrän han har nått mållinjen. Det tycks inte spela någon roll att han knappt kan gå. Och det slår Lennart att det gör större intryck på honom än den som spurtade in i mål först av alla på två timmar och nitton minuter. Han fascineras av att så många olika typer av människor genomför en mara och han längtar tillbaka till den tid då han själv kunde delta. Mobilen avbryter hans nostalgitripp.

"Hej, det är Emma."

Han har tappat räkningen på antalet gånger han har pratat med Emma idag. Nu låter hon stressad och andfådd. Det bådar inte alls gott och han samlar styrka för att orka höra vad som nu pågår.

"Vad kan jag stå till tjänst med?"

Emma berättar senaste nytt och Lennart känner hur hela han fryser till is när polisen uppger ett helt nytt startnummer att hålla stenkoll på annat.

"Vad innebär detta? Är det så att Johan Bäckström är oskyldig?" Den nya personen kanske är en medhjälpare.

"Var befinner du dig?"

"Någon minut från Stadion."

"Bra. Kan du be någon vid målgången att hålla utkik efter den kvinnan?"

En kvinna?

"Självklart. Vad gör vi om hon kommer?"

"Kan du se vad hon heter?" avbryter Emma.

"Så fort vi har avslutat kan jag kolla upp det och skicka ett meddelande med hennes uppgifter."

"Fint. Jag är bara några minuter bort", säger Emma och samtalet är slut.

Lennart skyndar på stegen och tar skydd under ett träd på Valhallavägens mitt. Där letar han fram kvinnans namn. Anette Ohlsson säger honom ingenting. Han söker med blicken bland löparna efter någon med siffrorna 34521 över bröstet, men ser ingen. Sedan fortsätter han mot Stadion.

Sturegatan, klockan 15.56

VARFÖR? FRÅGAN CIRKULERAR i Josefins huvud när hon hankar sig fram längs med Humlegården. De sista krafterna är på väg att sina men ilskan har hållit henne alert. Den arga reaktionen måste ha kommit av rena chocken men den är på god väg att övergå i rädsla. Vad har Johan gjort egentligen? Det är omöjligt att gissa men hon börjar tänka på hans undvikande blick när hon pekade mot polisens blåvita avspärrningsband vid Rålambshovsparken. Så här i efterhand har hon för sig att han dessutom bleknade när han såg det omfattande polisuppbådet. Men vad som inträffat har hon ingen aning om och hon orkar inte försöka gissa sig fram just nu när hon ska överleva den sista biten in i mål. Snart kommer hon ändå få veta vad som orsakade en sådan akut polisinsats som gjorde att Johan inte ens fick springa klart. Han som ville hedra sin döda dotter.

Vissa människor verkar drabbas av mer hemskheter än andra. Ett förlorat barn borde vara mer än tillräckligt att genomlida men i Johans fall slutar det inte där. Hon försöker erinra sig vad Johan egentligen sa under loppet och hur han betedde sig fram tills han började yra om att Måns hade mördat Wilma. Att han inte har varit sig själv idag är inte så konstigt. Kanske berodde hans dåliga humör på något helt annat? Motvilligt närmar hon sig tanken att

Johan kanske inte är den han utger sig för att vara. Josefin vet inte längre vad hon ska tro.

Mattias dyker plötsligt upp på näthinnan och hon får en stark förnimmelse av att det inte kan vara en slump att han stod vid just den där vätskestationen. Han var helt klart besvärad av Johans försök till småprat. Om de gjort sig skyldiga till något tillsammans, kanske det inte var meningen att de skulle träffas, än mindre prata. Särskilt inte i Josefins närvaro. Kan de ha gett varandra några signaler som hon inte uppfattade? Det verkar konstigt, eftersom det som hände vid Rålambshovsparken måste ha inträffat långt innan Johans och Mattias vägar korsades. Josefin ger upp att försöka lista ut vad som har hänt och bestämmer sig istället för att fokusera på att fullfölja sin fyrtioårspresent. Hon svänger upp på Sturegatan och tänker att det här är absolut sista backen för dagen. Och lutningen känns inte lika jobbig som vid förra varvet, så det ska inte bli övermäktigt.

"Josefin!"

Emmas röst träffar som en pil mellan skulderbladen. Inte nu! Josefin orkar inte med det några hundra meter ifrån mål. Därför låtsas hon inte om sin systers rop bakom henne. Hela kroppen är på väg att domna bort av kylan. Kanske är det förklaringen till att hon inte kan tänka logiskt för tillfället. Autopiloten är påslagen och hon vill bara framåt nu.

"Kan du vänta på mig?"

Syrran får inte förstöra det här nu, hon får bara inte det. Räcker det inte med att de har haffat Johan? Varför ska Emma komma och skrika efter henne också?

"Stanna!" Emma låter så desperat nu att Josefin vänder sig om.

Några meter bakom henne kommer Emma flängande på en cykel. Hennes kinder är illröda och blicken knivskarp. Det syns att hon scannar av området. Josefin börjar också se sig nervöst omkring utan att veta varför. Det är inte läge att trotsa syrran nu, så hon stannar till och springer på stället tills Emma har nått hela vägen fram.

"Jag följer med dig in i mål men först vill jag bara fråga en sak", säger Emma och hoppar av cykeln och leder den.

Polissirener närmar sig och Josefin känner att förvirringen är total.

"Kan du prata?" frågar Emma och Josefin nickar till svar.

Även om Emma går henne på nerverna undrar hon förstås vad som pågår. Men först vill hon slutföra loppet. Efteråt kan de prata hur länge som helst.

"Johan påstår att du vet att han aldrig skulle kunna skada någon. Så nu undrar jag om det stämmer?" säger Emma.

Josefin vet inte vad hon ska tro om Johan längre och hon känner inget ansvar att skydda honom, så hon säger som hon känner:

"Jag vet faktiskt inte, han har varit annorlunda den senaste tiden. Särskilt idag."

"Okej, men skulle han kunna gå så långt att han dödar någon, enligt din bedömning?"

Josefin blir skärrad. "Döda någon? Nej, aldrig! Varför frågar du?"

"Därför att två personer har dött idag – under maraton."

En polisbuss dundrar förbi så att de får kasta sig åt sidan för att inte bli påkörda.

"Jävla dårar till snutar!" ropar en löpare bredvid dem.

"Vilka har dött?" frågar Josefin men får en känsla av att hon inte vill höra svaret.

"Måns Jansson och Viktoria André från Mission."

Josefin kväver ett skrik av fasa.

"Det är fruktansvärt och nu kanske du förstår varför jag är så glad att du inte har kommit till skada?"

Nej, Josefin gör inte det. Hon förstår ingenting.

Emma skakar på huvudet. "Mission! Du har ju varit med där."

"Jag var med vid ett fåtal tillfällen. Det betyder väl inte att ..."

Josefin får svårt att andas när hon kommer av sig mitt i meningen. Två personer från Mission är döda. Hon blir alldeles knäsvag och ser sina barn framför sig.

"Ingen som har varit i närheten av Mission går säker idag", säger Emma.

Josefin vet inte om hon ska skratta eller gråta. Istället fortsätter hon springa.

1 dag tidigare

OM TJUGOFYRA TIMMAR skulle startskottet för Stockholm Marathon gå av. Och hans älskade Wilma borde ha stått där bland de övriga tjugotusen löparna. Om det inte vore för hennes tränare, Måns Jansson.

Nu var Johan tvungen att bära fanan högt för båda två men frågan var om den skulle hasa ner på halv stång. Kroppen var mörbultad efter misshandeln utanför porten för en vecka sedan.

Förhoppningen var att Måns skulle lägga korten på bordet en gång för alla och berätta både om överfallet och sanningen bakom Wilmas död. Det började i alla fall bra med att Måns åtminstone släppte in honom i lägenheten när han knackade på dörren alldeles nyss. Fast det var i och för sig Viktoria som hade öppnat innan Måns ens hunnit protestera. Den här gången blev Johan inte erbjuden något att dricka men Måns vinkade in honom i köket och de slog sig ner på samma platser som sist.

"Så du ser ut", inledde Måns med att säga. "Vad har hänt?"

Johan fingrade på sin blåtira. "Det hoppades jag att du skulle kunna berätta för mig?"

Måns såg förnärmad ut. "Vad menar du med det?"

"Jag blev attackerad utanför min port av en okänd man. Han slog mig så att jag föll i asfalten och fick en lätt hjärnskakning."

"Minns du hur han såg ut?"

"Jag hann inte uppfatta hans ansikte, men han var lång och kraftig. Du vet inte vem som ligger bakom det alltså?" Johan försökte se på Måns om han dolde något men lyckades inte tyda hans neutrala ansiktsuttryck.

"Nej, men jag har en kvalificerad gissning. Shirin nämnde för mig att du hade blivit för närgången. Som du kanske vet har hon tre äldre bröder. Vad hade du själv gjort om du hade haft en livrädd syrra?"

Johan ryckte på axlarna. "Jag ville bara fråga henne några saker om Wilma."

"Men du har uppenbarligen skrämt upp henne rejält", sa Måns och nickade åt Viktoria att lämna dem ifred i köket. När hon drog igen dörren efter sig, suckade Måns och tog sats:

"Du måste sluta trakassera alla i Mission."

"Jag trakasserar inte någon. Det enda jag vill veta är sanningen om Wilma. Och det är väl inte så konstigt, hon var mitt enda barn. *Enda barn.* Så varför säger ni inte som det är?"

"Det var en olycka, Johan, acceptera det."

"Aldrig i livet", viskade han. "Nu vet jag nästan exakt hur det gick till, det saknas bara några sista pusselbitar."

En skugga föll över Måns ansikte och Johan tvekade inte att ställa honom mot väggen. "Varför har du inte berättat att du och Wilma gick iväg?"

Måns suckade ännu högre och tittade mot köksdörren. Sedan sänkte han rösten. "För att inte strö salt i såret. Ingenting blir bättre av att du får reda på precis varenda detalj."

Johans knän började skaka utan att han kunde hindra det.

"Jag vill veta."

Men Måns verkade osäker på om han verkligen skulle fortsätta. "Det tror jag inte att du vill, men du kommer väl aldrig sluta envisas, så det är lika bra att jag säger som det är. Men kom ihåg att du bad om det."

"Jag noterar det", bekräftade Johan.

Måns fäste blicken i bordskivan. "Det stämmer att jag och Wilma gick ifrån gruppen en stund den där kvällen."

På sätt och vis var det inget revolutionerande med det. Det berodde helt på vad som skulle avslöjas sedan. Ändå blev han förbannad över att Måns undanhållit honom – och polisen – den viktiga informationen i ett helt år.

"Varför? Och varför har du inte berättat det?"

"Därför att ... jag vet inte hur jag ska säga det här på ett bra sätt ..." Måns trummade nervöst med fingrarna mot matbordet. Sedan sänkte han rösten och viskade: "Wilma var kär i mig."

Johan slog näven så hårt i bordet att det knakade till i handen. "Struntprat! Det var hon inte alls."

Det började genast bulta i handen men han kunde inte bry sig mindre. Måns stirrade förskräckt mot köksdörren, antagligen för att han var orolig för att Viktoria skulle höra. Själv hoppades Johan på att hon lyssnade på allt de sa, så att hon förstod vem hon egentligen var tillsammans med.

"Jag sa ju att du inte ville veta. Du får tro vad du vill men jag ljuger inte."

"Det är inte sant. I så fall skulle hon ha berättat det för mig. Hon undanhöll ingenting för mig."

Måns tittade hjälplöst på honom. "Jo, vi hade faktiskt en liten affär."

Strupen blev knastertorr. "En liten affär – med en sjuttonåring? Är du inte klok? Så det är inte bara Shirin och

Viktoria du har satt på, utan även min dotter?"

Egentligen ville han inte höra svaret men frågan slapp ur honom innan han fick stopp på den. Tanken på Wilma och Måns tillsammans gjorde honom spyfärdig.

"Dämpa dig", sa Måns förläget. "Vad fan snackar du om? Och vem har sagt något om att 'sätta på'?"

"Jag har sett dig och Viktoria. Och Shirin."

"Det är väl inte så märkligt eftersom jag är deras tränare", sa Måns arrogant men sedan stelnade han till. "Vad menar du med att du har sett mig med dem förresten? Var då någonstans?"

Nu var Johan farligt nära att häva ur sig att han hade haft vägarna förbi Måns hus ibland och råkat se dem. Det var nog säkrast att ljuga om han ville komma härifrån i ett stycke. Tur att Viktoria var kvar i lägenheten, det kändes plötsligt som en trygghet. Bara därför hörde han hur lägenhetsdörren öppnades och stängdes. Måns såg ut att vara på väg att stoppa henne men lät bli.

"En gång när jag åkte förbi här såg jag att Viktoria gick in till dig. Och så är hon här nu."

"Fel, hon gick just på grund av dig. Har du problem med att vi är ihop?"

"Men Shirin då?"

Måns flackade med blicken. "Det var ingenting."

Han ljög säkert men Johan kände att han var på väg ifrån ämnet: Wilma. Därför spände han ögonen i Måns igen. "Säg nu exakt hur det gick till den där kvällen, så lovar jag att lämna dig ifred. För alltid."

"Svär du på det?"

"Jag lovar."

"Okej, du får som du vill men kom ihåg att du bad om

det. När vi hade sprungit ett varv och var klara med uppvärmningen tog vi en stretchpaus. Wilma gick iväg mot vattnet, hon verkade brydd över något. Så jag gick efter för att prata med henne. Hon satt längst ut på klippan och blickade ut över vattnet när jag kom dit."

Johan knöt sina händer så att knogarna vitnade. Det här ögonblicket hade han väntat på så länge nu. Tänk om det var bättre att inte veta sanningen? Först efteråt skulle han kunna avgöra det. Nu fanns det inte mycket annat att göra än att lyssna på Måns redogörelse.

"Jag satte mig bredvid henne och frågade vad som var fel. Först ville hon inte säga det men efter ett tag kröp det fram att hon var förälskad. Hon var lika glad som bekymrad över det. Tydligen hade hon redan fått några gliringar från vissa i gruppen. Jag och Wilma ..." Måns kom av sig och skakade bedrövat på huvudet "... hade haft en kort romans i några dagar och jag vet att du, som dessutom är hennes pappa, tycker att det är sjukt, men för att fatta mig kort: hennes kärlek var besvarad."

Johan kämpade för att klara av att sitta stilla och vara tyst trots att han höll på att förgås av vrede. Det värsta han kunde göra var att avbryta Måns nu när han äntligen hade öppnat upp sig.

"Wilma var speciell. Hon var så mogen och intellektuell och inte som andra sjuttonåringar."

Nu fick det vara nog, Johan orkade inte höra fler utsvävningar. "Tillbaka till klippan, vad hände där?"

"När vi hade pratat klart var hon glad igen. Hon sa till och med att hon var lycklig."

Så här satt Johan alltså mittemot mannen som hade gjort hans dotter lycklig. En dubbelt så gammal person.

"Jag var tvungen att gå tillbaka till gruppen och bad Wilma att följa med, men hon ville sitta kvar en stund och smälta det vi hade pratat om. Så jag lämnade henne där och trodde att hon snart skulle dyka upp."

"Men det gjorde hon inte."

"Nej." Måns slog ner blicken.

"Vad minns du mer?"

"När vi samlade ihop gruppen för att köra igång igen, kom Jenny och Mattias gående från klippan. Jag frågade dem om de hade sett Wilma och fick svaret att hon hade gått hem. Givetvis undrade jag varför men jag kunde inte springa efter henne eftersom jag höll i träningen. De sa bara att hon verkade sur."

"Och nu undanhåller du mig ingenting?"

Måns skakade på huvudet. "Nu vet du allt och du kanske också förstår varför jag inte ville berätta det för dig från början."

"Men om du är oskyldig så förstår jag inte varför du kontaktade Mattias och Jenny och sa att de skulle hålla tyst om att du hade varit borta en stund under pausen?"

"Det var bara för att hemlighålla relationen. Ingen kände till den och jag bedömde att det var bäst för alla om den begravdes med Wilma."

Bäst för vem, undrade Johan men höll tyst. Svin! Han lämnade Måns lägenhet fullt övertygad om att han just hade talat med sin dotters mördare.

Valhallavägen, klockan 15.57

OM HON BARA kunde öka takten. Emma pushar på Josefin för att de snabbare ska ta sig in till Stadion, men det verkar inte finnas någon extra växel kvar. Emma önskar att hon hade ögon i nacken just nu och vänder sig då och då om för säkerhets skull. Bara vetskapen om att Jenny kan befinna sig i närheten gör henne nojig. Även om Jenny lika gärna kan sitta på en buss på väg bort från händelsernas centrum vid det här laget, så måste hon vara vaksam. Om Jenny uppmärksammade Shirins mobilkamera kanske hon blev misstänksam och tog det säkra för det osäkra och avvek redan vid Humlegården.

Emma är tacksam för att Shirin tog den där bilden. Nu har de inte bara signalementet – kort, mörkhårig tjej med helsvarta kläder och svart mössa – utan även ett foto. Var och varannan löpare är klädd som Jenny och det finns tusentals kvinnor som springer. Däremot är det bara en enda med startnummer 34521 och det såg Shirin till att föreviga. Stackars Shirin hade verkat alldeles vilsen när Emma lämnade henne ensam på trottoaren. Hon känner sig otillräcklig och plågar sig själv med tanken på vad som hade hänt om Shirin inte hade sett Jenny? Ibland avgör slumpen hur jobbigt det än är att acceptera. Och Emma försöker att se det positiva i situationen istället för att gräma sig.

Eftersom Josefin bara ger ifrån sig stönande läten och

grimaserar, fortsätter Emma att fundera över om det kan finnas något som stärker misstankarna mot Jenny. Det är underligt att hon som är en inbiten tävlingslöpare deltar under falsk identitet. Dessutom är det märkligt att hon reagerade så konstigt när hon såg Shirin. Varför hälsade hon inte bara? Kanske för att hon blev så paff över att se henne på trottoaren och inte på banan. Dessvärre skulle inga av dessa indicier imponera på en åklagare. Johan, däremot, han har ett tydligt motiv till mord och har agerat hotfullt mot flera personer från Mission. Å andra sidan vet antagligen Jenny om vad Johan har sysslat med. Är hon smart nog så har hon dragit nytta av hans ogenomtänkta handlingar för att själv undgå polisens blickar. Hur skulle de kunna koppla henne till morden när hon inte ens finns med på startlistan? Om Johan hade varit skyldig skulle han knappast ha sprungit i sitt eget namn.

Egentligen är det bara en sak som är oklar: Jennys motiv.

Steg för steg närmar de sig Stadion, även om det går långsamt. Josefin rör sig stelbent precis som om hon kissat på sig. Emma ser att varje fotisättning är en plåga för henne. Själv har hon fullt upp med att lösa mordfallet, balansera cykeln i ena handen, och samtidigt scanna av området. Hon har koll på allt och alla, och än så länge har hon inte sett Jenny i närheten. Piketbussen står parkerad snett över Valhallavägen och Emma får en känsla av att det kan vara ett stort misstag. I god tid kan Jenny bli förvarnad och välja att försiktigt kliva åt sidan och lämna platsen. En mer diskret parkering hade varit önskvärt men det är lite sent nu. Emma tar inte för givet att Jenny är så kall att hon väljer att springa förbi polisen och låtsas som ingenting.

Men om hon har rivit av sig nummerlappen kan hon glida obemärkt förbi.

Någon ytterligare förstärkning har inte hunnit anlända, till Emmas förtret. Visst är det bara några få minuter sedan hon pratade med Lindberg, men ändå. Det får inte dröja för länge innan fler poliser kommer om de ska klara av att stoppa Jenny. Allra bäst är om gripandet sker innan hon kommer in på Stadion, eftersom ingen vet vad hon bär med sig för tillhyggen. Men den önskningen är en utopi. Så fort Josefin är i säkerhet ska hon göra allt för att hitta Jenny. Om hon kommer in på Stadion efter Emma så kan hon gripa henne precis vid målgången.

"Sista biten", mumlar Josefin och Emma märker att de är framme vid valvet in till Stadion.

Regnet till trots är stämningen inne på arenan magisk. Musiken dånar ur högtalarna och speakern ropar upp namnen på dem som springer på upploppet.

"Kom igen nu, du är så bra", peppar hon Josefin, som gör sitt bästa för att hålla sig i upprätt position. Själv har hon fullt sjå med att leda cykeln.

Drygt ett halvt varv ska de springa och det märks att Josefin blir överväldigad av att höra sitt namn nämnas i högtalarna. Normalt sett skulle läktaren vara full av åskådare men idag har de flesta valt att stanna hemma. Löparna verkar inte nedslås av den uteblivna publiken, utan springer ändå i mål med segergester och leenden. Någon skriker till och Emma kan inte avgöra om det är av lättnad eller glädje.

Bara upploppet kvar nu och då ser Emma Andreas stå bakom mållinjen. Josefin verkar inte ha upptäckt honom än men Emma blir så rörd att ögonen tåras. Hon blir glad för sin systers skull. Josefin har verkligen världens finaste man och ibland undrar Emma om hon inser det. Den senaste tiden har Josefin gnällt en del på Andreas men i det stora hela verkar han vara snäll och omtänksam. En svärmorsdröm.

Samtidigt som Loreens ljuva röst hörs i högtalarna korsar de mållinjen sida vid sida, och det är en speciell känsla att få uppleva det. Emma tänker inte ens på hur märkligt det måste se ut att hon har en cykel med sig. Ögonblicket är omtumlande och speciellt att få dela det med sin syster.

Josefin får syn på Andreas när han kommer fram och omfamnar henne. Tryggare än så kan syrran inte bli och Emma lämnar dem ifred utan att hälsa på Andreas. Det får bli senare. Istället joggar hon tillbaka mot valvet där de nyss kom in.

Stadion, klockan 15.59

JORDEN TYCKS SLUTA snurra för ett ögonblick och Josefin sluter ögonen och tillåter sig att sjunka in i Andreas famn. Vad som än händer så får han aldrig släppa taget om henne. Någonsin. Risken är överhängande att hon fryser ihjäl då och hon märker hur kroppen börjar darra okontrollerat trots värmen från Andreas kropp. Det pirrar i ben och armar, fingrar och tår, och huvudet är inte riktigt med i matchen. Ljudet från högtalarna försvinner bort nu och det känns som om hon är mitt i en dröm.

"Jag älskar dig", säger Andreas.

"Och jag dig", viskar hon och öppnar ögonen igen.

Stadion har blivit oskarp och hon kämpar med att få tillbaka synen. Till slut väljer hon att fokusera på den stora klockan på fasaden. Den har ännu inte passerat fyra, vilket måste innebära att hon fick en tid strax under fyra timmar. Det är bättre än hon hade räknat med en sådan här förfärlig dag men sämre än det personliga rekordet. Helvete! Först nu kommer hon att tänka på sin tidtagning som fortfarande tickar på. Med sin isklump till pekfinger stoppar hon pulsklockan och ser på Andreas som verkar tagen av stunden. Själv går hon igenom alla tänkbara svordomar i huvudet när hon vet att all statistik blir fel bara för att hon inte stoppade tidtagningen på rätt sekund.

"Du är fantastisk som tog dig igenom hela vägen."

Josefin försöker le men ger upp när det pirrar otäckt i kinderna, precis som när en tandläkarbedövning håller på att släppa. "Tack! Vem är barnvakt?"

Så fort hon klev över mållinjen och såg Andreas försvann löparskallen och hjärnan kopplades genast in på den där personen som är huvudansvarig för barnen och hemmet.

"Grannen Lisa."

Hon som inte diskar eller plockar undan efter sig och som knappt lyckas ge barnen mat på rätt tider. Nåja, Josefin väljer att inte förstöra stunden genom att påpeka att just Lisa inte har hennes välsignelse och att Andreas borde ha vetat bättre. Han har trots allt gjort sig besväret att ta sig ända hit så därför tiger hon.

"Vart tog Emma vägen? Och varför släpade hon på en cykel?"

Just det, Emma! Josefin ser henne ingenstans. Andreas väntar på svar och hon skakar på huvudet.

"Det är en lång historia."

Hon vill berätta men tänderna hackar för mycket. Först måste hon värma sig och själv fundera på vad som egentligen har hänt. Som om Andreas kunde läsa hennes tankar böjer han sig ner och tar fram en termos.

"Varm choklad? Jag tänkte att du kanske skulle behöva få något i dig med en gång."

"Vad snällt." Omtanken gör Josefin gråtmild men hon märker att inga tårar lyckas tränga sig förbi de frostfyllda ögonfransarna.

Händerna skakar för mycket för att hon ska klara av att dricka själv. Andreas hjälper henne att föra muggen till munnen men hon rycker undan när hon bränner sig på tungan.

"Förlåt, jag visste inte att det var så hett." Andreas ser bedrövad ut.

"Ingen fara."

Han smakar och tittar oroligt på henne. "Det är ju fesljummet. Du, vi kanske borde gå till ett sjukvårdställ och kolla att du är okej?"

"Men Emma då?"

Josefin vill inte gå förrän de hittar henne. Alldeles nyss stod hon ju här intill. Hon är inte på läktaren, inte vid målgången och inte ... någonstans. Josefin spanar bort mot valvet in till Stadion, utan att se skymten av sin syster. Antagligen hade hon bråttom till sina kolleger men hur svårt kan det vara att säga det? Blicken fastnar istället på en annan person, som kommer in på banan. Josefin vet inte om hon ser rätt först men när han kastar en flyktig blick mot målet skymtar hon blåtiran. På båda sidor om Johan springer uniformerade poliser, som ser ut att ha till uppgift att eskortera honom in i mål. Om några hundra meter är hans dröm att få hedra sin dotter förverkligad. Och det gör henne mer upprymd än hennes egen prestation. Det blir för mycket känslor på en gång och hon måste bort innan Johan upptäcker henne.

"Vi går nu", säger Josefin och föser med sig Andreas därifrån.

"Men skulle vi inte hitta Emma först?"

"Jag fryser så mycket."

Andreas packar snabbt ner termosen i ryggsäcken och Josefin går i förväg för att vara säker på att Johan inte ska få syn på henne. Trots att hon är glad för hans skull har hon tagit beslutet att inte finnas där för honom i fortsättningen och då är det lika bra att gå sin väg redan nu. Även om hon inte vet säkert känner hon på sig vem det är som har sett till att Johan ska få springa klart. Och det gör henne stolt och glad. Syrran har ett hjärta av guld när det väl gäller. När de lämnar Stadion bakom sig, känner hon också en viss lättnad över att inte möta Johan i Andreas närvaro. Risken är att Johan säger något konstigt och Andreas skulle kunna bli osäker på deras relation. Kanske baserar hon sin oro på det faktum att hon haft för otydliga gränser mot Johan. Men hon vägrar ha dåligt samvete för att hon har stöttat en man i kris. Det hände aldrig någonting mellan dem och hon har fått sig en tankeställare. Aldrig blanda in för mycket privatliv i arbetet igen. Andreas är mannen i hennes liv och hon tänker inte låta någon komma så nära henne som Johan gjort.

"Hur känns det?" Andreas röst får hennes tankar på Johan att försvinna.

"Det är svårt att sätta ord på känslan men nu vet jag min kapacitet. Klarar jag det här så klarar jag vad som helst." Rösten darrar och det gör ont att prata.

"Jag blir nästan avundsjuk. Ibland lockas även jag av tanken på att testa vad jag går för. Tro det eller ej."

Josefin blir full i skratt. "Du? Så du menar att du är beredd att lägga golfklubborna på hyllan och snöra på dig joggingskorna?"

"Det ena behöver väl inte utesluta det andra? Men jag funderar faktiskt på att boka en tid hos dig om du har utrymme att ta emot ytterligare en klient?"

"Nu skämtar du väl? Du står och tittar på det vidrigaste loppet i mannaminne och då först blir du sugen på att ge dig ut och göra samma sak – är du sjuk?"

"Det verkar så. Ja, jo, jag är knäpp i huvudet helt enkelt."

Josefin kan inte låta bli att le. "Då är vi två."

Stadion, klockan 16.00

WILMA, DEN BERÄKNANDE lilla slynan. Hon förtjänade att trilla ner från berget och dö. Shirin borde aldrig ha släpat med sig Wilma till klubben. Som hon svansade för Måns. Men droppen var ändå när de kysste varandra den där kvällen på klippan. Jag var så utom mig av ilska att jag knappt kunde tygla humöret men jag lyckades bita ihop någorlunda tills Måns reste sig upp. Innan han gick iväg så viskade han något till Wilma, något som jag inte kunde höra eftersom jag stod en bit ifrån och kikade fram mellan träden. Jag fick huka mig för att Måns inte skulle se mig när han joggade förbi knappt en meter från mitt gömställe. Men Wilma satt kvar och blickade ut över Mälaren. Där och då hade jag chansen att ställa henne till svars en gång för alla. Ingen skulle få ta Måns ifrån mig. Särskilt inte en snorunge som trodde att hon var något. Jag gissar att jag överraskade Wilma för när jag kom fram ryckte hon till och vände sig om. Snabbt var hon på fötter och jag sparade inte på orden:

"Vem fan tror du att du är?"

Hennes näpna ansikte förvreds i en ful grimas och hon backade bakåt när jag närmade mig.

"Jag kanske behöver vara tydligare?" frågade jag när jag inte fick något svar.

Då tog hon ytterligare ett steg bakåt samtidigt som hon tittade efter Måns.

"Glöm honom. Det är bara du och jag här. Inte heller din lilla pappa kan hjälpa dig den här gången."

Hennes blick blev mörk. "Vad vill du?"

"Ge fan i Måns." Jag tog ett kliv framåt och hon backade instinktivt.

Först då insåg jag hur nära kanten hon stod men jag brydde mig inte om det. Jag var alldeles för upptagen med att reta mig på att hon teg, den lilla horan.

"Behöver jag vara tydligare eller har du förstått?" frågade jag.

Det var när jag fick ett snett leende till svar som ilskan fullständigt exploderade. Hur kunde hon ha fräckheten att le mot mig? Hon som redan var på god väg att ta Måns ifrån mig. Han var min och ingen annans! De andra i gruppen hade insett det och höll sig tack och lov på avstånd men Wilma verkade inte ha förstått den oskrivna regeln. I vredesmod kastade jag mig mot henne och hon tog då ännu ett kliv bakåt utan att se sig för. Inte ens ett skrik hann hon ge ifrån sig förrän jag hörde en hård duns i marken, flera meter nedanför klippan. Hon låg alldeles stilla på rygg. Jag stirrade fascinerat på blodet som med en rasande fart färgade klippan röd. Adrenalinet steg och jag kände mig upprymd. Problemet var löst. Och inte nog med det, hon hade till och med orsakat sin död alldeles själv. Jag hade inte ens behövt vidröra henne. Det skulle aldrig gå att hitta några tekniska bevis som tydde på strid. Om hon bara hade sett sig om så skulle hon ha levt. Fylld av förundran gick jag tillbaka mot gruppen som var på väg att dra igång träningen igen efter pausen. På stigen stod Mattias alldeles ensam med förvirrad blick. En rysning spred sig längs ryggraden. Tänk om han hade hört oss prata, eller ännu värre – sett något?

"Vad gör du här?" frågade jag kallt.
"Inget."
"Springer du runt och spionerar?" Mattias såg skraj ut när jag höjde rösten men jag ville veta sanningen.
"Nej, jag var tvungen att kissa", svarade han förläget och började gå tillbaka mot de andra.
"Var är Wilma?" frågade han.
"Hon var väl sur och drog?" svarade jag.
"Hon var sur och drog", upprepade Mattias för sig själv.
Det första Måns frågade när vi kom tillbaka var om vi hade sett Wilma.
"Hon var sur och drog", svarade Mattias, som alltid var angelägen om att hålla sig väl med Måns.
Måns såg bestört ut och hade svårt att dölja sin förvåning. "Jaha, då får vi köra vidare utan henne."
Så himla enkelt. Jag sprang bättre än någonsin under det passet.
Och precis samma fantastiska känsla har jag nu när jag tar mig in på Stadion som en vinnare. Under ackompanjemang av *Euphoria* joggar jag med lätta steg mot målgången. Dagens lopp har varit en enastående upplevelse på många sätt även om det har krävts minutiös planering. När jag fick klart för mig att Måns, Viktoria och Shirin skulle springa maran bestämde jag mig. Jag lärde mig allt om Stockholm Marathon – bansträckningen, chipets funktioner, hur mätplattorna fungerar och var vätskestationerna ligger. Det var en fröjd att få vara huvudpersonen under loppet. Ibland kanske jag borde ha legat på längre avstånd från den stackars idioten som jag var tvungen att fästa Viktorias chip på när jag inte hittade Shirin. Framför allt var jag intresserad av att se hur lång tid det skulle ta för polisen att komma

fram till att de hade gått i fällan. Av en slump lade jag samtidigt märke till Johan Bäckström, som verkade ta rygg på en kvinna. Det var först efter flera hundra meter som jag såg att det var Josefin Eriksson av alla människor. Jag kunde knappt hålla mig för skratt när jag sprang bakom dem. Särskilt när jag tänkte på det där meddelandet som jag hade skickat till henne från Måns telefon. Jag fick till en alldeles perfekt formulering, som gjorde att hon höll sig borta från Mission för alltid och därmed inte kunde lägga beslag på Måns. Hennes trånande efter Måns gick liksom inte att ta miste på men vid det här laget hade jag nästan glömt att hon existerade. Nu förstår jag inte att jag såg henne som ett hot, men då tyckte jag inte om hennes gräddfil till Måns.

Det mesta gick som jag hade tänkt med Viktoria. Jag hade koll på henne redan efter fem kilometer och följde efter tills hon vek av vid Rålambshovsparken. Men hon var starkare än jag hade trott. Hon stretade emot och envisades något fruktansvärt när jag trädde påsen över huvudet på henne, rev och slet med sina vassa naglar. Hon höll på att bli alltför besvärlig och jag snuddade vid tanken att jag hade tagit mig vatten över huvudet. Vilken sekund som helst kunde ju någon dyka upp vid vattnet och då skulle resan vara över. Men de högre makterna var med mig, vilket jag bara kan tolka på ett enda sätt: att rättvisa skipades. Hon skulle ha låtit bli Måns så hade hon sluppit påsen, enkel matematik. När Viktoria segnade ihop framför mig, skar jag loss hennes chip från skon och backade ut ur buskaget. För syns skull låtsades jag rätta till tajtsen i midjan efteråt innan jag sprang vidare mot Norr Mälarstrand. Men i själva verket fäste jag chipet på ett kardborreband som jag hade med mig. En kittlande tanke var att stanna kvar och se hur snabbt de skulle hitta Viktoria, men jag hade annat att tänka på.

Det var hög tid att komma ikapp Shirin, som skulle få bära skulden för allting. Planen var att polisen skulle gripa henne med Viktorias chip och snabbt hitta kopplingen till Mission och därmed dra sina slutsatser. I bästa fall skulle hon få livstids fängelse – någon form av straff förtjänade hon eftersom det var hon som släpade med sig Wilma till klubben. Shirin var inget hot mot min kärlek till Måns, hon hade ju Pelle. Och Måns skulle ändå aldrig vilja ta i yrhönan Shirin, möjligtvis med tång. Vid något tillfälle hade han i och för sig släppt in henne i sin lägenhet, vilket jag hade stenkoll på eftersom jag ofta hängde utanför Måns hus. Ibland var det rena rama föreställningen där, extra underhållande blev det när Johan strök omkring i Traneberg. På sistone härjade Viktoria som en epidemi hemma hos Måns och det var mer än jag mäktade med. Så det dröjde inte länge förrän min plan inför maraton tog form. Jag kunde inte bara stå där och se på utan att göra något åt det. Det var säkert Viktorias fel att han inte svarade på mina sms och mejl. Att säga ifrån har aldrig varit hans starkaste sida men nu har jag gjort det enklare för honom.

Fy fan vad Shirin skrämde skiten ur mig för en stund sedan. Från ingenstans poppade hon plötsligt upp som ett jävla spöke. Hon och Viktoria skulle ha sprungit ihop och då hade jag haft kontroll på var hon befann sig. Jag som ägnat de senaste timmarna åt att hitta henne, och så visade det sig att hon inte sprang. Snabbt som ögat uppfattade jag situationen som ett dåligt omen. I efterhand inser jag att jag nog borde ha vinkat glatt till henne för att inte väcka misstankar men jag blev helt enkelt överrumplad. Då bestämde jag mig för att slita av nummerlappen för att inte dra uppmärksamhet till mig. Visserligen verkade det inte vara något polispådrag att tala om men jag vågade inte chansa ifall Shirin skulle bli misstänksam. Och bara för att jag var kaxig nog att tro att allt var under kontroll såg jag en polisbil på Valhallavägen. Jag vek av från banan och stod och väntade ett tag innan jag bestämde mig för att springa klart loppet. När jag passerade polisbilen försökte jag verka lagom brydd och varken titta bort eller se för mycket åt polisernas håll. Jag var rätt säker på att jag skulle kunna ta mig i mål utan att upptäckas.

Och nu, om tio meter, gör jag just det. Jag räknar ner stegen mot målet och när jag passerar den vita linjen hör jag att Anette Ohlsson ropas upp i högtalarna av en exalterad speakerröst. Det tar någon sekund innan jag kommer ihåg att det var så kvinnan hette som sålde startplatsen till mig. Femhundra kronor på Blocket, så var det klart. Nu blev det inte riktigt som jag tänkte med Shirin men jag känner mig ändå tillfredsställd med att mitt och Måns största hot mot kärleken är ur vägen.

Det är synd att Måns inte står vid målet och väntar på mig. Fast jag vet ju varför, den blodiga kniven ligger fortfarande kvar i mitt vätskebälte. Så fort jag pustat ut ska jag hoppa på bussen till Karolinska sjukhuset, där han borde vara inlagd. Det var i alla fall det sjukhuset som tävlingsarrangören gissade på när jag i förväg frågade vart de körde iväg skadade löpare. Jag fattar knappt hur jag kunde klara av att sticka Måns med kniven men det var ju för hans eget bästa. Och jag var tvungen att göra det så fort som möjligt, annars skulle jag inte ha hunnit ikapp honom. Det viktigaste är att han aldrig kommer att få reda på att det var jag. En lagom stor skada som en punkterad lunga var såklart svårt att orsaka utan övning. Fast jag tycker att jag fick till det perfekt eftersom han skulle bli inlagd och vara där på sjukhuset och vänta på mig. Snart kommer jag att sitta vid hans bädd och hålla honom i handen. Bara vi två. Precis så som jag föreställt mig. Jag ska trösta och stötta honom genom sorgen över Viktoria. Finnas vid hans sida och göra allt för honom. Tills döden skiljer oss åt. Tids nog kommer han att förstå att det här var det bästa som kunde hända oss.

Mina tankar avbryts av en kall hand på min axel. Jag hinner inte ens reflektera över vad det kan innebära. En oro hugger tag i mig men försvinner lika snabbt när jag ser en vacker kvinna med ljust hår. Hon ska säkert bara tala om för mig vart jag ska ta vägen med chipet, eller kanske erbjuda mig massage efter det tunga loppet. Jag blir alldeles ställd när hon håller upp en liten bricka framför ögonen på mig.

"Jenny? Jag heter Emma Sköld och är från polisen. Du måste följa med mig."

Författarens tack

Tranebergsbron, lördagen den 2 juni 2012
Regnet öser ner och det blåser så mycket att det är svårt att hålla sig kvar på cykeln när jag trampar mot city. Hur lockande tanken än är att vända tillbaka hem så går det inte, eftersom Stockholm Marathon är just idag. Det är nu eller aldrig som jag har chansen att göra research till min fjärde deckare. Egentligen hade jag inte tänkt att storyn skulle utspela sig under så taskiga väderförhållanden, men verkligheten inspirerar: mörker, kyla och regn är onekligen effektfullt. Jag tar mig till Stadion och ser hur löparna väller fram när startskottet går av. Med stelfrusna fingrar dokumenterar jag alla intryck och cyklar sedan ner mot Djurgården. Full av beundran står jag vid sidan av loppet och betraktar några av alla de 15 968 dyngsura löpare som kom till start. Grunden till boken läggs den här dagen – långt innan min man kläcker titeln *Andra andningen*.

Bromma, onsdagen den 27 februari 2013
Efter några intensiva månader är manuset färdigt och skickat på korrläsning. Jag sitter hemma vid köksbordet och tänker på alla vänliga människor som har gjort den här boken möjlig. En deckare skrivs inte i en handvändning och inte heller utan hjälp. Som tur är finns det många som vill bidra med kunskap som jag inte besitter. En sådan person är Ulf

Saletti, projektledare för Stockholm Marathon Gruppen, som tog emot mig på sitt kontor i höstas och svarade på alla möjliga frågor om datachip, sjukvårdstält och energistationer. Sedan har min vän Rebecka Edgren Aldén kommit med bra synpunkter på deckarintrigen redan på idéstadiet. Kristin Carlwig, vän och läkare, har hjälpt mig med medicinska frågetecken. Och som vanligt har min redaktör, Maria Thufvesson, snappat upp konstigheter i manuset och kommit med välbehövliga förbättringsförslag. Formgivaren Maria Sundberg har ännu en gång gjort ett snyggt omslag. Slutligen har Lars Bröms, kriminalinspektör på Länskriminalpolisens våldssektion i Stockholm, faktagranskat manuset med bravur. Tack allihop, inklusive alla härliga människor på Forma books, som gör att mina böcker finns och syns i Sverige. Numera får jag också hjälp av Nordin Agency – som ser till att sprida mina böcker över resten av världen.

En annan viktig person för mig är min mentor, Camilla Läckberg, som är generös med framgångstips och peptalk. Som om det inte vore nog har jag även fått hjälp av Martin Melin, som har ställt upp och svarat på olika polisfrågor. Stort tack till er båda minus influensaviruset som ni så generöst delade med er av på nyår.

Ibland har jag även slängt ut en och annan fråga på Twitter, Instagram eller Facebook. Tack alla följare och gillare för hjälp och positiv respons. Det är så upplyftande att få en virtuell klapp på axeln. Särskilt då en stor del av författarlivet innebär en tillvaro utan arbetskamrater. Självförtroendet är inte alltid på topp.

Den här boken har jag valt att tillägna mina fina syskon, Tom Sjöstedt, Linn Sjöstedt Dahl och Tyra Sjöstedt. Extra tack till Linn, som är den enda i syskonskaran som har sprungit maraton, och har kunnat hjälpa mig att granska manuset i förväg. Roligt att det även uppskattades av min gudson Mandus, som jag tog på bar gärning med hundratals utspridda A4-papper under köksbordet. Kram också till mina syskons respektive, Maria Lindqvist och Patrik Dahl. Och förstås till mina föräldrar Ann och Svante Sjöstedt, som alltid har varit och är delaktiga i mitt liv – framgångar som motgångar. Tack också till min faster Bébé Sjöstedt.

Slutligen vill jag ge en stor eloge till min man Tommy Sarenbrant, som inte bara har överlevt Ironman och Ö till Ö (ett lopp i Stockholms skärgård mellan och över 19 öar) – utan även mig och mina böcker. Frågan är vilken av prestationerna som är mest imponerande? Hur som helst är det du och våra älskade barn, Kharma och Kenza, som är mitt allt.

Med vänliga hälsningar
Sofie Sarenbrant

Röster om Andra andningen

"Det är en historia som får sin puls av både loppets väl skildrade strapatser och inneboende dramatik och faderns besatthet, och Sofie Sarenbrant lyckas väl med konstruktionen av vad som utan tvekan är hennes hittills bästa kriminalroman."

Lilian Fredriksson, BTJ

"Sofie Sarenbrants bästa hittills, med en sammanhållen intrig kring Stockholm Marathon."

Lotta Olsson, Dagens Nyheter

"Författaren Sofie Sarenbrant, med tre deckare i ryggen sen tidigare, genomför ett väl disponerat skrivarlopp. Stockholm Maratons sträckning kan följas på pärmarnas insida och polisen Emma går i mål med fallet på en tid strax under fyra timmar. Svettigt är det."

Arbetarbladet

"Växelspelet mellan loppet, polisutredningen och denna historia fungerar perfekt och Sarenbrant övertygar verkligen i sin skildring av det slitiga, kylslagna maratonloppet och den växande insikten om att det kan finnas en mördare bland de tusentals löparna."

Skånskan

"En av Sofie Sarenbrants skickligheter är att bygga upp intriger och skapa ett pussel som är svårt att lägga ifrån sig. Handlingen förs hela tiden framåt och jag är historien hack i häl. Lätt andfådd fast utan frostskador och skavsår som maratonlöparna i loppet."

dagensbok.com

"Jag var totalt uppslukad av *Andra andningen*. På ett nafs hade jag läst halva boken och med att sidorna minskade ökade min förtjusning i boken. Det här är en riktigt spännande bok, med en handling som håller hela vägen."

boktokig.blogspot.se

"Har man väl börjat läsa den här boken går det inte att sluta. Det är uppfriskande med mord i maratonmiljö. Riktigt bra!"

Boktips.net

"Boken utspelar sig under fyra timmars löpning. Otroligt spännande, samtidigt inspirerande löparbok. Hade jag lyssnat på denna medan jag sprang ett marathon så hade jag aldrig någonsin vikit av från havet av löpare."

bokboxen.blogspot.se

Andra andningen är nog den bästa boken hittills. Det är spännande och underhållande, håller högt tempo.

boktok73.blogspot.se

Författarintervju

Foto: Thron Ullberg

Sofie Sarenbrant...

...hur fick du inspiration till Andra andningen?
– Det var under en löprunda som det slog mig att Stockholm Maraton skulle vara en spännande kuliss för ett morddrama. Jag älskar löpning och springer regelbundet, men har ofta tänkt på hur vidrigt det skulle vara att behöva springa för sitt liv. När jag kom på att hela boken skulle utspela sig under fyra timmar – från startskottet till mållinjen – blev jag riktigt taggad att genomföra idén.

Var det jobbigare att göra research för den här boken än den första i Emma Sköld-serien, Vila i frid?
– Det kan man lugnt säga. Från bambumassage på mitt favoritspa Yasuragi Hasseludden till iskalla vindar och spöregn på Stockholm Maraton. De löpare som genomförde loppet under de vidriga väderförhållandena år 2012 ska ha en stor eloge. Jag tyckte till och med synd om mig själv fast jag bara stod vid sidan om och huttrade.

Finns det några likheter mellan dig och huvudpersonen Emma?
– Det skulle vara åldern i så fall, kanske även det brinnande intresset för jobbet. Plus att hon inte väljer de enklaste vägarna i livet. Hon blev polis trots att det är krävande och tufft. Och jag som älskar idrott sökte mig till sportredaktionen på en kvällstidning, där nittionio procent av med-

arbetarna var män. Men det var en erfarenhet jag inte vill vara utan. Mycket i mina böcker bygger jag på fragment ur olika vardagshändelser.

Vad har du för planer för Emma framöver?
– I nästa bok, *Visning pågår*, får hon utreda ett komplicerat fall där en man hittas mördad i sitt hem i Bromma dagen efter en visning. Det finns inga tecken på inbrott och hustrun hade begärt skilsmässa. Mordvapnet är hämtat från deras kök. Det enda som tyder på att någon utomstående kan ha varit inblandad är att deras sexåriga dotter påstår att en man klappade henne på kinden på natten.

Hur fick du idén till boken?
– Vi skulle köpa hus och jag var på en visning i Bromma. Redan när jag kom in i villan fick jag en känsla av att något inte stod rätt till. Det luktade alkohol och det fanns slagmärken i dörrar och väggar. Dessutom var det färre spekulanter än normalt. Jag gick därifrån med en obehaglig känsla. Det sista jag såg var källardörren. Från ingenstans kom då den befängda tanken att vem som helst skulle kunna gömma sig i källaren tills visningen var över och familjen kom hem.

Kan du skrämma upp dig själv när du sitter och skriver?
– Ja, även mitt på ljusa dagen. Jag lever mig in i handlingen så mycket att jag kan ligga sömnlös på nätterna. En dag satt jag hemma vid köksbordet och skrev som en galning. Plötsligt ser jag en man på altanen med en motorsåg i handen! Min man hade glömt att nämna att hans farbror skulle komma förbi och beskära träd.

EXTRAMATERIAL

Vad är det bästa betyget man kan få som deckarförfattare?
– Att boken var så spännande att den inte gick att lägga ifrån sig. När jag får kommentarer som "det är ditt fel att jag missade att gå av tåget på rätt hållplats", eller "jag fick bara några timmars sömn för att jag var tvungen att läsa klart", då har jag lyckats.

Varför blev det just deckare för din del?
– Jag har alltid fascinerats av kriminalromaner och kluriga pusseldeckare. Som barn slukade jag allt från Agatha Christie och Ed McBain. Eftersom jag är en rädd person, brukar jag lätt fantisera ihop otäcka händelser. Så deckare var ett självklart val.

Vad är viktigast att tänka på när man skriver kriminalromaner?
– Förutom att boken ska vara spännande och intrigen bra, så är slutet viktigt. Helst av allt ska läsaren hållas på sträckbänken ända till de allra sista sidorna, och gärna bli överraskad av upplösningen. Långa, redovisande slutsekvenser är inte min grej.

Du är författare på heltid, hur ser en vanlig dag ut?
– När barnen har lämnats på skolan sitter jag och skriver, antingen hemma eller i min skrivarstuga, som ligger på ett kolonilottsområde i närheten. Mest produktiv är jag på förmiddagarna, då jag är som piggast. Till lunch brukar jag steka en omelett om jag inte har lunchmöte. På eftermiddagarna försöker jag få till en löprunda eller en halvtimme på motionscykeln, men det är inte varje dag jag lyckas. Innan det är dags att hämta på skolan brukar jag hamna i mejlträsket eller i de sociala mediernas värld.

Instagram, Twitter och Facebook uppdaterar du regelbundet, hur hinner du?
– Eftersom jag inte har några arbetskamrater är det roligt att ha kontakt med omvärlden på andra sätt. Jag uppdaterar när jag känner för det och så länge jag tycker att det är kul. Oftast är det via sociala medier jag får feedback, vilket kan vara oerhört peppande.

Vilken är den största myten om författare?
– Vissa kanske tror att man sitter på en veranda i Italien med ett glas rött och skriver några rader när lusten faller på, men så är det inte. Fördelningen är snarare nittio procent hårt slit (iklädd noppriga mjukisbyxor) och tio procent glamour.

Hur känns det att dina böcker har översatts till bland annat tjeckiska, polska, danska och holländska?
– Overkligt! När jag var på lanseringsresa till Amsterdam satt jag på scenen och tänkte att jag hade *Vecka 36* att tacka för att jag fick åka dit. Det är häftigt att få se böckerna i nya skepnader och på andra språk. Jag brukar kika på Författarens tack för att se om jag förstår något. Det roligaste är den polska varianten, där de skriver om namnen. Min pappa Svante Sjöstedt heter tydligen Svantemu Sjöstedtom och min bror blev visst Tomowi Sjöstedtowi.

Vad läser du helst själv?
– I första hand andra svenska deckare, men även romaner. Men favoriten på senare tid är varken svensk eller deckarförfattare. Jonathan Tropper heter han. Jag älskar hans humor och genomärliga sätt att skriva.

Visning pågår

Utkom april 2014

Söndagen den 30 mars

HON LIGGER ALLDELES STILLA under sänghimlen. I skenet från den röda nattlampan ser jag hennes slutna ögon och ett ansikte som utstrålar harmoni. Täcket har hasat något åt sidan, men tack vare det långärmade nattlinnet prytt med små blommor fryser hon nog inte. Hennes mörka lockar vilar mot huvudkudden och gosedjuren sitter uppradade intill, nästan som en skyddsmur. Det är svårt för mig att inte bli nostalgisk och tänka tillbaka på min egen barndom, på hur enkelt och bekymmersfritt allt var på den tiden. Det var innan jag förstod hur många hjärtlösa människor det finns i den här världen, sådana som går över lik för att komma dit de vill.

Egentligen borde jag undvika att störa henne när hon sover så fridfullt, men jag kan inte hejda en impuls att gå fram till sängen. Jag smyger tyst och känner trägolvet under strumplästen. Det gäller att inte snubbla på någon leksak. Min hand letar sig upp från byxfickan, förbi sänghimlens öppning, och jag låter fingertopparna snudda vid hennes silkeslena hud. Kinden känns aningen kall men hon rör inte en min. Hon är så stilla att man kan tro att hon är död. Genast drar jag tillbaka handen och ryggar bort från henne.

Nu vill jag bara härifrån.

På vägen tillbaka passerar jag stora sovrummet. Och

där ligger hennes mamma ensam i dubbelsängen, med ryggen vänd mot dörren. Hon har samma färg på håret som flickan, men hon har klippt det till en kort, pojkaktig frisyr. Okvinnligt, om du frågar mig. Jag betraktar henne på avstånd en stund innan jag lämnar övervåningen. Trappan knarrar till när jag har kommit halvvägs. Jag fryser mitt i steget för att försäkra mig om att ingen vaknade. Efter några minuters tystnad går jag vidare ner till hallen och fortsätter sedan utan avbrott hela vägen till källaren. Där tar jag på mig skorna och lämnar huset genom samma dörr som jag kom in.

Jag får helt enkelt återkomma imorgon.

Måndagen den 31 mars

BARA TREKVART KVAR till visningen som kommer avgöra hennes framtid. År av smärta, sorg och förnekelse kan snart vara över. Ett enda dygn i huset återstår, sedan ska Cornelia Göransson och hennes dotter Astrid äntligen få lugn och ro. Men Cornelia vågar inte ta ut någonting i förskott. Erfarenheten säger henne att inte börja slappna av för tidigt. Då kan det gå fel.

Tankarna far omkring i huvudet när hon korsar det repade parkettgolvet som borde ha fixats till för länge sedan, precis som de övriga ytskikten i huset. Det hade varit smartare att måla om väggarna och slipa golven före försäljningen, men det har inte funnits någon tid eller kraft över till det. Inte när fokus har varit på att överleva. Nu är det bara att hoppas på att den inhyrda rekvisitan håller måttet. Tanken är att exklusiva fåtöljer, mattor och lampor ska dra blickarna från onödiga skavanker, som de nötta och glappande golvsocklarna från 1926. Hon rättar till de noggrant utvalda snittblommorna, slätar ut överkasten i bägge sovrummen och placerar kuddarna på högkant i en prydlig rad, viker en tilltufsad pläd på nytt och hänger den över divanens ena armstöd. Äsch, det ser bara tillgjort ut och kan väcka misstankar om att något inte är som det ska. Hon slänger filten nonchalant över ryggstödet istället så att den får landa naturligt.

Sedan ser hon sig omkring i rummet igen för att försäkra sig om att hon inte har missat några detaljer. Hon undrar om hon har lyckats dölja spåren av den misär som sitter djupt rotad i väggarna. Plötsligt blir hon osäker på allt. De vita liljorna, skålen med de glansiga, näst intill plastiga granny smith-äpplena och så citronerna på det. Det ger ett överdrivet, på gränsen till desperat intryck. Erfarna spekulanter lär inte gå på sådana enkla knep – luttrade bostadsknarkare som lever på sina drömmar om en villa i attraktiva Stockholmsförorten Bromma. Potential är vad de söker, inte något som påminner om en riggad monter på Formexmässan. Risken finns att de kommer att skratta åt hennes amatörmässiga stajling som de redan fått se en skymt av på Hemnet. Tänk om det är därför det var ovanligt få besökare på gårdagens visning. Eller också går snacket om att det skulle vara något märkligt med det här huset, något som inte verkar sunt. Folk kanske uppfattar mer än man tror. Men det är fritt fram för spekulationer, så länge inte hemligheterna som döljer sig innanför den putsade fasaden kommer fram. Grannarna kan visserligen ha hört något och lagt ihop ett och ett, men det vore osannolikt eftersom trädgården är rymlig och husen inte ligger så tätt intill varandra. Ogenerat läge. Så står det i prospektet. Fast grannarna bredvid, herr och fru Svärd, har aningen för bra insyn för sitt eget bästa. Är det därför de vänder bort blicken så fort hon visar sig utanför dörren?

Cornelia skakar av sig olustkänslan och bestämmer sig för att ta ytterligare ett varv i huset för att inspektera. Samtidigt skänker hon Josefin en tacksam tanke eftersom hon erbjöd sig att ta med Astrid hem från förskolan idag igen. Vad skulle hon göra utan sin väninna? Josefin är en förutsättning för att kunna genomföra försäljningen. Med en sexåring i hasorna hade Cornelia inte kunnat ställa huset i ordning.

De närmaste dagarna avgörs det vilka tillgångar hon kommer att få rätta sig efter. En knapp halvtidslön är inte mycket att leva på i det här området, särskilt inte när man har ett barn att försörja. Smyckena hon designar var mest en hobby från början och ger inget större tillskott i kassan. Hon slänger en snabb blick in mot sovrummet igen och tvingar sig över tröskeln. Slätar än en gång ut det vackra överkastet i siden och försöker undvika att titta vid sin sida av sängen, där nedsänkningen i det vitmålade trägolvet finns kvar. För ett otränat öga går det knappt att ana, men hon vet precis hur och när skadan uppstod, och hur stumt ett furugolv känns mot nacken. Det var inte lätt att rengöra väggarna efteråt. Obruten vit är en svår färg att hantera, minsta fingeravtryck ger en ful smutsfläck. För säkerhets skull går Cornelia fram och synar väggen på nära håll, drar med fingertopparna över den för att försäkra sig om att det inte finns några missfärgningar kvar.

Sovrummet med burspråk och balkong är snart ett minne blott, men hon kunde inte bry sig mindre. Redan från början har hon haft svårt att andas i det här rummet.

I natt vaknade hon av något, först förstod hon inte vad det var. Sedan kände hon hans blick från hallen. Hans stod där och betraktade henne. Håret på armarna reser sig när hon minns hur hon blundade och tänkte att det kanske var dags nu, att han inte skulle skona henne längre. Men mirakulöst nog gick han därifrån. Hennes första tanke var att han skulle hämta något att döda henne med, men han återkom aldrig. Istället måste han ha gått och lagt sig i gästrummet, där han lovat att sova tills vidare, och sedan åkt till jobbet tidigt på morgonen. Cornelia ryser när hon minns sin första reaktion när väckarklockan ringde: förvåning. Hon hade inte räknat med att få vakna alls.

Hon går nerför trappan, ser sig om igen. Nu borde mäklarna snart vara här.

Mattan under soffbordet måste flyttas något till höger för att dölja vardagsrummets allra största repa i golvet, den som orsakades av hennes vassa stilettklackar. Hårbotten ömmar så fort hon tänker på hans hårda grepp på nyårsafton. Konstigt nog gick håret inte av, men efter den incidenten valde hon ändå att klippa det kort, så att han aldrig mer skulle kunna fatta tag i det och släpa iväg henne. Cornelia rättar till mattan och nickar för sig själv. Så där, nu kan hon inte göra mer för att påverka resultatet. Hon har använt alla medel för att visa huset från dess bästa sida.

En knackning på dörren får henne att rycka till.

Klockan på väggen visar kvart i sex. Cornelia bannar sig själv för att hon är så lättskrämd, men samlar sig och går mot hallen för att öppna. Utanför står mäklaren, Helena, klädd i strikt marinblå byxdress med en omsorgsfullt knuten scarf runt halsen. Vid en första anblick är det lätt att förväxla henne med en anställd vid SAS, minus de vida byxorna. Hennes skandinaviska flygvärdinnelook med blå ögon, blont hår och fotomodellängd får Cornelia att svälja avundsjukt. Personen framför henne har allt det som Cornelia drömt om men inte fått. Själv är hon liten och späd, nästan pojkaktig till utseendet. Senig. Mörka ögon, brunt hår. Inte en tendens till nordiskt ursprung. I famnen håller Helena en låda med blå skoskydd och en bunt med prospekt. Exteriören som pryder omslaget ser verkligen storslagen ut, men Cornelia kan inte se det vackra med huset längre.

"Hej, hur står det till?" frågar Helena artigt och tar i hand.

"Strålande, tack", svarar Cornelia och hör hur falskt det klingar. "Är du laddad för ikväll?"

"Absolut", svarar Helena med en professionell röst.

"Kommer du att jobba ensam ikväll?"

"Nej då, jag tänkte bara vara här i god tid för att förbereda allt", svarar hon men flackar oroväckande med blicken.

Cornelia räcker över husnycklarna. "Nu håller jag tummarna för att det dyker upp många på omvisningen."

Kvinnan nickar och ler med sin onaturligt jämna tandrad. "Det kommer att gå bra det här, huset är stort och ligger på en attraktiv adress, bara ett stenkast från Ålstens brygga. Vi tror på det här objektet."

Om mäklaren är det minsta nervös över utgången så visar hon det i alla fall inte, utan fortsätter att förmedla gott självförtroende. Dock inte tillräckligt övertygande för att det ska smitta av sig.

"Inga bud än, förresten?" Cornelia kan inte låta bli att ställa frågan innan hon lämnar huset.

"Vi kommer att börja ringa runt på listan tidigast imorgon. De flesta vill se sitt framtida boende vid två tillfällen innan de går in i en påfrestande budgivning. Särskilt när det handlar om så stora summor som i det här fallet. Så det tjänar inget till att ringa för tidigt och skynda på beslutsprocessen. Det kan snarare ge motsatt effekt", säger mäklaren.

"Jag förstår. Kan jag komma tillbaka vid halv åtta?" Mycket senare än så vet hon inte om Astrid orkar vara hemifrån utan att bli övertrött och omöjlig att lägga på kvällen.

Mäklaren ser på sitt armbandsur och nickar. "Då ska nog alla ha gått härifrån."